さよなら凱旋門

蜂須賀敬明

文藝春秋

目次

さよなら凱旋門

装画　はまのゆか
装丁　野中深雪
組版　ローヤル企画
本書は書き下ろしです。

序章

二〇〇五年　フランス・パリ

ロンシャン競馬場は、雷雲に包まれていた。凱旋門《がいせんもん》賞の二日前から降り続いた雨は、夜が明けて強さを増し、芝は水田のようだった。

溺れる芝を蹴り上げながら、一頭の馬が馬群から抜け出そうとしている。その馬の名はブリーズクロニクル。約九七〇〇キロに及ぶ空の旅を経て、日本からやってきたその馬は、緩やかな三コーナーのカーブから、最後の直線へ向かっていった。

幾度となく、日本馬がこのロンシャンの地で敗れてきた。四〇年に及ぶ挑戦で、未だに日本馬が凱旋門賞の栄誉に輝いたことはない。まだ四歳の少女に過ぎないブリーズクロニクルにとって、歴戦の男馬に囲まれながら、不良馬場を走るのは苦行に等しい。

日本から駆けつけたファンが、スーツやドレスを雨に濡らしながら、声援を送る。ロンシャン競馬場のスタンドでは、フランスやイギリス、イタリアにドバイなど、世界中の競馬関係者が戦いの行方を見つめていた。

序　章

内ラチ沿いぴったりに閉じ込められながら走っていると、前の馬が蹴り上げた泥の塊や剝げた芝が散弾銃のように襲いかかる。鞍上・藤晩夏《ふじばんか》の視界は茶色く染まり、進路を追うことができない。

他馬の挑発にいらだった相棒は、強引に前へ抜け出そうとする。晩夏は、体勢を崩さないよう太ももに力を入れて、手綱を握った。

「やがて風が抜けてくる。それを追えばいい」

目も耳も頼りにならなくなった時、風だけが空いたコースを教えてくれる。他馬の騎手たちは鞭《むち》を入れ、パチンという音が響き渡る。その音に驚いて、ブリーズクロニクルもハミを嚙むが、晩夏は慌てない。

大外《おおそと》の最後方から、金色の馬が突っ込んできた。その馬の名は、デザートオブタタール。泥にまみれてもなお輝く金のたてがみは、欧州王者にふさわしい威風を放っている。圧倒的一番人気に支持された前年勝者が、悠然と他馬を追い抜いていく。

この時を、晩夏は待っていた。大外からの強襲に驚いた隣の馬が、マークを緩める。馬群が自然と横に広がった時、正面から雨を切り裂いて一筋の風が流れてきた。晩夏が口笛を吹き、ブリーズクロニクルは前に生まれたわずかな隙間に、突っ込んでいった。

馬と呼応すると、音が聞こえなくなる。口に飛び込んでくる泥も、背中を打つ雨も、何も気にならなくなり、心臓が馬とシンクロを始める。先に、デザートオブタタールの金の尻尾が見えた。差は半馬身ほど。ゴールまで残りは一ハロン（約二〇〇メートル）。

相棒は鞭を入れると、ギアを上げる代わりに体力を使い切ってしまう。晩夏に与えられた銃弾は一発だけで、外すことは許されない。デザートオブタタールをゴール前で抜き去るイメージから逆算して、鞭を入れなければならない。

宿敵は、決して万全ではない。他馬とのもみ合いを嫌った結果、終始大外を走らされており、おつりのない走りを余儀なくされている。残り一〇〇メートルで、相手の脚色がわずかに鈍った。晩夏は、目や耳でなく、向かい風の受け方で、相手の動きを感じとっていた。

勝負を決める。手綱と共に握り続けてきた鞭を持ち替え、右のトモ（後肢《こうし》）に一発合図を送る。晩夏の鞭の先が、雨雲に向かって伸びたその時だった。

雨を吐き出していた雷雲が、閃光を放った。ほとんど同時に爆発音が鳴り響き、驚いた数頭の馬が激しくいないないた。スタンドの観客たちは、爆弾か何か投げ込まれたのではないかと思い、床に伏せる。

火薬のにおいはせず、爆風が起きているわけでもない。再びレースに目を向けると、先頭争いをしていた二頭はまだ走っていた。その背後で、馬の背にいたはずの晩夏が、ぬかるんだ芝の上でうつ伏せになっている。

「落雷だ！」

雷の直撃を避けたデザートオブタタールが、先にゴール板を駆け抜けた。轟音《ごうおん》を真横で耳にしたせいで、全身の毛が逆立っている。後続の馬たちは、目の前で落雷を目の当たりにしたことで我を失い、騎手を振り落とそうとしたり、耳を落として走るのをやめてしまったりしている。

内側のトラックで馬と併走していた救急車から、救護班や関係者が倒れ込んだ晩夏に近づいていく。雨が強まる中、晩夏の意識や心音が確認される。鞭を握ったまま身体を硬直させた騎手は、それから二度と目を覚ますことはなかった。

晩夏を失った相棒は、ゴール板の向こうから蘇生処置を見つめていた。ブリーズクロニクルの背に雨は絶え間なく降り注ぎ、漆黒の尻尾から滴が泥に向かって落ちていった。

第一章　ブリーズイングラス

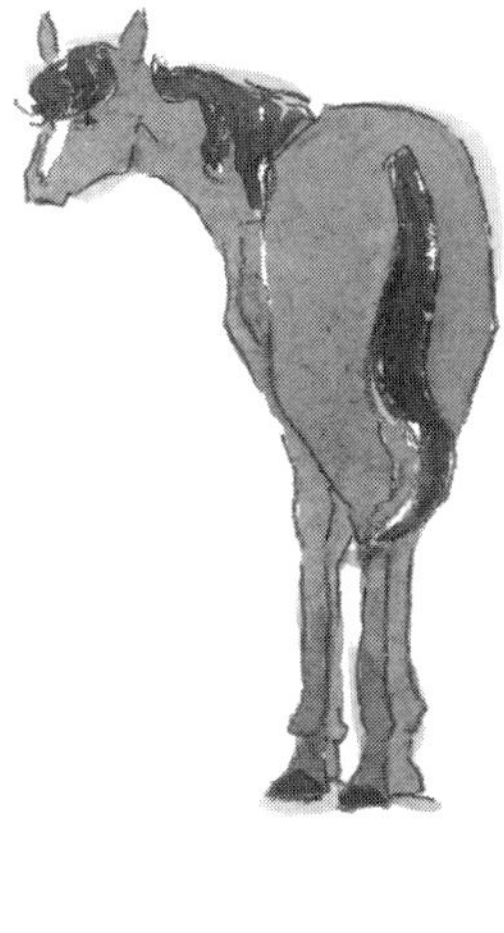

一　一九一六年　イギリス・ロンドン郊外

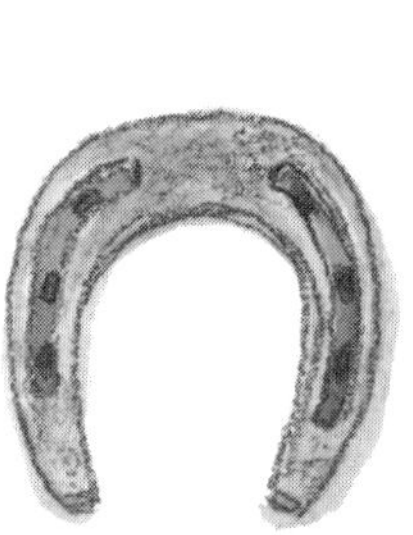

　溶けそうなほどまぶしい月の下で、鞭が肉を叩く音が鳴り響いた。その後に、歯を食いしばった男のうめき声が続く。男の歯は、歯ぎしりが癖になったせいで、短くなっている。

　グレンズ家当主アイヴォン伯爵の次男・メイハウザーは、鞭を強く握りすぎて、爪が手のひらに食い込んでいることも忘れている。

　衣服を剝がれ、背中に一撃を食らった浅黒い肌の男は、声を漏らさないよう堪《こら》えている。眠る馬たちを、起こさないようにするために。

　背中にミミズ腫れをつくった男が、なぜアリーと呼ばれるようになったかを覚えている人間は一人もいない。皇帝アブデュルハミドの専制政治が行われるオスマン帝国で失権した夫は、貴族だったアリーの母を馬と共にイギリスへ売り払った。たどり着いたグレンズフィールドの領主であるアイヴォン伯爵に見初められた母は、馬小屋の隅でアリーを産んだ。

　母はアリーに、貴族時代の話をしない代わりに、一つの言葉を伝えた。

「馬を信じなさい。二本足で歩く人間より、四本足で歩く馬の方が、この世を歩む術《すべ》を知っているのだから」

コレラで死ぬまで、母はブラシのかけ方から、削蹄《さくてい》に至るまで、アリーに教え込んだが、どこで覚えたのかを問うても答えてもらえた記憶はない。人前では手を繋《つな》がず、笑わず、褒めず、同じベッドで眠ることもない。アリーは、それが周囲から厳しい目を向けられないための、母なりの気遣いであることを理解できる少年だった。

アリーに愛情を与えるのは、馬の役目だった。馬は素直で、餌を与えれば頬ずりをしてくるし、怒れば噛んでくるし、仔を亡くせば涙を流す。生き物は心を持ち、相手の気持ちを思うことが、生きる上で大切なのだと教えてくれたのは馬だったが、彼らの難点は例外なくアリーより先にこの世を去ることだった。

時計を半日ほど戻し、ロンドン南部に位置するエプソムダウンズ競馬場では、年に一度の祭典、ダービーステークスが行われていた。

今年のダービーは、人気が一点に集中していた。その馬の名は、セヴァーン。ダービーまでに七戦七勝の完璧な成績を残し、前走の二千ギニーは、後続に七馬身差を付ける大楽勝だった。セヴァーンのオーナーであるメイハウザーは、はじめて世間で注目の的となった。幼い頃から自尊心が強く、長男や長女を越えようともがいていたものの、神は彼に学問の才を与えなかった。代わりに、運動神経が欠けた身体と凶暴さを宿した彼が、きょうだいたちに勝つために闘志を燃やしたのが、競馬だった。

アイヴォン伯爵は、次男の不出来を理解していたので、馬主業《うまぬし》を引退する時、所有馬を長女サブリナに譲った。彼に回ってくるのは、みな見限られた馬ばかりだったからこそ、アイルランドやフランスへ渡り、次々に馬を集めてきた。

尾花栗毛《おばなくりげ》と呼ばれる金のたてがみに、白い靴下をはいたような四つの足首を有するセヴァーンは、その容姿の美しさから、王室が購入を願い出るほどだった。オーナーとは正反対の眉目秀麗で、抜群の運動能力。唯一の弱点と言えば、まだ幼いところがあるため、先頭に立つと走るのを止めてしまうところだった。

ならばギリギリまで前に馬を走らせて、最後に抜き去ればいい。セヴァーンの先導役として用意したのが、黒と白の斑点があるスモーキーという馬だった。レース序盤から、スモーキーの影を追うように背後に付けたセヴァーンは、最後の直線で進路が空くのを待った。

残り三〇〇になっても、前は空かず、むしろセヴァーンが後退していく。先導役は騎手に手綱を思い切り引っ張られても、ハミを噛んでぐいぐいと前へ進んでいった。この時は誰も、スモーキーが決して緩くないペースで逃げていたことなど、知るよしもなかった。

後続に六馬身差を付けて圧勝したのは、お膳立てを任されたはずのスモーキーだった。スモーキーも所有馬であり、晴れてメイハウザーはダービーオーナーに輝いたが、誰も祝福の言葉をかけなかった。レースを終えたばかりの騎手を馬から引きずり落とし、何度も顔を蹴ろうとした彼は、表彰式からつまみ出され、オーナー不在のままスモーキーは戴冠した。

メイハウザーは、醜いものを嫌った。能力があると推薦されても、顔に斑点があったり、馬体に艶がなかったりすれば、問答無用で売り払う。スモーキーを所有していたのは、グレンズフィールドゆかりの血統馬だったからであり、育成はすべてアリーに丸投げしていた。

気高きグレンズ家に、中東の血が混じることを嫌悪してもいた。グレンズフィールドから追い出すよう何度も父に進言しても受け入れられなかったのは、アリーが厩務員《きゅうむいん》としてよく働いていたからだった。

長男や長女サブリナでさえも、アリーの働きを認めている。それは、メイハウザーがどれだけ欲しても与えられないものだった。汚らわしいアリーが、廃用同然のように扱っていたスモーキーで、ダービーを勝つ。この戴冠は、メイハウザーにとって、呪いだった。

最後に鞭を投げ捨てて、新しいダービーオーナーは馬房《ばぼう》を去っていった。アリーは、寄せて

は返すと波のような痛みが引くまで、うずくまったまま動けずにいる。痛みを堪える時、アリーは脇をひっかく癖がある。昔は腕や首をひっかいていたが、それでは目立ってしまい、メイハウザーに怒られる。いつしか服で見えない場所を爪で強くひっかいて、心が落ち着く頃には新しい傷が増えていた。

震えが収まり、呼吸が整って、痛みが鈍くなると、アリーは立ち上がって厩舎《きゅうしゃ》を出た。グレンズフィールドの丘に続いている放牧地には、ダービー馬となったスモーキーが月光浴をしていた。

斑点のある芦毛《あしげ》の馬体は、皮膚病を患っているようにも見える。月の光を鈍く反射させ、その名の通り、馬体は煙にも似ている。どれだけ軽んじられ、蔑《さげす》まれようとも、力強く天を見上げるスモーキーは、アリーにとって英雄だった。

できることならば、ここから逃げ出して、どこか遠い草原で静かに暮らしたい。山から流れた小川の水を飲み、近くに小屋を建てて作物を育て、朝の草原をともに歩く。広大とされるグレンズフィールドでさえ、アリーには檻《おり》のように映った。

スモーキーは、石像と見紛《みまが》うほど動かなかった。よく見れば、股の間から赤黒いペニスが伸びて、上下に揺れている。近くに鹿か何か現れて、警戒しているのだろうか。アリーが近づこうとしたその瞬間、雷鳴が鳴り響いた。

雷は、スモーキーを襲ったように見えた。月が見えるほど夜は穏やかだったのに、雷鳴が響いた途端、風が吹いてきた。生ぬるく、肌にへばりつくような風だ。

音に驚いたスモーキーは、雷に壊された柵を跳び越えて、放牧地を抜け出していく。追いかけようにも、人間がダービー馬に追いつくことなどできるはずもない。心臓を食い破らんばかりに、アリーの血が暴れ出す。足跡は、グレンズフィールドの森ではなく、隣の厩舎棟に続いていた。

丘の先には、繁殖牝馬《ひんば》が眠る厩舎があった。牧場の宝とも呼ぶべき牝馬たちの花園には、オーク材で造られた馬房がいくつも並んでいる。職員でさえ軽々しく近づけない厩舎の壁に、大きな穴が空いていた。奥から、馬のいななきが聞こえてくる。

つんのめりながら厩舎に飛び込んだアリーは、スモーキーを見つけた。鼻息を漏らしながら、壁で前肢を支えて、一頭の白馬に腰をぶつけているその姿を。

夏の砂浜のような白馬のまばゆさと覆い被さるスモーキーの光景に、アリーは気を失いかける。白馬のマルリーはメイハウザーのお気に入りで、この馬を買うために、ロンドン郊外の土地を売り払っていた。現役時代にフランスのディアヌ賞を勝っている良血馬であり、今年はセヴァーンとの種付けを予定している。

マルリーから身体を離そうとした時、スモーキーは全身をビクビクと震わせて、射精を終えた。アリーの手を借りることもなく、牝馬から離れて、破った壁から外へ出ようとする。アリーはスモーキーにリードを付け、柵に繋いでいる間に、荷車を引いて穴を塞いだ。

厩舎へ戻るまでの間、アリーの手は震え続けていた。スモーキーは頭や肩に木片が刺さっていて、焦げ臭い香りもする。興奮して何度も立ち上がったが、自分の馬房に戻ると寝藁《ねわら》に横たわってしばらく動かなくなってしまった。

スモーキーに付着した血を拭う間、いくつもの言い訳がアリーの頭をよぎる。どんな言葉がメイハウザーの怒りを抑えられるだろう？　愛馬をダービーで破ったあげく、とっておきの牝馬に種付けまでした失態を、もはや言葉で取り繕えるはずもない。

スモーキーは疲れ果て、軽めの眠りに就いている。アリーも背中の痛みと疲れで、とても事態を誰かに伝える気力は残されていなかった。

朝になってから考えよう。スモーキーだけがのけ者にされたボロボロの厩舎を後にして、アリーは近くの小屋で横になった。いつ眠りに就いたのかは、覚えていない。再びアリーを目覚めさせたのは、外から聞こえてくるどよめきだった。

「火事だ！　消火を手伝え！」

アリーをたたき起こした厩務員は、手に木桶《きおけ》を持っていた。まだ星が残る空に、煙が上がっている。眠っていたことなど忘れて、アリーは走った。どの厩舎が燃えているかなど、聞く必要はなかった。

日の出を背に、スモーキーが眠る厩舎が燃えていた。厩務員や職員たちが、井戸から汲んできた水をかけている。アリーは何も持たず、厩舎へ飛び込もうとした。

「僕はここだ！　出てこい、スモーキー！」

水をかけていた職員たちが、火に飛び込もうとするアリーを止めた。火の勢いは止まらず、やがて水をかける手も止まっていく。朝靄《あさもや》へ消えていく月を追いかけるように、黒煙が伸びていた。

「他に火が移ったらどうする！　早く小屋を潰せ！」

ガウンを羽織ったメイハウザーが、お付きの人間を顎《あご》で使っていた。スモーキーの厩舎は、屋敷から最も離れた場所に置かれ、馬車に乗っても五分はかかる。近くに馬車は見当たらず、慌てて飛び出してきたとは思えない白のブーツを履いていた。

スモーキーの厩舎が燃えていると知り、メイハウザーがわざわざベッドから起きて見に来るだろうか。他に燃え移る厩舎もないこの場所へ。

黒煙が、揺れてきた。死の風に包まれたアリーは、メイハウザーをにらみつけた。その眼光に気付いた義兄が、右頬を殴りつけてきた。

「何だ、その目は」

親子で人間扱いされず、何度鞭で打たれても、憎しみが生まれなかったのは、馬がアリーの心を守っていたからだった。それが焼け死んだ今、純粋な憎悪が溶岩のようにあふれ出し、内臓でミミズが暴れ回るのに似た感覚が襲っていた。

メイハウザーはピストルを取り出し、アリーへ向ける。この義兄もまた、胃のざわつきを覚えている。失望と嘲笑が入り交じったアリーの目は、長男や長女とそっくりだった。父・アイヴォン伯爵の姿もよぎる。

汚らわしい血を継ぐ褐色の義弟さえ、自分を侮辱するのか。ピストルを握る手が、震え出す。

「おやめください、旦那様！」

厩務員たちが慌てて止めようとするが、メイハウザーは天空に弾丸を一発撃った。

「馬は死んだ。貴様が、この地で生きる理由はもはやない」

銃声に、一瞬目を閉じても、アリーの視線は変わらない。無垢だったアリーの心には、泥の跳ねたキャンバスのように、小さな染みがいくつもできている。この染みが増えていけば、自らの手で義兄の首を絞めることだって、できるかもしれない。

一歩、前へ足を踏み出そうとした時、柱が崩れた。我を失いかけていたアリーは、制止を振り切って燃えさかる厩舎へ飛び込んでいく。背後から、再びの銃声と、メイハウザーの叫びが聞こえるが、何を言っているのかは分からなかった。

火は強く、息をすると喉がチリチリと痛む。酸素が薄く、周囲は真っ赤に燃えているはずなのに、視界は白い。

スモーキーの名を叫んだ。熱風で言葉がうまく音にならず、煙で立っていられなくなる。一瞬、心を失いかけた。母とスモーキーが守っていてくれた心に、自ら泥を塗るところだった。どうせならば、心が汚れぬまま、愛馬と共に天へ昇りたい。息をすることも苦しくなり、崩れてきた柱の下敷きになって、意識は途切れていった。

光を感じた。目が開き、腕は瓦礫《がれき》の重さを感じ、太ももの裏がヒリヒリする。焦げ臭さが鼻を突き、舞った灰で咳が出る。やけどの痛みが、意識を現実へ引き戻していく。瓦礫をどかしていた誰かが、倒れ込んでいるアリーに気が付いた。

アリーと目が合い、ため息が生まれる。死んでいればどれだけ楽だっただろうにと、顔が告げていた。瓦礫から抜け出し、朝焼けを迎えた牧場の空気を吸う。厩舎は完全に倒壊し、壁も柱も屋根も、すべて黒く焦げている。

　遺体はどうなったのか。時系列がはっきりしてきたアリーは、瓦礫をどかし、灰やすすを掘り返していく。

「**おーい**」

　掘り返そうとする手が止まる。灰の下から、声がする。

「**クソッ、何も見えやしねえ。誰かいないか？**」

　かなり大きな声だというのに、瓦礫を片付ける厩務員や職員は見向きもしない。幻聴を疑い、何度も目を開けては閉じて、息を吸う。もう一度目が覚めればどれだけよかっただろう。焼けた厩舎とやけどの痛みが、現実を告げていた。

　声はどんどん大きくなり、灰の奥に見えてきたのは蹄鉄《ていてつ》だった。アリーが、スモーキーの蹄鉄を見間違えることはない。後肢の踏み込みが強すぎて、前肢とぶつかって爪を痛めることを避けるべく、何度も作り直して特別な蹄鉄を打っていた。

　肝心のスモーキーの遺体は見当たらない。火に驚いて、蹄鉄だけ外れてしまったのだろうか。少しでも手がかりを求め、蹄鉄を置き、もう一度灰を掘り返す。

「**おい、ここだよ、ここ！**」

　声はよりはっきり聞こえる。

「**どこ見てんだって！**」

スモーキーの蹄鉄を持ち上げる。この鉄から、声が聞こえていた。

「マジか、お前見た目によらず力があるな！　わりい、見ての通り灰まみれなんだ。どういうわけか身体がまったく動かねえ。ちょっと水場まで肩貸してくれねえか？」

改めて、周囲を見渡す。蹄鉄に話しかけられても、誰も目をくれていない。親指と人差し指で、蹄鉄をつまみ上げた。

「おいおい！　宙づりになってるっての！　ちゃんと頭を上にしてくれねえと、血が上っちまうって！」

今度はカーブしている部分を上にすると、蹄鉄は文句を言わなくなった。井戸まで駆けていき、桶に水を入れた。

「頭から思いっきりぶっかけてくれ」

ちゃんと話を聞いていなかったアリーは、蹄鉄を桶に沈めた。蹄鉄に付着した灰が、水面に浮かんでくる。しばらくして、水の中から声がした。慌てて取り上げると、罵声が飛んでくる。

「バカ野郎！　溺死させる気か！　全身を沈めるなんて何考えてやがる！　どんだけでかいプールに案内したんだよ！」

今度は持ったまま、蹄鉄を水につけようとした。その時、蹄鉄が待ったをかける。

「おい、こりゃどういうことだ。水面に俺の姿が映ってねえぞ」

アリーは手を止めて、震える喉から声を絞り出した。

「な、なぜ、蹄鉄が喋っているのですか？」

「何言ってやがる！　誰が蹄鉄だ……」

蹄鉄に自分の姿を見せるべく、アリーは浮かんだ灰を手ですくい、角度を変えて水面に映した。波紋を立てる桶の水には、褐色の少年と蹄鉄しか映っていない。

蹄鉄から、船を見つけた遭難者のような叫びが鳴り響く。グレンズフィールドはおろか、ロンドンにまで届くのではという声に、アリーは肩で耳を塞いだ。改めて周囲を見ても、瓦礫を荷車に載せる厩務員が、あくびをしているだけだった。

いつまで経っても慣れない蹄鉄が喋るという現実に、アリーは寒気を覚えていた。

「あの、あなたは何なのですか？」

会話が成り立つから人の言葉が分かるにせよ、人間とはほど遠い。鉄の冷たさが伝わってきて、生き物とはとても呼べそうにない。

「俺は、日本の騎手だ。名は藤晩夏。日本から凱旋門賞を勝つべく、フランスへやってきていたんだ」

凱旋門賞というレースを、アリーは聞いたことがない。

「そうだ！　レースはどうなった！　クロニクルは無事か？　確か、最後の直線で、頭が爆発したような衝撃に襲われて……。ちきしょう、ぼんやりして思い出せねえ」

もしも悪魔が蹄鉄に宿って騙そうとしているのならば、あまりにも声が震えすぎていた。

「この声は、僕の幻聴ではないのですか？」

二人で戸惑っていてもきりがない。先に冷静になったのは蹄鉄の方だった。

「もう一度、俺を持ち上げてみてくれ」

両手で蹄鉄を持ったアリーは、高く持ち上げた。焼けた厩舎から風で舞い上がった灰が、広い放牧地に飛ばされていく。グレンズフィールドの中央には、監視塔をかねた時計台が立っている。時計は、六時を少し回ったところだった。

「どうして俺は牧場にいるんだ？　向こうに塔があるな。あれはグレンズフィールドのものによく似ている」

「グレンズフィールドを知っているのですか？」

「俺の最大のライバルとなる馬の生産牧場だ。所有馬から敷地の広さまで、調べ上げている。一つ違う点は、あの塔はまだ新しく見えるな」

馬が驚くからと多くの反対が上がったのを無視して、メイハウザーは数年前に時計台を建てた。蹄鉄が、グレンズフィールドという言葉を放ったことで、アリーの警戒がわずかに薄まる。

「元は人間なのに、なぜ今は蹄鉄になってしまったのですか？」

「そんなことは俺が知りたい」

会話が成立すると分かると、質問が湧き出てくる。

「蹄鉄になるというのは、どういう気分なのですか？」

「視界ははっきりしている。今お前と目が合っているから、こっちが顔なんだろう。遠くから馬糞のにおいもするし、お前の指の感覚も分かるが、心臓の音はしない。なあ、もう一回、俺を水に沈めてくれないか」

言われたとおり、蹄鉄を水につけていく。怖かったので、今度は沈めずに持ったままにしておいた。しばらくして、ＯＫの声が聞こえ、アリーはすかさず取り上げる。

「水の中にどれだけいても苦しさはない。おそらく、今の俺は酸素を必要とする身体ではなくなっているんだろう。よし、せっかくだ。他にも試してみたいことが……」

「アリー」

蹄鉄との会話に夢中で、人が近づいていることに気付けていなかった。ネグリジェの上から薄いストールをまとったグレンズ家の長女サブリナが、背後に立っていた。アリーはとっさに蹄鉄を落とし、灰だらけの手をズボンで拭い、サブリナの前で膝を突く。

「申し訳ございません。グレンズ家の大切な馬を一頭、死なせてしまいました」

「おい！　俺を放り投げるな！」

牧草を揺らした風が、アリーとサブリナの間を抜けていく。同じ血が流れているというのに、片方はすすだらけの身体で跪《ひざまず》き、片方はお召し物が汚れるから奥に行ってはならないと執事から心配されている。

「アリー、あなたにお願いがあります」

サブリナにお願いをされたことなど、一度もない。義姉とはいえ、母はグレンズ家の子どもたちには近づかないよう厳しく言いつけていた。アリーにとっては、主人であり、まともに目を合わせていい対象ではない。

母が生きていた頃はよく、サブリナが馬の扱い方を教わりに来ていた。幼少のほんのわずかな間だけ、アリーとサブリナは友達だった。潮目が変わったのは母の死と、サブリナがアイヴォン伯爵から馬を相続してからだった。不用意にアリーには近づかなくなり、一人の少女からグレンズ家の長女として生きる覚悟が、サブリナを変えた。

サブリナに残された時間は、限りがある。それを分かっていたからこそ、サブリナはスモーキーをアリーに任せていたが、カウントダウンがゼロになったことを、義姉は告げに来た。

「年が明ければ、わたしはグレンズフィールドを離れ、レッドコーン伯爵のご子息ウェルター卿の妻となります。鉄道王とも呼ばれる伯爵のご子息と、グレンズ家が結ばれ、さらなる繁栄をもたらすことを、わたしは誇りに思います」

サブリナは朝焼けの太陽を背負っていた。薄紫色に染まる空に雲はなく、草木が気持ちよさそうに光を浴びている。アリーに伸びるサブリナの影だけが、夜の続きのように暗かった。

「唯一の心残りは、メイハウザーがこのグレンズフィールドの領主となること。あの男は、わたしやあなたの母が育てた馬を例外なく売り払い、すべてを追放するでしょう」

サブリナは、政略結婚の駒として使うには、あまりにも優れた経営者でもあった。結婚しないという未来をサブリナは幾度となく想像したものの、それは時代と家が許さなかった。

執事が一頭の馬を連れてきた。目の間から鼻にかけて、白い流星が走る鹿毛《かげ》の牝馬は、尻尾を左右に振っている。

「あなたに、ブリーズイングラスを託します」

アリーの母が手がけた馬は、よく走った。中でもブリーズイングラスは、サブリナにはじめてイギリスオークスの栄冠をもたらした馬でもあった。サブリナがアリーの母に懐いていたのは、境遇に同情したからではない。

ボロ小屋で子育てをしながら、決して卑屈になることはなく、馬への愛情を惜しまない。あえて距離を置こうとするのも、グレンズ家でサブリナの立場が悪くならないよう配慮しているゆえだった。身をやつそうとも、思いやる心を持ったアリーの母は、幼いサブリナにはじめて敬意という感情を生んだ。

ブリーズイングラスの息子であるスモーキーは、サブリナにとって亡きアリーの母に栄冠を捧げるための約束の馬でもあった。見事その願いを成就させたスモーキーだったが、たった一夜にして灰になり、サブリナ自身もグレンズフィールドを離れる時が近づいていた。

このままでは、すべてが無に還る。アリーの母と馬を育てたことも、青春を馬産に捧げたことも、レースで一喜一憂した記憶も。グレンズ家に人生を翻弄されることを受け入れたサブリナも、思い出まで消し去ることは拒んだ。彼女が取れる最後の手段こそ、ブリーズイングラスをアリーに委ねることだった。

「彼女と共に、アメリカへ渡りなさい」

「僕はもうグレンズフィールドにはいられないのですか？」

友も家族もいなくとも、グレンズフィールドはアリーの故郷だった。牧場の外へ一歩も出たことがない彼にとって、アメリカへ行くなど海の底へ沈められるのと何も変わらない。

「あの男は、いずれブリーズにも手をかけるでしょう。スモーキーに近い血を持つ馬は、一族郎党根絶やしにする。あの愚か者は、底なしの憎悪を持っています。ブリーズの種付けは今年も無事に終わり、仔も宿しています。その仔を、あなたが育てるのです」

「無理です、サブリナ様。僕はここより外の世界を知りませんし、アメリカに知り合いなど一人もいません。ブリーズを連れたところで、野垂れ死にさせてしまいます」

「ブリーズとあなたは、アメリカの馬商に売約してあります」

風で揺れるサブリナの髪が、朝日を浴びて輝いていた。

「ブリーズの血を、ここで途絶えさせてはなりません。あなたの母が生きた証《あかし》を、グレンズ家の男たちに好き勝手させてなるものですか」

傲慢な父や次男とは違い、サブリナは聞く耳を持ち、階級を気にせず対等さを重んじるからこそ、希有な女性ホースマンとして地位を得た。

アリーからすれば、サブリナもまた紛うことなきグレンズ家の人間だった。目的のためなら手段を選ばず、頑《がん》として自分の道を突き進む。ホースマンとして生きる道を閉ざされてもなお、アリーをアメリカへ送ってまで馬を生かそうとする執念は、この一族の貪欲さをよく象徴していた。

「僕には無理です」

執事から渡された地図には、目的地に印が付けられていた。

「ロンドンを目指しなさい。ユーストンの駅で、ブリーズの新しいオーナーであるジョナサン・マクファーレンが待っています。いいですか、できるだけ早くここを離れるのです」

地図の他に、パンや水、馬用のブラシに予備のリードや手綱、ハミが入った鞄を渡される。

反論も許されないまま、ブリーズの背にまたがりかけた時、蹄鉄が叫び声を上げた。

「待て！　俺をこのままにしておくつもりか？　どこへ行くのか知らんが、俺も持っていけ！」

声の大きさで、アリーは喋る蹄鉄のことを思い出した。サブリナは馬から離れたアリーに驚くだけで、蹄鉄の声にはまるで気付いていない。

「どうしたのですか」

やはり蹄鉄の声はアリーにしか聞こえていない。拾い上げた蹄鉄の穴に紐《ひも》を通し、ベルトに固く縛り付けた。繁殖に回っても、ブリーズの馬体は筋肉を保っている。アリーを乗せても嫌がらず、鼻をぶるぶると鳴らす。

サブリナは愛馬の首に顔を寄せた。

「ブリーズ、強く生きなさい。わたしの代わりに、幸せになりなさい」

揺れるブリーズのたてがみが、サブリナの髪と重なり合った。

焼け落ちたスモーキーの厩舎にサブリナを残し、グレンズフィールドの入口へ向かう。アリーは何度も足を止めて振り返ろうとしたが、ブリーズはそれを許さなかった。足を止めたら何かに追いつかれると知っているのか、生まれ育った牧場から外に出ると、ロンドンへ続く道を駆け足で進み出した。

朝焼けの草原に、林の木々が影を伸ばしている。グレンズフィールドが見えなくなると、知らない星に取り残されたようだった。すれ違う人もおらず、地図と方向が合っているのかも定かではない。

ベルトにぶら下げられた蹄鉄から、声が上がった。

「**俺たちが今乗っている馬は、なんて名前だ**」

蹄鉄の声がしても、ブリーズの耳はピクリとも動かない。

「ブリーズイングラスと言います」

蹄鉄がため息を漏らす。

「**名馬と同じ名前を付けちゃいけないわけじゃないが、ブリーズイングラスの名前を付けるのはさすがに常識知らずというやつだ。教えてやるがな、俺が凱旋門賞で乗っていた馬は、父系も母系もブリーズイングラスの血を引く名牝《めいひん》なんだ。不屈と呼ばれたこの血を絶やさぬよう、**

幾多のホースマンが努力を積み重ねてきた。どうやらお前も厩務員のようだから、それくらいのことは……」

「ちょっと待ってください。ブリーズはまだ八歳で、孫は一頭もいないのです」

蹄鉄の笑い声が、轍《わだち》の残るロンドンへの道で響く。

「そりゃ俺の知ってるブリーズイングラスとは別の馬だから、事情は異なるだろうさ。こっちは父がライアンドグラスというイギリスダービー馬。母はエウロパといってオークス馬、当時の良血が配合された牝馬だ」

アリーは馬の足を止めた。

「このブリーズイングラスの父も、ライアンドグラス。母はエウロパなのです」

「何言ってんだ。ブリーズイングラスは一九一〇年代の馬だぞ。生きてるわけねえじゃねえか」

アリーのベルトにぶら下がって、蹄鉄は外の景色を見てきた。道はアスファルトで舗装されておらず、信号やガソリンスタンドも見当たらない。通り過ぎた駅逓所《えきていしょ》には、自動販売機などなく、遠くにマンションもビルもコンビニもなかった。

一つの仮説が、蹄鉄を襲う。

「ケータイで今日の日付を教えてくれ」

「ケータイ？」

「携帯電話だよ。時計でもいい。日付が分かるものはないのか」

「電話というものは知っていますが、携帯できるものなど聞いたことがありません。それに、時計なんて高価なものを、僕は持っていません」

「じゃあ今日が何年の何月何日か教えてくれ」

「昨日、一三七回目のイギリスダービーがありました。今日は一九一六年の五月三一日になります」

駅で一休みする人々は、誰一人としてTシャツを着ておらず、胸元までしっかりボタンを留めたシャツに、チョッキを羽織っていた。イヤフォンをして音楽を聴く人の姿も、スニーカーを履いた人も見当たらない。

黙ってしまった蹄鉄に、アリーが声をかけた。

「あの、大丈夫ですか」

ただの鉄に戻ってしまったのではないかと思うほど、蹄鉄の沈黙は長かった。撫《な》でたり揺さぶったりしていると、また声がした。

「お前、凱旋門賞を知らなかったな」

「はい。大きなレースなのですか？」

近くの小屋に、サーカスのチラシが貼られている。ロンドンで行われる公演は、一九一六年の六月二四日と書かれていた。

「そうか、この頃はまだ凱旋門賞そのものがなかったんだな。俺は、二〇〇五年に行われていた凱旋門賞に騎手として騎乗していたんだ」

「今から九〇年後ということですか？」

アリーに事情を伝えようとするにつれて、記憶が蘇ってくる。

「**そうだ。最後の直線で鞭を入れようとした瞬間、雷が落ちたんだ。頭の上で手榴弾が爆発したような衝撃に襲われた。息ができなくて、ぬかるんだ芝の上に倒れ込んだところまでは覚えている。目を覚ましたら灰の中にいた。声を上げたら、お前が俺を掘り出してくれたってわけだ。死んで天国に行くはずが、どういうわけか乗る船を間違えて、過去にやってきたらしい。あげく乗り間違えた罰として、蹄鉄になっちまった。こんな話、信じられるか？**」

じれったそうにしていたブリーズは、ついに歩き出した。アリーは手綱を持ったまま、何も言えずにいる。絵本すら読んでもらったことがないアリーが、喋る蹄鉄と出会うというのは想像の限界を超えていた。

「**無理もねえ。俺が一番信じられねえんだからよ**」

ブリーズのカポカポという足音だけが、雲のない空の下で鳴り響いている。群れを成した鳥たちが、ブリーズを追い抜いていった。

「あの」

アリーはこわごわと声を出す。

「未来では、ブリーズの子孫が走っているのですか？」

「**そんな次元の話じゃねえ。ブリーズイングラスは、世界の競馬史において欠かすことのできない一頭だ。なあ、こいつの横顔を見せてくれないか**」

　アリーは蹄鉄を持って、ブリーズの横顔に近づけた。

「額に走った流星。白い鼻の真ん中にある黒い丸。俺が見たブリーズイングラスの肖像画とうり二つだ」

　アリーは蹄鉄に言われるがまま、横顔だけでなく、背中や耳に至るまで、細かく見せた。

「お前、名をアリーと言ったな」

「はい」

　すれ違った馬車が遠くへ行くまで、蹄鉄は何も言わなかった。

「そうか。お前がアリーなのか」

「僕のことも知っているのですか？　ならば、これから僕とブリーズがどうなるのか教えてください！」

　アリーは、蹄鉄を強く握る。

「嫌だね」

「どうしてですか？」

「単純なことだ。この世界が、俺のいた未来につながっている保証はない。大体、死んだ俺を蹄鉄に変えちまうような世界なんて、信じられるか」

「ですが、あなたはブリーズの子孫が未来まで繁栄していることを知っています。僕は、ブリーズを連れてアメリカへ行ったところで、何もできる自信はありません」

　ブリーズの背中のぬくもりが、アリーの股を通して伝わってくる。

「サブリナが、どういう気持ちでブリーズを託したのか、お前はちゃんと考えたのか」

「それは、僕にしか任せられない急を要する事態だったからです」

沈黙は、ただ音がない時間を表すわけではない。会話と会話の間に生まれた音のない時間は、時に言葉以上の意味を持つ。アリーにはまだこの沈黙が何を意味しているのか、考えられる力がなかった。

「他人の気持ちを想像できないホースマンの前に、名馬は現れない。肝に銘じておけ」

蹄鉄はアリーの唇が乾いているのを見て、ため息をついた。

「そんなに未来を知りたいのなら、一つだけ教えてやろう。これからアメリカに渡ったお前は、信じられないほど多くの試練にぶち当たる。グレンズフィールドに残っていた方がマシだと思うくらいの困難にな」

ブリーズイングラスの子孫が生きているからといって、自分が安寧に生きられると決まったわけではない。アリーは、シャツの間から手を入れて、脇をひっかいていた。爪でこすられた皮膚が赤くなり、じわりと血がにじんでくる。

「だから、俺がお前の相棒になってやる」

蹄鉄は言った。雲の隙間から照らしている光に向かって、ブリーズは歩いている。

「ブリーズイングラスがいる時代に来た以上、俺にはやるべきことがある」

「やるべきこと？」

「俺はもう一度、ブリーズクロニクルに会いにいく。俺がお前を支えてやるから、お前はブリーズイングラスの最大の理解者になれ。どれだけ時間がかかるかは分からないが、お前が立派なホースマンになれば、必ずクロニクルへ道は続いていく。その手伝いを、俺がしてやる」

のんびり歩くことに飽きたブリーズは、駆け出した。

「なぜあなたはそんなに落ち着いていられるのですか？」

蹄鉄はへっ、と笑った。

「お前、これだけ俺が騒いでいて落ち着いているとでも思ってんのか？」

「蹄鉄になってしまった事情を受け入れて、僕を励まそうとまでしてくれています」

「まだすべてを受け入れたわけじゃねえ。蹄鉄になった俺は寿命があるのか。それとも、死ななくなっちまったのか。分からねえことが多すぎる。悪いことばかりでもないのは、お前と言葉が通じる点だ。どうやら、俺の声はお前にしか聞こえていないみたいだからな。俺やお前も大変だが、一番苦労をしているのはブリーズだ。俺たちは、何があっても、こいつの支えになる。その覚悟は、あるな？」

「もちろんです」

アリーの返事は早かった。

「よし、いい返事だ。ただ、一つ大きな問題があるな……」

「問題？」

「このままじゃみたらし団子が食えねえ」

「みたらし団子？」

「つっても分かんねえよな。餅っていう米で作った団子に、甘塩《あまじょ》っぱいとろっとしたソースをかける食いものがあんだよ。俺は、これに目がなくてな。レースが終わったら必ず食うようにしているんだ。いや、今俺、蹄鉄なんだから食えねえな。っていうか、俺、これから腹減るのか？　どうやって栄養摂取すればいい？」

アリーは首をかしげた。

「そんなつまらないことの心配をするんですか？」

「**みたらし団子が食えねえのは死活問題だ！　俺の一番のおやつなんだぞ！**」

蹄鉄の執念に、アリーはくすっと笑いが漏れる。

「あなたは変な方ですね」

光が差した場所にやってくると、ブリーズはさらに速度を上げた。光が当たっている場所は、やけに暖かかった。アリーは身体をひっかくのを止めて、手綱を握り直す。

「**アリー、お前は一人じゃねえ。ブリーズがいる。この馬は、お前を導く風になる。だから、心配すんな**」

ブリーズは首を低くして、本気を出した。今の自分がどれくらいの速さで走れるのかを、確かめるように。

「ありがとうございます。えっと……」

「**晩夏だ**」

名前を言った後、晩夏の笑い声がした。この蹄鉄と話しているうちに、いつの間にかグレンズフィールドは見えなくなっていた。

「よろしくお願いします。晩夏」

「おう！」

蹄鉄となって生まれ変わった藤晩夏と、グレンズ家の庶子として故郷を追い出されたアリー。

その二人を乗せたブリーズは、ロンドンまで風を切って進んでいった。

二　月下の帆

大西洋の夜空に、流れ星が横切った。月に照らされた海に浮かぶ船の上で、走り回るアリーの足音が響き渡る。

「ボスはどこですか？」

輸入した馬たちを載せた貨物室にアリーは飛び込んだ。船の揺れなど気にせず飼葉《かいば》を食べ続ける馬もいれば、寝付けないのか一点を見続けて、前肢で床を掻く神経質な馬もいる。樽《たる》に腰掛けていたのは、黒人の男だった。クセの強いカールした短髪の男は、二メートル近い体軀をしており、下を向いた厚い唇は寡黙さを物語っている。寝藁で何かを編んでいたが、目的があるわけではなく、ただの退屈しのぎのようだった。

アリーが現れても足を組み替えるだけで、目を見ようとはしない。

「静かにしろ。隣だ」

隣の船室の扉を叩いて、アリーは牧場長であるジョナサンを呼んだ。

「ボス、大変なんです、ブリーズが！」

返事はない。何度も扉を叩き、アリーはしぶとく呼び続ける。扉を開けようとした時、中から寝汗で髪がボサボサになっているジョナサンが現れた。白髪交じりの長髪に、げっそりとこけた頬、鼻下から顎に向かって伸びる無精ひげは、とても紳士とは呼びがたい。身だしなみという概念が欠落した人間を見るのも、アリーにははじめての経験だった。

「うるさいぞ、何だこんな夜中に」

ジョナサンは大あくびをして、腹をかいていた。

「ブリーズの下痢が止まらないんです。昨日から何も口にしなくなってしまって、飲み水も足りません。お願いします。もう少し水を分けていただけないでしょうか」

ブリーズの長旅は困難が続いた。ロンドンまで走ってから、石炭用の貨物車両に閉じ込められて、リバプールまで運ばれた。乗船の際、家畜用の貨物室が満員だったため、甲板の一角に用意されたコンテナに詰め込まれ、旋回するのもやっとという狭さだった。

コンテナは石炭のにおいが染みついていて、飼葉や水は最低限しか与えられず、出港してから二日目の夜にブリーズは体調を崩した。

「何だと？　何をやっていたのだ！」

ジョナサンの青白い顔が真っ赤に染まる。口寂しくて、港で買ったオレンジをかじったが、中が腐っていて、ゴミ箱へ投げ捨てる。

「くそったれ！　グレンズ家に一杯食わされたな。ダービー馬の母でありながら、こんな急に、しかも安値で売りに出すのだから、もっと疑ってかかるべきだった。ちくしょう、これだからイギリスの連中は好かん」

海図のイギリスに画鋲《がびょう》を刺し、ジョナサンはアリーの肩を摑んだ。

「いいか、わしはブリーズを買ったのであって、お前を買ったわけではない。ニューヨークへ着く前に死んでみろ。馬の亡骸《なきがら》と共に、お前もこの海に沈めてやる！」

「そんな！」

「それが嫌なら何が何でもブリーズの体調を戻せ！　お前の命はブリーズが握っているのだからな！」

大きな音を立ててドアは閉まり、部屋から何かを蹴っ飛ばした音が聞こえてきた。貨物室に戻ったアリーは、ジョナサンからダイスと呼ばれていた番をする黒人に頭を下げた。

「お願いします。少し水を分けていただけないでしょうか。ブリーズの下痢が止まらなくて、水分が失われているんです」

ダイスは置きっぱなしになった新聞を読んだが、写真だけ見て投げ捨ててしまった。つまらない藁

いじりを再開している。ダイスの背後には、たっぷり水を入れた樽が控えている。

「このままではブリーズが死んでしまいます」

編まれた藁はリング状になっている。ダイスは、その作業がいかに大事かと見せつけるようにアリーから目をそらす。

「嫌だね」

「見殺しにしろと言うのですか？」

船が揺れて、編んでいた藁が馬房に入ってしまった。ダイスは床を蹴った。

「知ったことか！　おれは、ここの馬たちの世話をしろとだけ言われている。おまえの馬はおまえが世話しろ」

「ブリーズはボスが買った馬なのですよ？」

ダイスは貧乏揺すりを止めて、立ち上がった。

「おれはやめた方がいいって言ったんだ！　二頭買う約束だったのに、ボスはうまく言いくるめられて、あの馬まで買わされた！　ここには、二頭分の飼葉と水しかない。あの馬のせいで、こいつらが食べる量が減ってるのに、もう少しよこせだと？　バカ言うな！」

腹の奥が震えるようなダイスの声に、アリーは身がすくむ。ベルトから吊した蹄鉄に、自然と手が伸びる。

「コップ一杯でも構いません。新鮮な水を、ブリーズにも譲ってください」

「うるさい！」

ダイスは大きく踏み込んで、アリーの胸を押した。扉に思い切り背中をぶつけ、一瞬呼吸できなくなる。ダイスはうずくまるアリーの首根っこを摑むと、貨物室の外に追い出してしまった。扉の内側に樽が置かれ、アリーの力では開けられなくなる。

「**アリー、俺を中へ入れろ！　あのクソ野郎の首を絞めてやる！　なんてやつらだ！**」

どれだけ晩夏が怒ろうと、蹄鉄はぴくりとも動かない。ブリーズは、コンテナで横たわり、苦しそうに息をしている。下痢と石炭のにおいが混ざり、ひどい悪臭が漂っている。ブリーズは舌をだらんと垂らし、目は開きっぱなしだった。

「**かなり脱水が進んでやがる。そこら辺に船員が飲み残したコップか何か落っこちてないか？**」

苦しむブリーズをよそに、空は数多《あまた》の星を浮かべていた。アリーの目に、折りたたんだ幌《ほろ》が映る。昨夜溜まった雨が、滴となって落ちていた。アリーはマストによじ登っていく。

「**おい、マジかよ、アリー！　落っこちたら死ぬぞ！**」

「静かにしてください、晩夏。あなたに叫ばれるとびっくりします」

滑るマストから綱渡りの要領で、ヤードを歩いていく。ベルトに吊される晩夏の方が、風を気にしていた。折りたたまれた幌には、黒っぽい水が溜まっている。蹄鉄と一緒に吊しておいたブリキのコップを伸ばし、すくい取ろうとする。水面に触れた瞬間、船が揺れ、アリーはヤードにしがみついた。遠くから、小さな波が押し寄せてきている。落ち着くまで耐え、落ち着いたのを見計らってコップに水を入れたアリーは、するするとマストを下りていった。

「**お前、意外と肝が据わってやがるな**」

ブリーズの呼吸が、さらに荒くなっている。アリーは手を濡らして、ブリーズの唇に水を付けた。

「グレンズフィールドの水ほど、おいしくはないけれど」

唇を湿らせてから、舌先にコップを近づける。ブリーズは水の冷たさを感じたのか、長い舌を蛇のようにしならせた。

アリーは何度も手を濡らして、ブリーズに水を飲ませた。

「君は、くじけていないんだね。朝になれば、明日の分の水はもらえるはずだ。足りなかったら、また汲んでくるよ」

馬を相手に話をしていると、口下手のアリーも自然と言葉が出てきた。ブリーズは、母とサブリナが配合を考えた馬だった。ブリーズが生まれる前にこの世を去ったので、母は活躍を目にすることはできなかったものの、アリーにとっては母の遺志を継ぐ馬でもあった。

スモーキーがあのような形で亡くなったからこそ、アリーはブリーズのためなら厭《いと》うものは何もなかった。苦しそうにしつつも、ブリーズは水を飲み続けた。

「**強い馬だ。俺はてっきりグレンズフィールドの馬は、貴族のような暮らしをしていると思っていたが、考えを改めなければならないな**」

「晩夏は、グレンズフィールドがこれからどうなるのかも知っているのですよね？」

「**俺は実際に見てきたわけではないし、歴史から学んだことしか分からない。未来からやってきただけで、俺が未来のすべてを知っていると思っているようだが、そんなことはない。どう**

してお前はそんなに未来を知りたがる？」

「ブリーズのためなら、僕は何にでも頼りたいのです」

「それは、お前の不安をブリーズの心配にすり替えているだけじゃないのか？」

反論することができなかった。ブリーズの温かい舌に比べて、アリーの手は冷たい。

「俺は、意地悪でお前に未来を教えないわけじゃない。仮に、俺の言う通りに、お前が行動したとしよう。その途中で、俺がいなくなったら、お前はどうするつもりだ？」

ブリーズの汗で濡れたたてがみが、身体に張り付いている。

「お前を最高のホースマンにすると、俺は言った。それは、俺の操り人形になることを意味しない。お前は、ブリーズの求めに応えられるから、あんな無茶をしてでも水を取ってきた。それでいいんだよ。自分の頭で行動できる自分を信じてやれ。俺は、そういうお前を支えてやりたいんだからよ」

「そうは言っても……」

晩夏はブリーズに口笛を吹きながら笑った。

「俺がお前に教えなきゃいけねえのは、みたらし団子の作り方だ。あれだけは何としてもお前に食ってもらわなきゃならん」

「あんた、誰と喋ってるの？」

デッキの手すりに、黒人の女性が寄りかかっていた。長く伸ばした髪を輪っかにして、頭の後ろで結っている。背丈は小さいが、くりっとした大きな目はまつげが長く、見たものを黙らせる強さがあった。

アリーはブリーズをかばうように、女性の前に立った。

「こ、この水は雨水を取ってきただけです。決して盗んではいません」

女性は腕を組んだまま、アリーに近づいてくる。

「見てたわよ。あんたがマストから落っこちそうになりながら、水を汲んでくる姿をね。ねえ、あんた、自分がどんな風に扱われているのか気付いていないの？」

女性は髪飾りの位置が気に入らなかったのか、前髪に付けた飾りを直し始める。

「ダイスに押されても、文句一つ言わないなんてどうかしてる。あいつは、人を上下でしか見ることができない。ずっと下に見られ続けてきたから、自分より下の人間をいつも探している。一度、下に見られたら、一生あいつに殴られたり、意地悪されたりするでしょうね。今のうちにガツンと言っておかないと、後悔することになるわよ」

黒人の女性は、アリーより四つか五つくらい年上に見えた。背はアリーの方が高かったが、黒人の女性は口調がはきはきしており、グレーのシャツとパンツに、黒いブーツを履いた姿は軽やかだった。

「あんた、アイヴォン伯爵の妾《めかけ》の子なんでしょ？　仮にも同じ血が流れている姉から、その馬と一緒にアメリカへ売り飛ばされて、プライドが傷つかないの？　なんであいつらは貴族で、自分は奴隷なんだって」

「……サブリナ様は、僕の姉ではなく主人の一人です」

女性は藁の詰まったコンテナを蹴っ飛ばした。

「あんたを見ていると、虫唾《むしず》が走る！　いい、あんたみたいな奴隷根性が染みついているやつが、あたしたち黒人を苦しめているのよ？　奴隷であることに甘んじていれば、貴族たちは調子に乗って、あらゆる人種を下に見ようとする。あんたは半分貴族の血が流れているのだから、立ち上がらなければいけないはずよ！　こんな扱いを受けるのはおかしい！　自分も普通に生きる権利があるんだって！」

女性ににらまれていると、鉄工場の高炉に近づいた時のようなヒリヒリとしたものを肌に感じる。グレンズフィールドには、ここまで強く主張する女性がいなかった。

「あたしたちの家族は黒人のために戦い続けてきた！　おじいちゃんはリンカーンを信じてゲティスバーグを戦って、同じ黒人に頭を撃たれて死んだ。北軍が勝って、あたしたちは白人と同じ権利を手に入れるはずだったのに、ジャクソンの街では、黒人差別がもっとひどくなって、父さんたちは馬を連れてケンタッキーまでやってきた。南北戦争は終わっても、あたしたちの戦い

は終わっていない。この世から、黒人を都合よく利用して、人間扱いしない連中がいなくなるまで、あたしは戦い続ける」

マストに止まっていた海鳥が、女性の声に驚いて、船首に飛び移っていった。

「一人でも黒人が奴隷であることを認めたら、貴族のやつらはすべての黒人が奴隷だと思うのよ！　あんたも同じよ！　馬と一緒に売り買いされるのに何の抵抗も示さなかったら、色の付いた肌の人間はみんな、貴族たちに下に見られるんだわ！」

気圧《けお》されたアリーは、ブリーズの首に触れた。相変わらずブリーズは、身体を元に戻そうとブリキのコップに舌を伸ばしている。

「あんた、本当に臆病なのね！　ちょっとは腹を立ててみなさいよ！」

女性は、アリーの陰に潜む貴族に対して、闘志を燃やしていた。アリーは、ブリーズの首を震えた手で撫でた。

「ごめんなさい。あなたの話は難しすぎて、何を言ったらいいのか分かりません」

女性はアリーの胸ぐらを摑んできた。

「根性なし！」

船が揺れて軋《きし》む音が、響いていた。

「馬は、僕がさみしい時にいつも寄り添い、遊び、しつけ、育ててくれました。僕が今、生きていられるのは馬から馬の育て方を教わったからで、それ以外何もありません。人種がどうこうといったことは、よく分かりません。さらに言えば、あなたたちがどうなろうと、僕がどうなろうと知ったことではありません」

「何ですって！」

女性は、アリーを押した。その勢いで、ブリキのコップが倒れ、ブリーズが飲んでいた水がこぼれていく。

「馬たちは否応なしに、人間社会に巻き込まれています。今も、ヨーロッパの戦場では、ダービーを勝ってもおかしくない可能性を秘めた馬たちが、死んでいるはずです。僕は、いつか、馬たちが人間の争いに巻き込まれることなく、自由に草原を駆け回れるようになって欲しい。たとえどれだけ殴られ、痛めつけられようと、ブリーズの自由につながるのなら、耐えてみせます。それが、僕にできる唯一の恩返しだから」

「何を甘えた……！」

もう一度、女性はアリーの胸ぐらを摑もうとした。その時、アリーの背後で、こぼれた水を舐めていたブリーズが前肢を伸ばした。震えた肢で立ち上がろうとするブリーズが、女性をにらんでいた。

その視線に気付き、女性の手が、アリーから離れる。下痢に苦しみながらも、この馬はアリーを守ろうとしている。馬を大事にする一族に育てられてきた女性にとって、馬から敵意を向けられることなどあってはならない。今、ブリーズから害を成す人間と見なされたことで、熱くなった頭が冷えていった。

ブリーズが立ち上がろうとしていることに気付き、アリーは首を何度も撫でた。転がっていたブリキのコップを手に取り、マストに向かって走っていく。

命綱もなしで、アリーはまた幌に溜まった水を汲もうとしている。女性は、高いところへ行く前に、アリーの尻をデッキブラシでぽんと叩いた。

「あんた、名前は？」

アリーの手に、汗がにじんでくる。

「アリーです」

「あたしはルビー・ブラッド。マストに登るより、あんたにはやることがあるよ、アリー」

甲板に下ろされたアリーは、ルビーからデッキブラシを渡されていた。

「これで、コンテナを掃除してやりな。クソまみれじゃ気分が悪くなるだけだ」

「だけど水が……」

ルビーは、樽が置いてあって開かない貨物室の扉を思い切り蹴っ飛ばした。中で樽が傾いて、ダイスの叫びが聞こえてくる。怒って貨物室から飛び出してきたダイスを、ルビーは一瞥《いちべつ》して黙らせた。

「あいつの言っていたことは嘘さ。ただでさえ高い金で買った馬たちなんだ。倍の馬がいても腹一杯になるくらい、水も餌もある。水を入れた樽を出しておくから、後で取りにきな」

しずしずと樽を運んでくるダイスを見ながら、ルビーは腰に手を当てて笑っている。

「あんたを、ただの奴隷だと言ったこと、謝るよ。あんたは、人間社会に向いてないかもしれないが、心ない人間じゃないことは分かったからさ」

「ありがとうございます」

「あたしだって、馬がいてくれたから、今まで生きてこられた。馬に感謝する気持ちは、あんたと変わらない。悪かったね、ブリーズ。あたしは、あんたには嫌われたくない」

苦しむブリーズに近づいたルビーは、鼻を撫でてから歌い出した。

Go down, Moses,
（行け、モーセ）
Way down in Egypt's land,
（エジプトの地に降り立ち）
Tell old Pharaoh,
（古き王に伝えよ）
Let my people go.
（我が同胞を解放せよと）

ルビーの歌声は低音から高音へ変わる響きが気持ちよく、デッキを掃除するアリーの手が止まる。垂れていたブリーズの耳は、歌うルビーに向いていた。

「**お、これは『行け、モーセ』じゃねえか。やけに上手だな、この姉ちゃんは**」

晩夏もまた、声を上げた。

Go down, Breeze,
（行け、ブリーズ）
Way down in England,
（英国の地に降り立ち）
Tell old Pharaoh,
（古き王に伝えよ）
Let my people go.
（我が同胞を解放せよと）

ルビーの『行け、モーセ』が、夜の大西洋が立てる波音に消えていく。新鮮な水を飲ませたり、藁を交換したり、腹を撫でたり、あらゆる手を尽くして、夜は更けていった。あまりに何度も行ったり来たりするので、よその船室から怒鳴られた。そんなことなどお構いなしに、アリーはルビーの手を借りて、快方を祈った。

「**どうやらあの姉ちゃんに認めてもらったようだな**」

ルビーが汚れた藁を捨てに行っている時、晩夏が言った。

「認められたのは、ブリーズの方です。僕は、またブリーズに助けられました」

「**よくもまあお前がどうなろうと知ったこっちゃないなんて言ったもんだよ**」

「失礼なことを言ってしまいました」

「後で謝っておけばいい。自分の本音を引き出せる相手というのは、いい友人になれる。一緒にいてトラブルは尽きないだろうが、頼もしいやつに出会ったな」

晩夏の笑い声がした後、つぶやいた。

「そうか。あいつが、ルビーなんだな」

そのささやきをアリーは聞き逃さなかったが、聞き返さなかった。夜明けに背を向けるように、船はアメリカ大陸へ向かっていた。

三　新天地

ニューヨークから鉄道で運ばれた馬たちを、オハイオ州シンシナティの近くにある貨物駅で待っていたのは、馬運車《ばうんしゃ》だった。コンテナから姿を現したブリーズを引いて、アリーはしばらく線路沿いを歩かせた。狭いコンテナに閉じ込められ、船や鉄道に乗り換えたせいで、自由に身体を動かす時間はほとんどなかった。己の運動不足を理解するように、ブリーズはそろそろと歩いて、路傍の草を食べようとしている。

「下痢は治ったみたいだな。お前が付きっきりで面倒を見たおかげだよ」

「ブリーズが頑張ってくれたからです。僕は慌てていただけでした」

「そう謙遜すんな。水を分けてくれたルビーとダイスにも礼を言っておかないとな」

晩夏とコソコソ話をする姿を見たジョナサンが、アリーに怒鳴りつけてくる。

「おい、これはどういうことだ！」

ジョナサンの叫びにブリーズが驚き、アリーは手綱を強く握る。

「な、何か問題ありましたか」

ニューヨークから乗ってきた列車は、シカゴを目指して出発していた。列車が駅から離れていくのを、ブリーズは目で追っている。

「どこが体調を崩している、だ！　ピンピンしているではないか！　もう一度わしの眠りを妨げてみろ。お前に赤い服を着せて、バッファローの的にしてやるからな！」

ジョナサンは線路の石を蹴っ飛ばして、馬運車に戻っていった。

「アリー、我慢ならなくなったら、遠慮なく俺をあいつのケツにぶち込んでやれ。蹄鉄の恐ろしさを教えてやる」

首を横に振るアリーに、ルビーが近づいてくる。

「どうやらボスはあんたがつまらない嘘をついたと思っているみたいね。そう思うのも無理はないわ。脱水症状になりかけていたのに、しっかり耐えて、身体を戻してきた。頭のいい馬は、自分が今何をしなきゃいけないのか、分かるっていうけど、やっぱり、ダービー馬の母っては、胆力があるんだね」

ブリーズは尻尾を振って、新鮮な草を探している。ダイスは、ブリーズを見ようとはせず、買ってきた他の二頭の歩様《ほよう》を確認している。ジョナサンに、早く馬を馬運車に入れろと言われても、自分が納得するまでチェックを怠らないのがダイスの性分だった。

アリーは、ルビーに手綱を任せて、ダイスに近づいた。

「水を分けてくださり、ありがとうございました」

ダイスは、額の汗を雑に腕で拭った。

「おまえ、ルビーに何をした」

「助けていただいただけで、僕は何も」

アメリカの風は、どこまでも乾いていた。湿ったロンドンの風とは違って、肌から水分を奪っていく。朽ちた駅長室は強い日差しと風に晒されて、何世紀も前から建っているかのようだった。

「ルビーは、人一倍人間嫌いなんだ。おまえみたいな馬と一緒に売られるような役立たずを、どうしてルビーは……」

「ダイス！　準備は終わったのか！」

ジョナサンの怒声が聞こえ、小声で恨み言を言いながら、ダイスは二頭の馬たちを馬運車へ乗せていった。最後にブリーズが乗ると扉が閉まり、馬運車はシンシナティからマクファーレン牧場があるレキシントンへ進んでいった。

「レキシントンまではもう少しだよ。あんたが気に入る場所だといいんだけどね」

ルビーはブリーズだけでなく、二頭の馬たちにも声をかけていく。友達に話しかけるように何気ない言葉だった。そんなルビーの姿を見ていると、アリーに珍しく眠気が襲ってきた。

「本当は、四頭の繁殖牝馬を買って帰るつもりだったんだけど、ブリーズが売りに出されていると知って、ボスは目の色を変えた。今回の繁殖牝馬探しは、うちのマクファーレン牧場の命運がかかっているんだ」

二〇世紀に入る頃、アメリカの一部の州で競馬が禁止になり、行き場のなくなった馬や、競馬関係者たちは欧州に移った。

ヨーロッパの競馬は、紳士のたしなみという側面が強かったが、アメリカの競馬はナンバーワンを決めたがるアメリカンスピリッツに溢れたスポーツ性が重視されていた。熾烈《しれつ》な戦いは賭けの興奮を強め、次第に八百長やドーピングといった不正も頻発するようになった。社会不安を煽《あお》る娯楽は認められないという名目で競馬が禁止になった結果、あちこちの競馬場や牧場が潰れていった。

アメリカで最も格式が高いケンタッキーダービーを開催するチャーチルダウンズ競馬場は、スポーツマンシップとアメリカ競馬界を保護すべく、賭けの方式を改め、不正を働いた人間を追放し、浄化に努めた。

そのおかげでケンタッキーでの競馬は認められるようになったが、競馬が行えなくなった他の州の牧場から強い馬が一堂に押し寄せてくる結果を招いた。身内で競馬をしている分には勝てていた牧場も、東海岸有数の馬たちが集まることで、真剣勝負が激化し、資金力に乏しいマクファーレン牧場も割を食っていた。

「ボスは牧場を抵当に入れて銀行から金を借りて、強い繁殖牝馬を買ってくることにしたんだ。もし、この馬の仔が走らなかったら、あたしたちは路頭に迷うことになる」

貴族のたしなみという牧歌的な雰囲気は、マクファーレン牧場の関係者には一切ない。どこからか流れ込んでくる排気ガスのにおいが、アリーの鼻を突いていた。

「アリー、あんた旅の間、ほとんど寝てないんだろ。レキシントンまで、横になっているといいよ」

新しく詰め込まれた藁は、まだかすかに太陽の熱を残していた。

「ブリーズもほとんど眠れていません。僕だけ眠るわけには」

「あんたが起きてたら、ブリーズは眠れるのかい？」

ルビーは藁を整えてベッドを作っている。舞い上がった藁を口に入れようと、馬たちは首を上下させた。

「これからは、あんただけがブリーズの面倒を見るわけじゃないんだ。女同士、少しばかり話す時間をくれたっていいだろ？」

アリーは人前で眠ることができない。母親が死んでからは、眠りが浅く、馬の近くで寝てようやく少し身体が休まる程度で、夢を見た覚えなど久しくない。疲労が限界を迎えていたのは事実であり、敷かれた藁に横たわると、思った以上温かく、柔らかかった。深い眠りに落ちるまでそう時間はかからず、途中の休憩でもアリーは起きてこなかった。

ほこりっぽさが消え、風に青臭さが混じり始める。草のにおいを感じたアリーは、隙間から漏れる朝日を浴びて目を覚ました。馬運車が止まると、ルビーはアリーに声をかけた。

「マクファーレン牧場へようこそ」

ルビーが馬運車の鍵を開け、外からダイスが車のステップ台を下ろした。まぶしさに目を細くしながら、アリーはブリーズの手綱を引いて、マクファーレン牧場へ降り立った。

そこは、緑の楽園だった。一面の青草が地平線まで広がり、どこからかクッキーに似た甘い香りが漂ってくる。グレンズフィールドの湿った雰囲気とは違って、マクファーレン牧場は雄大で青草の一本一本が踊るように伸びており、太陽を賛美していた。

朝日を浴びたアリーとブリーズは、きらきら輝く青草の上を、恐る恐る踏みしめていく。ブリーズは何度もにおいをかいでから、青草を口に含んだ。今にも走り出していきそうなのを、アリーは我慢させている。

「これが、ブルーグラス」

アリーは蹄鉄を掲げて、晩夏と共に草原を見た。

「**美しいな**」

「はい」

ケンタッキー州を代表するブルーグラスの草原に吹く風が、歓迎していた。どこからか馬の糞尿のにおいも混ざっているのに、不快ではない。そこには、生命があった。ブリーズはどんどん草原の奥へ行こうとして、久々の生の青草を堪能しようとしている。

「とっとと馬を連れていけ！」

馬運車からジョナサンの怒号が聞こえてきた。乗り物酔いがひどいジョナサンは、船と鉄道と車の三重苦を味わい、怒る声に張りがない。

先導役のルビーを追って、アリーはブリーズを厩舎へ連れていった。放牧地の美しさに比べて、厩舎は古びていた。トタンは剝がれ、壁は日焼けし、南北戦争で兵が去った後に放置されてた小屋のようだった。スモーキーの厩舎は、グレンズフィールドで最もみすぼらしいとされていたが、マクファーレン牧場の厩舎はそれとほとんど変わりがなく、ブリーズが住んでいた繁殖牝馬の厩舎など宮殿だった。

新居にブリーズを連れていった後、アリーは放牧地を見つめた。

「こんなに素晴らしい草原があるのに、放牧しないのですか？」

日の光を反射させる青草は、馬の登場を待っているようでもあった。ルビーは馬房の鍵を閉めながら答える。

「去年竜巻が起きて、柵が壊れちまったのさ。それ以来、もう一つの狭いところにしか放牧できないんだけど、そこは当歳馬《とうさい》（〇歳馬）たちに使わせているから、この子たちにまで手が回らなくてね。今は人が足りなくて、放牧地を整備している余裕がないんだ」

マクファーレン牧場は、ジョナサンたちが住む家と事務所を兼ねた屋敷を中心として、円形に放牧地や厩舎が広がっている。屋敷の食堂からは、ベーコンの焼ける香りが漂ってきていた。

「三頭しか買ってこなかっただって？　あんたはついにものの数え方さえ分からなくなったたっ

てのかい、このマヌケ！」

食堂に入ろうとしたダイスは、言い争いを耳にして入るのをためらっていた。恰幅《かっぷく》のいい妻のベティに詰められて、ジョナサンは腰が引けている。

「だって、今年のイギリスダービー馬の母親が、売り出されていたんだ。それも格安で。正直言って、あんまりいい馬がいなかったんだよ。ピンと来てない馬を二頭買うくらいなら、ブリーズを買った方が、お買い得だろ？　結果的に、一頭分の餌代が浮いたと考えれば、悪い話じゃないはずだよ」

食器棚の陰に隠れて、ジョナサンは言い訳を繰り返している。ルビーは会話を遮って、アリーを紹介した。

「こいつがアリー。これからうちの馬たちの世話をしてくれる」

アリーを見て、ベティの首と一体化した顎がぶるんと震えた。

「馬の餌さえ精一杯だってのに、人間の飯は、もっと切羽詰まってるんだ。あんたたちの食事は、誰が用意してると思う？　あんたたちが汚した服は、誰が洗っていると思う？　あんたたちがヨーロッパに飛び出していった間、誰が馬の面倒を見たと思う？」

「で、でも、確かにブリーズはいい馬なんだ。そうだろ、アリー？」

ジョナサンはつくり慣れない笑顔を浮かべて、アリーと手を繋いだ。古いシーツにしみこんだ汗のようなベティの体臭が、アリーに襲いかかる。

「ここで生きていきたいと思うなら、勤勉に働いて、あたしたちの役に立つことさ。向こうでどんな暮らしをしていたか知らないけど、ここにはここのルールがある。それに従えなかったら、とっとと出ていきな」

鼻息を荒くして、ベティは朝食作りに戻った。ジョナサンはそそくさと食堂を後にし、留守中の馬たちについて厩務員たちから報告を受け、ため息をついていた。

「どいつもこいつもご立派な品性をお持ちで」

晩夏の嘆きに同調するかのように、ルビーがアリーの肩に手を置いた。

「気にすることはないよ。ジョナサンたちは、いつも余裕がないんだ。そのうち慣れる。あたしたちも食事にしよう」

屋敷の外《はず》れに、黒人の厩務員たちが生活する宿舎があった。

「彼らは白人なのに、ルビーは嫌っていないのですか？」

「白人みんなを嫌っているわけじゃない。黒人を奴隷扱いするやつを嫌っているだけ。奴隷を所有する白人はごく一部の金持ちだけで、貧乏な白人の方が圧倒的に数は多い。そういう連中は、金持ちからは馬鹿にされ、黒人からは敵視され、あげく金もないから針のむしろさ。ここじゃ、あいつらもあたしらも立場はそう変わらない。まったく、貧乏が平等を生み出すんだから、皮肉なもんだよ」

食事を終え、ルビーは牧場の日課を教えるべく厩舎へ案内した。途中に、大きな樫《かし》の木が生えており、その下で本を枕に赤髪の白人が眠りこけている。

「彼は？」

「バカ、放っておきな」

　忍び足で歩くルビーに、アリーも着いていこうとしたが、男は突然大きなくしゃみをして飛び上がった。男はシャツのボタンを胸元まで開け、赤くなった肌が見えている。顔は青白く、垂れた目はくぼんでいて、唇には締まりがない。朝日を浴びると灰になりそうな男だった。

「おお、ルビーじゃないか。さっきロンドンへ向かったばかりなのに、忘れ物でもしたのか?」

　千鳥足の男は、ふらついてブルーグラスへ倒れ込んでしまう。近くには、ウィスキーの瓶が転がっており、ルビーはつまみ上げた。

「土産話を聞けるような頭じゃなさそうだね。こいつはニック。一応、このマクファーレン牧場の跡取りになる予定さ。それまでに、牧場が残っていればの話だけどね」

　アリーはニックが枕にしていた『ハックルベリー・フィンの冒険』に気付いた。何度も読んだ跡があり、四隅が丸まっている。元々プリンストン大学で、文学研究に熱を上げていたこの文学青年は、マクファーレン牧場が経営難に陥り、牧場へ連れ戻された。同期が小説家になったり、研究職にありついたりする中、ニックは馬の糞尿の片付

けや、朝から晩まで黒人と働く生活に嫌気が差し、いつからか酒が最大の友人になっていた。

「まともにニックの話を聞いていたら日が暮れちまう。酔っ払って寝ているのなら、放っておかない手はないよ」

管理する馬の特徴や血統、道具の保管場所から付き合いのある業者に至るまで、新しく覚えることは山ほどあったが、中でもアリーの興味を強く惹いたのは、宿舎で出される料理だった。ルビーは料理上手で、トウモロコシのパンやマッシュポテト、豚のスペアリブや内臓の煮込みなど、グレンズフィールドでは見たことがない料理が代わる代わる提供された。

ブラッド家は寡黙な一族であり、諸手を挙げてアリーを歓迎するわけではなかったものの、洗濯や食材の仕込み方を教える時はいつも丁寧だった。唯一アリーを認めなかったのは、ダイスだった。ダイスだけは、アリーと食事を共にしなかったし、一緒に馬の世話をすることもなかった。

アリーがよくブリーズを引いて放牧地を歩いていたことも、ダイスは気に入らなかった。ダイスの心証を悪くしていることなど知るよしもないアリーが、ブリーズを馬房へ連れて帰ろうとしたある日、厩舎からルビーの叫び声が聞こえてきた。

「そんな馬鹿げた話を認めるわけないでしょ！」

叫ぶルビーの前には、ジョナサンとハンチング帽を被った小柄な男が立っていた。齢《よわい》七〇を越えていそうで、手にはこぼしたコーヒーのような染みが浮かんでいる。ジョナサンは、ボサボサの髪をうっとうしそうにかきあげて叫んだ。

「お前の許可などいらん。この牧場も、馬たちもわしのものだ。お前をこの牧場で雇ってやっているのは誰だと思っている！」

言い合いをする二人をよそに、ハンチング帽の男は大あくびをして、新しく買ってきた牝馬を見ていた。

「だったら、あたしたちを追い出してみるといいわ。明日から誰がこの馬たちの蹄《ひづめ》を削って、体温を測って、飼葉を運んで、調教に乗るというの？　あんたたちだけで、この子たちの状態が分かるっていうの？」

ブリーズが戻ってきたことに気付き、ジョナサンはアリーから手綱を奪い取る。

「これだけ馬体が回復したのであれば、問題はない。受胎してさほど経っていないのだから、走れる」

アリーは耳を疑った。

「走れるって、どういうことですか？」

ルビーは持っていた藁を敷くためのフォークで、今にもジョナサンを刺し殺しそうな気配だった。

「ブリーズをレースに復帰させようとしているの。お腹に子どもがいるのに走らせるなんて、考えられない！」

受胎した牝馬は、常に流産や病気の可能性と戦っている。現役馬が受胎に気付かずレースに出走してしまったケースはあるものの、受胎していると分かった上で、レースに復帰させるという話を、アリーは聞いたことがなかった。

すぐに晩夏の怒りが聞こえてくるのをアリーは覚悟したが、どういうわけか蹄鉄は沈黙を貫いていた。

ジョナサンは顎の無精ひげを抜きながら、厩舎の柱を蹴りつけた。

「黙れ！　イギリスダービー馬の母が現役復帰となれば、客足は見込める。この話を競馬場に話したら、スポンサーが集まったのだ。今は、何をしてでも金がいる」

「無茶です！　現役を離れて何年経っていると思うんですか！　もしものことがあったら、ブリーズも、その子どもも水の泡なんですよ？」

ジョナサンはアリーの胸ぐらを摑んだ。

「もし、結果を出せなかったらお前もクビだ」

ここまで会話に参加しようとせず、厩舎の外でタバコを吸いながら牧場を見つめていたハンチング帽の男に、ルビーは声をかけた。

「バスティアーニ先生が調教の指示を出すの？」

マクファーレン牧場の馬を預かっているバスティアーニ調教師は、タバコの煙を空に向かって吐くだけだった。

「私にそんな時間はない。代わりにお前がここで調教しろ」

「冗談でしょ？」

バスティアーニはタバコを踏んづけて、厩舎を離れていった。新しいタバコを用意しながら、ジョナサンはルビーに念を押した。

「しっかり調整しておけよ。無様な負け方をしてみろ、お前たち全員追放だからな！」

ルビーの深いため息が、馬のいななきにかき消される。

「いよいよなりふり構わなくなったわね。いざとなったら、ブリーズをどこかへ隠してやるんだから」

アリーは厩舎を出て、裏手の倉庫をあさりだした。

「あんたも賛成なの？」

「ボスがああ言っている以上、意見を変えることはないでしょう」

ルビーは倉庫に入って、アリーの腕を引っ張った。

「結局、言いなりってわけね？」

倉庫のほこりが、風で舞っている。

「杭《くい》とハンマーはありますか？」

「杭なら表に乾かしたのがあるけど」

ハンマーを持ち出したアリーは、外へ出て杭の具合を確かめた。腐食はしておらず、まとまった数もある。杭を荷車に載せ始めたアリーを見て、ルビーは言った。

「まさか、あんた放牧地を直そうっていうの？」

「すべてを直すことはできませんが、ブリーズが走り回れる空間くらいは設けられます。レースに出る以上、適度に運動をして、食事をしなければ、それこそ大きな怪我につながります。元々ブリーズは放牧地にいるのが好きで、馬房にいるとイライラするのです。体調面でも精神面でも、放牧した方が理にかなっています」

荷車を引いて、アリーは壊れた柵へ向かおうとしている。

「僕は、ブリーズの体調を整えることしかできません。レースの勘を取り戻すには、優れた乗り手の力が必要です。ルビー、どうか手を貸してください」

夜を迎えても、杭打ちは終わらなかった。手の皮が剝け、腰が痛み、肩が鉛のように重くなっても、アリーのハンマーは杭を叩いていた。夜の乾いた空気が、アリーの汗ばんだ身体を冷やしていく。星の光を浴びて、草原は夜でも輝いていた。

「**もう日が変わるぜ。そろそろ休憩したらどうだ**」

「なぜ、ブリーズが復帰するのを止めなかったのですか」

遠くの森から、鳥の鳴き声が響いている。

「晩夏がいた未来でも、ブリーズは現役復帰して走っていたからですか？」

「俺が止めたとしても、お前はブリーズを走らせたはずだ。マクファーレン牧場に金がないのは事実だし、今のお前ではジョナサンやバスティアーニを止められない。ならば、ブリーズの状態を仕上げるために舵《かじ》を切る。俺は、冷静に判断を下せるお前のそういうところを信頼しているよ」

「晩夏はいいですよね。黙って見ていればいいのですから」

最後の言葉は余計だった。謝ろうとも思ったが、言葉を口にするのは気恥ずかしく、杭を打ち込むことに集中した。敷地の三分の一ほど杭を埋めたところで、荷車を背に身体を休めた。星が輝いていて、夜とは思えないほど草原は明るい。少し目を閉じたつもりだったが、気が付くとパンと野菜スープを持ったルビーが隣に立っていた。

「お疲れ様。だいぶ進んだわね」

ルビーの声がして、はっとした。スープの香りは食欲を誘ったが、それどころではない。ベルトに吊しておいた蹄鉄が、なくなっていた。

「僕の蹄鉄を見かけませんでしたか？」

顔を引きつらせたアリーが、荷車の上や打ち込んだ柵の近くを探し回る。

「部屋に置いてきたんじゃないの？」

「いえ、あれは必ず持ち歩いているんです！」

走り回るうちに、額に大粒の汗が浮かぶ。喋る蹄鉄と暮らすのは、楽しいことばかりではない。シャワーやトイレの時は置き場に困るし、誰かといる時に、つい晩夏に話しかけてしまうこともある。

煩《わずら》わしいと思ったことも、少なくはない。そんな思いも、いざ蹄鉄がなくなってみると吹き飛んでいた。晩夏と会話する面妖な生活に慣れた今、ひとりぼっちになるのは耐えがたいことだった。

「そんなに大事な蹄鉄なの？」

「あれは、亡くなったスモーキーの遺品なんです。それに……」

秘密をすんでのところで飲み込んだ。

「途中まであったんだよね？　あたし、もう一度屋敷からここまでの道を見てくるよ」

ルビーは荷車に食事を置いて、来た道を戻っていった。柵の近くには、小川が流れている。その脇に、足跡があった。杭を打っていた時にはなかったものだ。足跡は上流へと続いており、アリーは川を逆流するように走っていった。

小川は、マクファーレン牧場の北西部に位置する林を縦断している。夜の林は暗く、星の光もかすかにしか届かない。小川の先に、泉があった。朝の散歩をする馬たちはここをゴールにして、折り返していく。真夜中の泉に、一人の男が立っていた。

「ダイス！」

アリーに名前を呼ばれて、猫背気味のダイスはびくっと身体を震えさせた。ここまで走り続けてきたアリーは、膝に両手を突いて肩で息をする。

「突然すみません。僕の蹄鉄を見かけなかったでしょうか」

なぜ夜更けの泉にダイスがいるのか、アリーは疑問を持たなかった。ダイスは震える唇をぐっと噛んで、拳に力を込めた。

「知ってる」

息を整えていたアリーは、顔を上げた。ダイスはぎこちない笑みを浮かべて、腕を組んでいた。

「どこにあるか教えてください！　あれは、僕の大切なものなのです！」

いきなり走ったせいで、アリーは咳き込んだ。ダイスは苦しむ様子を見下ろしている。

「教えてやってもいい。その代わり、見つけたらおまえはここを出ていけ」

アリーの心臓が、また大きな音を立てる。

「どうして？」

虚を突かれたアリーの表情が、ダイスの目を血走らせた。歯を食いしばり、肩を怒らせて近づいてくる。

「どうしてだと。おまえは邪魔なんだ。おまえが来てから、みんなおかしくなった」

ダイスに肩を摑まれて、アリーは身体に力を入れる。

「おまえは、牧場を乱している。馬を勝手に歩かせたり、杭打ちを始めたり、そんな命令は受けていない。おれたちは、ボスに言われたことだけをやっていればいいんだ。おれは、みんなで変わらない時間を過ごしたかった。いつものように働いて、ご飯を食べて、怒られなければそれでいい。みんなも、それが幸せだったんだ」

歯をくいしばって目を閉じていても、ダイスの拳は飛んでこない。恐る恐るアリーは目を開けると、ダイスの目から大粒の涙がこぼれ落ちていた。

「おまえは、おれたちのやり方を乱しているのに、怒られない。ルビーは、おまえと話す時、おれには見せないやさしい顔をするし、おれの家族も、おまえと一緒に食事をしようとする。ずっとこのままでいいのに、どうしておまえは余計なことばかりするんだ。そのおまえが、なんで認められるんだ」

ダイスの涙は止まらない。星の光が、湿ったダイスの頬を照らしていた。身体が大きく、寡黙で、しっかりした黒人というのは、アリーの思い込みに過ぎない。実際のダイスは、環境が変わることが怖くて仕方がない、年相応の青年だった。

グレンズフィールドを追い出された時の感情が、アリーに蘇る。アメリカへ渡る時、アリーもダイスと同じ不安を抱えていた。今、新しい環境におびえずにいられるのは、なぜか。アリーの頭に、晩夏の声が再生される。蹄鉄になった晩夏と共に、ブリーズを支えると誓ったからこそ、アリーは泣かずに済んだ。

これまで、誰かに傷つけられることはあっても、誰かを傷つけたことがなかったアリーは、どういう言葉をかけたらいいか分からず、自分まで泣きそうになる。喉の奥がひくひくするのをぐっと堪えて、アリーは声を出した。

「ボスは、ブリーズをレースへ復帰させようとしています。そのためには、環境を整えなければいけません。もしものことがあったら、ブリーズもその仔も失うことになり、マクファーレン牧場の未来は閉ざされます」

「それは嫌だ」

ダイスは何度も首を横に振った。

「一人で柵を直そうとしたことを、謝らせてください。僕は、ダイスの力を借りるべきでした。あなたのことを勝手に怖がり、頼ろうとしなかったのは、僕の弱さです。あなたもマクファーレン牧場を大事に思っている人だということを、考えなければいけませんでした。放牧地を直しても、結果に結びつくかは分かりませんが、僕はやれる限りのことをやっておきたいのです」

ダイスは左腕で雑に涙と洟《はな》を拭った。

「僕は生きていく上で、あの蹄鉄がどうしても必要なんです。どうか、ありかを教えてください」

また涙をこぼすダイスが指さしたのは、泉だった。

「投げた」

水面に星の光が反射しているものの、どのくらいの深さがあるのかは分からない。向こう岸まで一〇メートル以上はある泉から、蹄鉄を探すのは簡単ではない。

靴を脱いだアリーは、泉に入っていった。膝まで浸かったところで大きく息を吸った。

「晩夏！　僕はここにいます！」

喉が焼けるくらい、腹の底から声を張り上げた。あまりの大きさに、休んでいた鳥たちが木から飛び立ち、林から小さな獣が動く音がする。ダイスも突然放たれた声に、耳を塞いでいた。それは訪れた静寂の中、アリーは耳を凝らす。泉の真ん中から、小さな音が聞こえてくる。それはバスルームから誰かを呼ぶような小さなものだったが、アリーには充分な合図だった。

真っ暗な泉に飛び込んだアリーは、水の中で何度も叫ぶ。暗い水の底から、声が返ってくる。

「ここだ、アリー！」

水の中にいても、涙で目が潤《うる》む。視界は暗く、何も見えない。音だけを頼りに伸ばした手の先に、鉄の冷たさが伝わってきた。右手でしっかり蹄鉄を摑み、もがくように浮上した。水から出ると、岸でダイスが片膝を突いて見守っていた。ずぶ濡れになったアリーは、蹄鉄を抱きしめながら謝った。

「すみませんでした」

過去に飛ばされ、蹄鉄になった晩夏の辛さを、まるで想像できていなかった。孤独になったのは晩夏も同じはずなのに、いつも励ましてくれていた。やさしさに甘え、どうしてあんな余計なことを言ってしまったのだろう。

アリーに抱きしめられながら、晩夏は笑った。

「俺としたことが油断したぜ。このバカに持ち出された時、すぐ叫べばよかったんだが、うと

うとしちまってた。せっかく見つけてくれたってのに、なんで謝ってんだ?」

　ダイスがどうしたらいいか分からずにいると、ルビーが走ってやってきた。

「何があったの?」

　叫び声を耳にしてやってきたルビーは、ずぶ濡れのアリーを見て涙目のダイスをにらみつけた。

「あんた、何をしたの?」

　問い詰められて、ダイスはまた目が赤くなり、たじろいでいく。

「……ダイスは、探すのを手伝ってくれたんです」

　アリーは蹄鉄をルビーに見せた。

「どうやら寝ぼけていました。蹄鉄がベルトの後ろに回っていたことに気付かず、ダイスに指摘されたら足を滑らせてしまいました」

「おいおい、何言ってんだよ、アリー! 盗んだのはこいつだぞ!」

　ずぶ濡れになっているのはアリーなのに、ダイスの方が突き落とされたような顔をしている。

　アリーの下手な嘘を見抜けないルビーではない。泉にダイスがいることも、問い詰めたかったが、アリーがそれ以上の追及を拒んでいるのを、ルビーは察した。

「分かった。じゃあ、そういうことにしてあげる。ただし、今日はもう着替えて寝なさい」

　アリーはルビーに連れられて泉を去っていった。取り残されたダイスは、去りゆく二人の背中が消えるまで、その場を動くことができなかった。

朝、アリーの目を覚ましたのは、乾いた木の音だった。ベルトにしっかりと蹄鉄をくくりつけて外に出たアリーは、杭を打つダイスの姿を見た。新しい杭が荷車に載せられていて、ダイスの力強い一撃で、深く沈んでいく。

「おはようございます」

腕で額の汗を拭ったダイスは、アリーを一瞥して、また木槌《きづち》を持ち上げた。ゴンという音が、二人の間に響く。

「どうしてルビーに嘘をついた」

昨日作業を終えたところから、杭打ちは残りの半分まで進んでいた。アリーは返事をせず、荷車から杭を持ってきて、ダイスを待った。ダイスは、アリーが支えている杭に、木槌を打ち込んでいく。

「ありがとうございます」

二人で打ち込んだ杭を見て、アリーは言った。

「本当は、僕から手伝いをお願いしようと思っていたんです」

一人では時間がかかっていた杭打ちも、二人でやれば一瞬だった。ダイスは木槌を置いた。気弱なダイスは、幼い頃から差別を受けても、ルビーのようには振る舞えなかった。世界を閉ざし、限られた人間とだけ暮らしていく。マクファーレン牧場は、そんなダイスにとって楽園だった。

楽園を乱す邪魔者を、何としてでも追い出すべく、ダイスなりに意地悪をしても、アリーは怒らない。自分をかばい、仕事に徹する。熱心に杭を打ち続けたアリーを思い返すと、これまでの不誠実な仕打ちが大きな過ちだったことにダイスは気付ける心があった。重そうに杭を運ぶアリーを見て、ダイスは言った。

「ごめん、アリー」

謝る言葉を伝えるのも、勇気がいる。木槌を握る手に、じんわりと汗がにじんだ。杭を準備したアリーは、ダイスの一撃を待っている。

「僕は諦めません。ブリーズも、マクファーレン牧場も、ここで終わらせたくはありません」

ダイスは目一杯打ち込んだ。アリーは、楽園を荒らしに来たのではない。共に大地に杭を打ち、馬の楽園を広げようとする仲間だった。あれだけひどい態度を取っていたのに、蹄鉄を隠したことをバラさず守ってくれた。家族以外の人間に、心を許してもいいとダイスが思えたのは、アリーがはじめてだった。

柵は二日後に完成した。新たに整備された放牧地に案内されたブリーズは、何度も跳ねた後、小川の水を飲んだり、柵に止まった鳥とにらめっこしたりと、全身を躍動させている。

「**よく、あいつを許したな**」

蝶を追いかけるブリーズを見ながら、晩夏はダイスを思い返していた。

「晩夏がいなくなるまで、僕はどれだけあなたに甘え、ダイスを傷つけていたのか気付けませんでした。ダイスは、きっかけをくれたのです」

「**それに気付けたのなら、俺も泉の底に沈んだ甲斐があったってもんだぜ**」

ため息交じりに応えたものの、晩夏は上機嫌だった。

放牧地で軽い運動をするようになったブリーズは、体調の確認が終わると調教が始まった。歩様はよく、バスティアーニの指示を受けてトレーニングコースを走る年少の馬と併走しようとするほどだった。

ブリーズの調子を確認するつもりが、アリーの目を奪ったのはルビーの騎乗姿勢だった。馬の背に対して身体が垂直になるように騎乗する騎手が多い中、ルビーは自分の背と馬の背骨が平行になる乗り方をしていた。

「危ない！」

馬が暴れて、ルビーの姿勢が崩れたように見えたアリーから声が上がる。

「**大丈夫だ。よく見ていろ**」

鐙《あぶみ》を短くして、つま先だけでバランスを取ろうとする騎乗は負担こそ減らせるものの、落馬の危険性が高まる。ルビーの場合、コーナーに入っても身体はほとんど上下せず、馬の背に尻を押しつけることはなかった。曲芸にも似たこの騎乗方法が、アリーの目に鮮烈に焼き付いた。

調教から戻り、ブリーズの手綱を手にしたアリーはいの一番に問いかけた。

「あの乗り方はなんですか？」

ルビーは鞭を脇に挟んで、ゴーグルを外した。

「おじいちゃんから教わったんだ。サルがまたがっている乗り方だって馬鹿にされてるけどね。気に食わなかったかい？」

「そんなことはありません。ブリーズはイギリスオークスを勝つまで、騎手が三回も変わっているのです。あんなに嫌がらずに走る姿は、はじめて見ました。おじいさま譲りのルビーの騎乗が合っているのでしょう」

「おじいちゃんは騎手をやっていたんだ。ケンタッキーダービーをはじめて勝ったのだって、黒人なんだよ？　今はほとんどいなくなっちゃったけどね」

南北戦争の後、黒人の解放が広がるかと思われたが、現実は逆の道をたどった。黒人が白人の労働機会を奪っているという名目の下、競馬界でも多くの黒人の騎手や厩務員が追放される憂き目に遭った。騎手を続けても、他の騎手から鞭で殴られて落馬させられたり、黒人の騎手は乗せないと宣言する馬主が現れたり、非寛容の波は競馬界からどんどん黒人を追いやっていき、ルビーの祖父も若くして騎手を引退していた。

「あたしは、騎手になりたいんだ。一緒に育てた馬とレースに出て、一着の景色を見たい。今の競馬は、黒人を人として数えていない。あたしたちだって、馬を愛する気持ちは変わらないのに」

朝日がまぶしかったので、ルビーはもう一度ゴーグルを着け、他の馬の調教へ向かった。

「**アリー、ルビーからあの乗り方を教わっておけ**」

「どうしたんですか、急に」

洗い場で汚れを落とされていくブリーズは、ブラシをかけろと前肢で訴えてきている。

「**あの騎乗を見て、どう思った**」

「姿勢をよく保てるなと感心しました。馬への負担も軽く見えました」

「お前も、馬に乗る機会は多い。いいものは何でも取り入れていった方がいいだろう」

「そう未来は教えているのですか？」

「俺の気まぐれだよ」

トレーニングコースから黒人用の宿舎へ戻る途中、またしても樫の木の下でニックが横たわっていた。

「今日も精が出るな、アリー」

「おはようございます、ニック」

夏が近づくと、ニックは木の下にテーブルと椅子を用意して、部屋には戻らずそこで生活をしていた。空になったウィスキーの空き瓶がいくつも並んでおり、昨夜の宴が長引いていたのを物語っている。

「どうだ、マクファーレン牧場は。ブルーグラスが広がって、まるで天国みたいだろう。ここで一日中横たわっていたら、そのうち天使がやってきて天国へ連れていってくれるよ」

「美しい草原です」

据わった目で、ニックはアリーを上から下まで見まわした。

「貴族や商人に振り回されて、嫌にならないか？」

「僕の仕事は馬を育てることですから。馬がいれば大丈夫です」

幼い頃からルビーと育ったニックは、マクファーレン牧場の黒人を奴隷扱いしてこなかった。

南北戦争は研究対象の一つであり、大学時代には黒人を扱った文学にも傾倒していた。未だに実質奴隷のようなブラッド家を抱える実家に疑問を持ち、あげく馬を買ったついでにアリーまで連れてきた父の行動を快く思ってはいなかった。

繁殖牝馬の放牧地を拡張しようと、今日もダイスが杭を打っていた。アリーは手を上げて、すぐに向かう合図を送る。

「あれ以上、柵を直してどうする？　必要な分の放牧地は整えたんじゃないのか」

日向《ひなた》に立っていたアリーは、頬を伝って汗が流れていった。

「馬は集団で暮らす生きものです。ブリーズだけいい暮らしをしていれば、やっかまれます。繁殖牝馬たちは、いずれ仔と共に放牧地を歩き、集団生活に入ります。その時に、余計な遺恨を生ませないためにも、今の段階で平等であると伝えておかないと、彼女たちから信頼は得られないのです」

ルビーやダイスが、簡単に心を許さないことは、ニックも百も承知だった。ダイスに至っては未だに主と従者という関係で距離を持たれている。あのダイスが、最近はアリーと会話をし、食事も共にするようになったことに、ニックは気付いていた。

「そんなことをしたって、無駄に終わるかもしれないぜ。どれだけ努力をして、準備を重ねても、思いも寄らない方向からすべてを台無しにされるなんてことは、ざらにある。買ってきた馬が流産することもあるだろうし、生まれても競走馬にはなれないかもしれない。そんな勝ち目の薄い博打《ばくち》のために、俺を中退させて、土地を売って、また馬を買ってくるんだから、馬稼業の連中はどうかしてるよ。その点、酒は、すぐに夢を見せてくれる。うまくいけば、寝ている間に天国へ連れて行ってくれるかもしれない。世の中が不誠実なのに、まともに生きようとしたって無駄さ」

喋りすぎて、ニックに吐き気が戻ってくる。いつ注いだのか覚えていない水を飲んだが、ぬるくて余計に不快さが増した。コップの水に反射する男の顔は、髪もひげも伸び放題で、とても自分の姿には見えなかった。

「ブリーズは、期待に応えようとしてくれています。僕らは馬に生かされているからこそ、可能性がある限り全力を尽くす。僕は母からそう教わりました」

アリーの言葉が、ニックの胃をいらだたせていく。

「クソッ」

木の間から差し込んでくる光が、やたらとまぶしい。本当に吸血鬼にでもなってしまったのかと思うくらい、朝が嫌いになっていた。

「マクファーレン牧場はもうおしまいだ。ここは借金のカタに取られて、俺たちはみんなバラバラになり、デトロイト辺りの工場でこき使われるようになる。今のうちからネジの締め方を学んでおいた方がいいぜ」

ウィスキーの瓶で自分の肩を叩きながら、日向を避けて、ニックはどこかへ行ってしまった。

放牧地に戻ると、アリーは再びダイスと杭を打ち始めた。

四　商談

　チャーチルダウンズ競馬場の第一レースが終わってから、医務室では職員や医者たちが暴れるバスティアーニ調教師を押さえていた。

「もう二度と、お前はうちの馬に乗せん！　誰かこいつを燃やしておけ！　骨になって、粉々にした後、トウモロコシ畑に撒いてやる！」

　ハンチング帽を被ったバスティアーニは、ゲートで落馬して競走中止になった主戦騎手レイノルズを殴りつけていた。肩からひどい出血をしていたにもかかわらず、バスティアーニはお構いなしに殴りつけるので、医者とジョナサンが一緒になって止めに入っている。

　レイノルズは、ブリーズの復帰戦に騎乗を予定していた。ドーピングや八百長など、黒い噂が絶えないバスティアーニは、幾度となく行われた浄化計画のおかげで、競馬界から居場所がなくなりつつあった。かつては名門牧場の馬を育てた実績もあったが、今はオーナーやジョッキーから煙たがられて、レイノルズのようなアル中の騎手にしか騎乗を依頼することができな

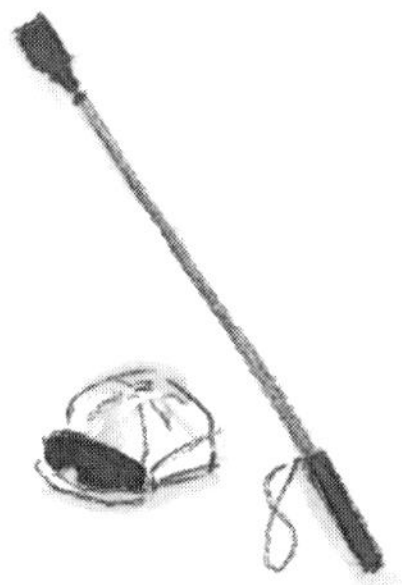

い。あげく、昨夜もしこたま飲んで酒が抜けていないレイノルズが本番前に落馬してしまうのだから、運にも見放されていた。

ブリーズへの騎乗依頼を他のジョッキーに打診してはいたが、みなバスティアーニの馬には乗りたがろうとしない。この事態に、競馬場関係者も頭を抱えていた。イギリスオークス馬のアメリカでの復帰レースという触れ込みで、多額の賞金を集めることに成功しており、馬券も飛ぶように売れている。ここで中止となれば、馬券の売り上げは水の泡となり、スポンサーの信用を失うことにもなる。

「ブリーズイングラスの競走除外の可能性も……」

一人の競馬場関係者がそう口にした途端、バスティアーニの垂れ下がったまぶたに隠れていた瞳が、ぎょろりと動いた。

「ブリーズを除外してみろ。この私を排除してみろ。私を追い出すことがどういう意味か、もう一度胸に手を当てて考えてみるんだな。私を野に放ったら、この世界で見てきたすべてを洗いざらいぶちまけてやる。それで、失禁せずにいられるやつがいれば、私とブリーズを除外すればいい」

バスティアーニににらまれた何人かの職員は、目をそらして医務室から出て行った。競馬場陣営としても、バスティアーニ陣営としても、出走取消になることは、誰も得をしない。医務室に、レイノルズのうめき声だけが響いていた。

競馬場の馬房では、アリーとルビーが出走に向けてブリーズにブラシをかけていた。そこへ、紙袋を持ったバスティアーニが近づいてくる。

「これを着ろ」

ルビーは乱暴に手渡されたものを広げて声を上げた。それは、マクファーレン牧場の勝負服だった。

「あたしが洗濯しなくてもきれいみたいだけど」

バスティアーニは、ヘルメットと鞭をルビーの前に投げ捨てる。

「同じことは言わんぞ」

バスティアーニはタバコに火を点け、ハンチングのつばを握りつぶした。

「あたしに替え玉をしろって言うの？　見つかるに決まってるじゃない」

すべてを伝え終わったバスティアーニに代わって、ジョナサンがゼッケンを押しつけてきた。

「いいか、ハイネックのインナーを着て、バンダナで顔を隠せ。ゴーグルは、何があっても客の前では取るな。お前が黒人の娘だということを、知られてはならない。分かったらとっとと準備に取りかかれ」

「あたしたちは二度と競馬に携われなくなるかもしれないのよ？」

「関係者は黙らせる」

バスティアーニはタバコを踏んづけて、その場を後にした。

ルビーは勝負服を持ったまま、ブリーズを見た。他の馬房で出走馬のケアを行う厩務員や助手たちは、ほとんどが白人だった。白くない肌のルビーとアリーは、職員たちからも奇異な目で見られている。
アメリカでは肌の色で差別され、無茶な要求が平気でまかり通ることを、アリーはこの数週間で体感していた。ルビーだけは、相手が誰であろうとはっきりものを言い、怒鳴られても自分の意志を貫く強さがある。そのルビーの手が今は、小刻みに震えていた。
アリーは、ぐっと足に力を入れて、腹の奥から音を引きずり出した。

Go down, Ruby,
（行け、ルビー）
Way down in America's land,
（アメリカの地に降り立ち）
Tell old Pharaoh,
（古き王に伝えよ）
Let my people go.
（我が同胞を解放せよと）

声を殺して生きろ。そう教わってきたアリーは、歌など歌ったことはない。その歌声は甲高く、音程はずれていて、ブリーズはその音痴ぶりに耳を倒している。黒人たちは、アフリカから連れ去られた時も、苦役《くえき》を強いられた時も、歌だけは手放さなかった。アリーは、この霊歌がどういう歴史を持っているかを知らない。アリーが知っているのは、船の上で死にかけていたブリーズが、しっかりとこの歌を聴こうとしていたことだった。

「Go down, Ruby」

繰り返し歌おうとするアリーに、晩夏も続いた。アリーはより音量を上げ、精一杯気持ちを歌に込める。

「うるせえ！　馬が驚くだろうが！」

他の厩務員から怒鳴られても、アリーは歌うのをやめなかった。職員が眉をひそめて近づいてきたのを見て、ルビーはアリーの肩に手を置いた。

「もういいよ、ありがとう」

ルビーはヘルメットを拾い上げた。

「騎手になりたいなんて言っておきながら、絶好のチャンスが来たら震え上がっちまうんだから、情けないね」

ブリーズは前肢で地面を掻き、頭を上下させている。

「あたしも、勇気を出さないとね」

メインレースが近づき、馬券売り場の賑わいが増していく。イギリスオークス馬の復帰戦という触れ込みは、競馬好きの好奇心を充分すぎるほどくすぐっており、売り上げは上々だった。

今日の主役であるブリーズは、三番人気に甘んじていた。物珍しさはあるものの、勝つまでは厳しい。八歳馬であり、出産もしていて、現役馬と争うのは無理がある、というのが現実主義の競馬ファンらしい評価だった。

代わって一番人気に支持されているフロストマンは、去年のアメリカクラシック三冠に挑戦したものの、結果を残すことができず怪我をして休養入り。今年の復帰戦であり、他にケンタッキーダービーのような大きいレースを出た馬がいないのも人気を後押ししている。

フロストマンのオーナー、ジョエル・キスリングの名をケンタッキーで知らないものはいない。馬主としてだけでなく、経営する蒸溜所のミスター・キスリングという名のウィスキーは、街中のバーやパブで飲むことができる。馬主歴はさほど長くないものの、アメリカクラシックをはじめ大舞台で何度も勝利を収めており、フロストマンも期待馬の一頭だった。

今日もキスリングは、何人もの財界や馬産界の重鎮に囲まれながら、チャーチルダウンズ競馬場の一等席で愛馬を見守っていた。

人気のフロストマンは最内《さいうち》の一番枠を確保し、ブリーズイングラスは大外の八番枠からのスタートになった。夏の日差しを浴びながら、顔をバンダナで覆わなければいけないので、ルビーの額に汗がにじむ。鞭を持つ手が震えているが、ブリーズの揺れるたてがみをそっと撫でて、気を静めた。ブリーズの柔らかなたてがみが、ルビーを競馬の世界へ招いていた。

バリヤー式の発馬機が開くと同時に鐘が鳴り、大歓声を受けて今日のメインレースが始まった。最内のフロストマンは絶好のスタートを切り、柵に沿って最短ルートを突き進んでいく。左回りのチャーチルダウンズ競馬場をちょうど一周する1マイル¼のハンデ戦。フロストマンは、昨年の不完全燃焼を忘れさせるような飛び出しで、他の馬たちを寄せ付けず、最初のコーナーを一番手で進んでいった。

フロストマンの絶好の飛び出しの裏で、スタート直後、観客席から悲鳴交じりのどよめきが起きていた。ブリーズは遠慮がちに飛び出して、最後方から追う展開になっていたからだ。

「下手くそ！　もっと前に出せ！」

ブリーズの馬券を握りしめた観客は、容赦ない罵声を浴びせる。ブリーズは、現役の間イギリスの芝のレースしか経験していない。アメリカ競馬はダートが主流であり、最も有名なケンタッキーダービーも土の上で行われる。年齢的な面もさることながら、今回ダート初戦という点も、ブリーズの人気を下げていた。案の定、慣れないダートで出遅れて、ルビーは心臓が止まりそうになる。

ルビーは手綱を動かしてブリーズを動かそうとしたが、びくともしない。ダートでの出遅れは致命的であり、先団に取り付いていないと駆け引きをする間もなく、置き去りにされてしまう。

「どうしたんだい、ブリーズ。さっきまであんなにご機嫌だったじゃないか」

追い出しにもまるで反応を見せず、ルビーの焦りが募る。前の馬たちが蹴り上げた土が大きな砂煙となって、ブリーズとルビーの視界を覆っていく。

二コーナーから向こう正面の直線に入って、フロストマンは二番手に五馬身ほど離した先頭をキープ。二番手以降はひとかたまりになって、フロストマンの影を追っているが、ポジション取りに終始してごちゃついている。最後方のブリーズは一頭取り残される形になり、反応も思わしくない。スタンドで見ていたジョナサンは、持っていたひまわりの種が入ったコップを床に投げつけた。

「終わりだ。ルビーめ、これが終わったら、お前の家族もろとも、ケンタッキーから売り払ってやる」

バスティアーニもゴミ箱を蹴っ飛ばし、ハンチング帽を取って握りつぶしている。

「クソったれ！　こんなことならあの酔っ払いの方がマシだ！」

ルビーはふと、馬ではなく、自分に一呼吸入れてみた。息を吸ったことで、自分がひどく緊張して、周りが見えなくなっていたことに気付かされる。レースの熱気は、調教での併《あわ》せ馬《うま》とは比べものにならない。外から見れば何ということのない一周のコースでも、馬は心臓を破らんばかりに呼吸し、ジョッキーは勝負服を汗だくにしているのだ。

「生きるか死ぬかの戦いを、あんたたちはずっと乗り越えてきているんだね」

ルビーの方が、折り合いを欠いていた。三コーナーから直線に入るにつれて、ブリーズのペースが上がっていく。向こう正面では大きく離されていた前の馬群が近づいてきていた。ポジション取りにこだわって、馬群は疲れ切っており、ブリーズは四コーナーから大外を回って置き去りにしていく。

調教の時のブリーズとは、まるで追い込み方が違う。直線に入り、ブリーズはぐっと姿勢を低くした。首を下げた瞬間、ストライドが大きくなる。ブリーズは、末脚《すえあし》を使おうとする時、前肢と後肢を大きく広げて、飛ぶような走り方をする。その勢いに、ルビーは御《ぎょ》すというよりしがみついているような姿になる。乗っているのが精一杯だが、ブリーズは止まらなかった。何も分かっていなかった。レースの展開も、ギアを入れるタイミングも、ペース配分も。何より、客の沸かせ方を。ブリーズは、右も左も分からないルビーに、背中からよく見ておけとでも言うようにギアを上げた。襲ってくる砂煙をぶち破って、逃げ粘ろうとする若武者をひねり潰そうとしているのだ。

ルビーの背中に、心地よい震えが走る。

「これが、競馬なんだ」

先頭のフロストマンへ襲いかかるように、ブリーズは距離を詰めていく。フロストマンが巻き上げた土煙は、ブリーズを避けるように左右へ広がる。さながら、モーセの出エジプトの一幕のようであった。

「ブリーズが上がってきたぞ！」

イギリスオークス馬の堂々とした追い込みに、観客席から大歓声が起こる。大きなストライドで、フロストマンとの距離を一馬身ずつ詰めていき、残り一〇〇メートルの時点で完全に並んだ。

「ブリーズ！　差せ！　差せ！　ぶち抜け！」

ジョナサンは関係者席の柵から身を乗り出して、声を上げる。

「フロストマン！　お前は終わりだ！　ブリーズに道を空けろ！」

さっきまで葬儀の参列者のようだったバスティアーニは、ハンチング帽を摑んだ手をぐるぐる回して、柵に手をぶつけていた。完全に足が上がったフロストマンをよそに、ブリーズは一馬身ほど離してゴール板を駆け抜けた。

　チャーチルダウンズ競馬場に、祝福の歓声が上がる。ブリーズの馬券を買ったものも、回避したものも、ダービー馬を産んだイギリスオークス馬が、アメリカの地で新たな栄冠を手にした瞬間に目を奪われた。興奮した観客たちは、興奮のあまり柵を乗り越え、コースに侵入し、ブリーズに直接賛美を伝えようとしている。職員の制止を振り切って、次々と馬場に人が押し寄せていく様子を見て、ジョナサンは我に返った。

「マズイ！　馬鹿どもをブリーズに近づかせるな！」

　ジョナサンとバスティアーニは、大急ぎで階段を下りてブリーズに近づこうとする不届き者を殴りに行く。レースを最後まで見ずに、先に装鞍所《そうあんじょ》へ向かっていたアリーは、もみくちゃにされながら戻ってくるブリーズの手綱を引いた。

「What a mother！（なんて母親だ！）」

　みながそう祝福する中、ルビーは声を殺している。ガッツポーズをすることもなく、盛り上がった本馬場を後にして、検量室へやってきたルビーは物陰に隠れていたレイノルズと入れ替わってその場を離れた。

　ベッドで寝ていただけのレイノルズは感想を聞かれてしどろもどろになっていたが、もはやそれはルビーのあずかり知らぬことだった。

　興奮するブリーズの鼻を、アリーはそっと撫でた。歩様はおかしくなっていないか、呼吸は

乱れていないか、熱発は起こしていないか。厩務員は結果より、気にすべきことが多くある。

「**もっと喜んだらどうだ。ブリーズも褒めて欲しそうだぜ**」

ブリーズはアリーの肩に頬ずりしている。

「晩夏はレース中、何も言いませんでしたね。これも結果を知っていたからですか？」

「**それは俺のセリフだ。お前こそ、まるで勝ちを知っていたみたいに落ち着いてたじゃねえか**」

「ブリーズは僕が手がけた最高の馬の一頭です。たとえ条件がダートに変わっても、このクラスで負ける馬ではないと分かっていましたから」

水をかけてやると、ブリーズは耳をピクピクと動かした。

「**お前はブリーズのことは自信たっぷりなんだな。その自信をもっと自分に向けてやれ**」

濡れた身体を何度も見て、アリーは異常がないかを細かく探す。集中するアリーなど気にすることなく、えびす顔のジョナサンがブリーズへ駆け寄ってきた。

「おお、ブリーズ！　我が愛馬よ！　お前はなんて勇ましいんだ！」

ジョナサンは頬ずりして、猫なで声を上げるが、ブリーズは首を上下させて離れようとしている。バスティアーニは会見で言いよどんでいたレイノルズを医務室にぶち込み、いかにハードなトレーニングを積んできたか、この勝負にどれだけ思いを込めたか、記者へ涙混じりに演説をしている。着替えを終えたルビーが、ブリーズの近くに戻ってきた。

「素晴らしいレースでした、ルビー」

人に見つからないように、アリーはルビーと小さく手を叩いた。

「あたしは、舞い上がって何もできなかったよ。仕掛けるタイミングも、全部ブリーズが自分で判断したんだ。アリー、あんたはとんでもない馬と生きてきたんだね」

ブリーズは現役時代から休養中でも、運動量を一定に保ち、スモーキーが生まれてからも柵の回りをよく歩いていた。幼いスモーキーは、朝からスパルタ教育の母と共に歩かされ、夜には他の馬が暴れてもまったく目を覚まさないくらい熟睡するほどだった。

レースを引退しても、ブリーズは運動量を減らさなかった。基礎体力を一定に保とうとするブリーズの高い意識がもたらしたこの勝利を、アリーは不思議には思わなかった。勝利をかみしめるルビーとアリーをよそに、ジョナサンは両手を挙げた。

「これなら次のレースも期待できるぞ！　ブリーズは今日、英雄になったのだ！　スポンサーも集まるだろう！　忙しくなるぞ、アリー！」

ジョナサンに肩を組まれたアリーは、身を遠ざけた。

「これ以上のレースは、ブリーズやお腹の仔にも悪影響を及ぼしかねません」

ジョナサンは副賞のトロフィーを握りしめている。

「お前は黙って、わしと先生の言うことだけを聞いていればいい！　今日の賞金だけじゃ、焼け石に水だ。もっと稼がねば、マクファーレン牧場はおしまいなんだ！」

「アリーの言うとおり。ただでさえイギリスからの輸送で負担がかかっているんだから、そろそろ休ませてあげるべきよ」

ルビーにまで指摘され、ジョナサンはトロフィーを叩きつけそうになっている。

「ならば、どうしろというのだ！」

「この様子だと、本気でまだ走らせるつもりだぜ、こいつ。もういっそ、ぶん殴って黙らせた方がよさそうだな」

ジョナサンの傍若無人《ぼうじゃくぶじん》さに、晩夏もしびれを切らそうとしていた。ルビーにブリーズの手綱を任せたアリーは、洗い場を離れていた。

「ちょっと、アリー、どこ行くのよ！」

向かいの馬房では、二着に敗れたフロストマンの陣営が集まっていた。身なりの整った人間が多く、ブリーズを洗って泥だらけになっているアリーはドブネズミのようでもあった。洗われているフロストマンを、一人の紳士がじっと見つめている。その人物こそ、オーナーのキスリングだった。灰色のスーツに象牙色のネクタイを身につけたキスリングは、短い金髪をオールバックにしていて、遠くからでも柑橘《かんきつ》のいいにおいが漂ってくる。関係者に慰めの言葉をかけられても、キスリングは馬の変化を探ることに集中していて、まるで耳に入っていない。

キスリングの横に立ち、アリーは声を上げた。

「失礼いたします。オーナーのキスリングさんでしょうか」

関係者の誰もアリーを知らなかったので、突然現れた小汚いアラブ系の少年に一同は警戒心を持つ。名前を呼ばれた紳士は目をぎょろっと動かすだけだった。

「いかにも、私がキスリングだが」

細い身体から、艶のある低音で紳士は返事をした。背が高く、いくらか痩せすぎていた。人としての色彩が薄く、他の金持ち連中と比べても、さほど目立つ雰囲気ではない。新進気鋭のオーナーと呼ぶには、覇気がまるでなかった。

アリーは膝を突いてキスリングを見上げた。

「キスリングさんに折り入ってご提案がございます。ブリーズイングラスの仔をお買い上げいただけないかと思い、勝手を承知で参りました」

キスリングと付き合いのある牧場は、ほとんどが名門だった。潤沢《じゅんたく》な資金源を持ち、投資も惜しまないので、見初められようと躍起になる牧場も多い中、マクファーレン牧場のような零細とは一切付き合いがなかった。

「おい、マジかよ、アリー！　手順ってもんが……！」

驚いたのは晩夏だけではない。フロストマンの調教師は、レースで負けたあげく、勝った馬の仔を買わないかと打診され、アリーに詰め寄った。

「礼儀をわきまえろ！　お前のようなやつが、軽々しく口を利いていい方ではないのだぞ！」

身の程知らずの小僧が何をしに来たのかという空気は、晩夏にも伝わってきた。怒りや侮蔑《ぶべつ》の視線を向けられても、アリーは顔を上げてキスリングを見続けた。フロストマンの馬体に問題がないことを確認したキスリングは、ハンカチで首を拭った。

「君は誰だ？」

「申し遅れました。僕はマクファーレン牧場で、ブリーズイングラスの厩務員を務めているアリーと申します」

ハンカチで首を拭う手が、一瞬止まった。キスリングの生気のない目で見つめられると、魂を抜き取られるような錯覚に陥る。おびえつつも、アリーはその場を動かなかった。いつまでも帰ろうとしないアリーに業を煮やし、フロストマンの調教師だけでなく、厩務員も近づいて肩を摑んできた。

二人がかりでどかされそうになった時、キスリングが止めに入った。

「馬を見せてもらおうか」

どれだけ血統が優れていても、キスリングはむやみに馬を買いあさる性格ではない。値段ではなく、自分の目で馬を見つけるからこそ、このオーナーは敬意を集めていた。潰れかかっているマクファーレン牧場の馬など、安物買いの銭失いも甚だしい。フロストマンの調教師は相手にするわけがないと吐き捨てたが、キスリングはブリーズの馬房へ歩いていった。

まだジョナサンとルビーの言い合いは続いており、ブリーズは首をぶるぶるさせて飽きていた。そこへアリーがキスリングを連れてきたものだから、ジョナサンは慌ててトロフィーを隠し、握手を求めた。

「キスリングさん！　いやあ、フロストマンは素晴らしい馬ですな！　今回は運がわしに向きましたが、フロストマンはこれから大きいレースをどんどん勝っていくことでしょう！　いずれフロストマンに勝ったことがある馬として、ブリーズが有名になる日が来るかもしれません！」

浮《うわ》ついたジョナサンの言葉に、キスリングはまるで耳を貸さず、ブリーズを見ていた。キスリングは馬を見る時、口に手を当てて、目を合わせようとする。ブリーズはキスリングをしばらくじっと見た後、前肢を掻いて興味を失った。

ジョナサンはぽかんとしており、ルビーはアリーに耳打ちした。

「ちょっと、どういうことなの？」

「ブリーズの仔をキスリングさんに購入していただけないかと、ご提案したのです」

ルビーは頭を抱えて後ろに倒れそうになる。ジョナサンは顔を真っ赤にしたが、罵詈《ばり》雑言《ぞうごん》を飲み込んで笑みを作った。

「まさかキスリングさんに購入を検討していただけるとは、何たる光栄。畏《おそ》れ多くも、この馬の仔は、レースの前から購入希望を受けているのです」

ブリーズの仔に買い手が付いたことなど、聞いたことがない。ルビーは再びアリーに耳打ちする。

「あんなの嘘よ。キスリング相手に、交渉を持ちかけるなんて無謀だわ」

誰が見てもジョナサンの虚勢は明らかだった。この傍若無人な牧場主は、経営は乱暴だし、人使いは荒く、馬を育てるセンスは乏しい。道楽経営と揶揄《やゆ》されることはあっても、牧場を潰したくない思いに、嘘はなかった。たとえちっぽけな見栄だとしても、牧場のボスとして、キスリングに交渉を挑もうとしている。

後ろで手を組んだキスリングは、革靴で床を叩いた。

「一〇万だ」

ブリーズの復帰戦となるレースの賞金は約一万ドル。当時、一流の種牡馬の種付け料が四〇〇〇から五〇〇〇〇ドルほどだったことを考えると、これは破格だった。思わずルビーはアリーの手を握りしめるが、ジョナサンは首を横に振る。

「素晴らしい評価をしてくださり、ありがとうございます。それに近い額を、他のオーナーも提案してくださっていますし、この世界は付き合いが何よりものを言います。もし、約束を反故《ほご》にしたとなると、付き合いのあるオーナーたちから、二度と馬を買ってもらえなくなる可能性もあるのです。そうなると……」

まだ粘ろうとするジョナサンの口を、ルビーは今すぐ手で塞いでやりたかった。当のジョナサンも、胃から血が出てきそうな痛みを堪え、歯を食いしばっていないと倒れそうだった。

「誤解をしているようだ」

多額の金が動くというのに、キスリングの目に輝きはない。葬式の手続きをしなければならない時のような煩わしさが、にじみ出ている。グレンズフィールドから出たことがなかったアリーも、競馬で我を忘れる人間を多く見てきた。特に庭先での取引では、交渉がこじれて紳士が殴り合う光景に出くわしたこともある。

キスリングは、どこか他人事のように提案を続けた。

「一〇万は、事前金だ。契約を結べば、明日の朝に用意しよう。事前金は流産だったとしても返還は不要。無事に出産が確認できたら、もう一〇万払おう。当座の金が必要なあなたがたにとって、悪くない話だろう」

これまでマクファーレン牧場では経験したことのない額が飛び交い、ルビーは身震いする。

「こんな話はないよ。受けない理由はない」

ジョナサンは、歯をカチカチ鳴らしながら、汗だくの手を握りしめる。眼球の血管が暴れ出し、ジョナサンの焦点が合わなくなる。

「我がマクファーレン牧場は、ブリーズの仔を育てる上で多くのものが欠落しています。厩務員、放牧地の整備、トレーニングコースの改築、厩舎の建て替え、配合飼料の調達、馬運車、治療費、足りないものを数えだしたらきりがない。わしは、ブリーズの子どもに最高の環境を与えてやりたいのです。子どもだけでなく、環境にも支援をしてくださる方でなければ、売ることはできません」

しびれを切らしたルビーが、ジョナサンに耳打ちした。

「いい加減にしなよ。いくらなんでも欲張りすぎだ。余計なことを言って、キスリングの気が変わったらどうするんだ。ここいらで手を打つのが頃合いだよ」

「二〇万などもらったところで、借金の返済に消えるだけだ！　わしたちにはもっと金が必要なんだ、金が！」

白目を剝きかけているジョナサンをよそに、キスリングはルビーに視線を移す。

「君、名前は？」

ルビーは目をそらしながら答えた。

「ルビー・ブラッドだけど」

「ミス・ルビー。君のフォームは、どのジョッキーよりも美しかった。今から、ジョッキーライセンスを取得しなさい」

ジョナサンは顔を真っ赤にして、キスリングに詰め寄っていく。

「わしを揺するつもりか？」

キスリングは、小魚を相手にしない鯨のように落ち着いている。

「チャーチルダウンズ競馬場は変わろうとしている。以前なら黙認された不正も、今は厳しく糾弾《きゅうだん》される。この一件が明るみに出れば、マクファーレン牧場は訴えられ、あなたにはさらなる負債と賠償金が積み重なるだろう。そうなれば、あなたの馬たちは、行き場を失うことになる」

「何が言いたい？」

ジョナサンは鼻毛をむき出しにし、口の端に泡を作って問いかけた。

「私がこの馬の仔を買えば、レイノルズは名馬を復活させた騎手のままだ。私が買わなければ、ミス・ルビーの件は遅かれ早かれ公《おおやけ》に出るだろう。観客の目も、節穴ではない。どちらの道を進むかは、あなたが決めるといい。ミスター・マクファーレン」

ジョナサンとて、勢いのまま牧場を経営していたわけではない。ジャガイモ飢饉でアイルランドからアメリカへ渡った父は、ゴールドラッシュで一攫千金《いっかくせんきん》を狙って金鉱で働いたものの、金は掘り尽くされていた。ブドウ農園やトウモロコシ畑、小麦農場などを転々とした後、ケンタッキーにやってきてマクファーレン牧場を始めた。根無し草になっていたジョナサンの父にとって牧場は、自分をアメリカ人にしてくれた稼業だった。

父に比べてジョナサンは気が小さく、考えなしに交配を続けたこともあって、経営は破綻寸前に迫っている。窮地に陥ってもジョナサンを動かしていたのは、父が築き上げたマクファーレン牧場を自分で絶やすわけにはいかないという執念であった。

ジョナサンは拳を開いて、キスリングに向けた。

「おめでとうございます。あなたがこの仔のオーナーです」

キスリングは汗だらけのジョナサンと握手を交わしてから、アリーを見た。

「この仔は、君が担当することになるのか？」

怒鳴られたり、悪口を言われたりするのはもちろん嫌だが、何を考えているのか分からない目で見られるのも、アリーの心を乱した。自分が今後担当するかどうかなど、関係ないはずなのに、キスリングはわざわざ腰を落として視線を合わせてくるくらい真剣だった。

「そうなると思います」

「たくましく育てろ」

口調は決して偉ぶっておらず、成金と聞いていたわりに相手の目を見てきちんと話す紳士なのは疑いようがなかった。

「はい」

キスリングは革靴についた泥を拭おうともせずに、アリーを見ていた。ジョナサンは高く売れたことより、何か裏があるんじゃないかと疑心暗鬼になっていた。ブリーズの前で戸惑いが渦巻いていたが、キスリングにきちんと目を見て仔馬を託されたことは、アリーの胸を熱くした。

「明日、金を持たせよう」

立ち上がったキスリングは、買い物の追加を頼まれた時のような様子でその場を去っていった。ルビーとアリーは、肺の奥から重い空気を吐き出していく。ジョナサンは、柱を蹴っ飛ばした。

「いけすかない野郎だ！　自分にできないことなんて何もないようなそぶりをしやがって！あんな野郎にブリーズの仔を譲るだなんて、ちくしょう！」

「何言ってんのさ、ボス！　あんたは金脈を掘り当てたようなものだよ！　しかも、あの様子ならあたしが乗ったこともおとがめなしさ。もっと喜びなよ！」

今になってルビーは喜びを爆発させ、アリーは手を握られる。話がまとまって嬉しかったことに、嘘はない。アリーはキスリングが一瞬だけ見せた馬への思いが、心に残っていた。

第二章　セイルウォーター

五　杭を打つ

放牧地を歩くブリーズの横に、青鹿毛の仔馬が並んでいた。ブリーズが小川に水を飲みに行けば、恐る恐る着いていき、せせらぎを目で追う。ブリーズが遠くの柵まで駆けていくと、必死に追いかけていく。

母親と仔馬のひとときは愛らしく映る一方、ルビーは頭を抱えていた。

「あの仔は臆病なところがあるね」

競走馬として生まれてきた仔馬は、母と一生過ごすことはできない。半年ほどの育成期間を経て離乳させ、他の仔馬たちとの集団生活が始まる。そこで仔馬たちは社会性を身につけ、心身共に鍛え上げていくが、ブリーズの仔馬はいつ何時でもブリーズから離れようとしなかった。

「ちょっと姿が見えなくなれば、狂ったようにいななくんだ。ブリーズは、時折距離を置いて自立を促しているけど、効果は薄い。先が思いやられるね」

ルビーの不安は的中し、いざブリーズと別れの時がやってくると、仔馬はダイスに噛みつい

てアリーを蹴っ飛ばし、柵まで跳び越える有様だった。三人がかりでなんとか捕まえてもブリーズから離れようとせず、ようやく乗せられた馬運車の中で、仔馬は失禁しながら叫ぶのをやめなかった。

ブリーズと共に輸入された二頭の牝馬たちも無事に仔馬を産み、彼らと同じ放牧地で顔合わせをした初日から、ブリーズの仔馬はパニックを起こして他の馬たちに嚙みつこうとした。反撃されるや今度は意気消沈して、いじめられても何の抵抗もしなくなってしまった。

真っ黒い馬体にはいつも、他の馬に嚙まれたり蹴られたりしてできた傷から血が流れ、食も細くなり、しょっちゅう放牧地の隅で下痢をしていた。

「ブリーズの当歳はどうなっている！　腹は壊す、飯は食わない、他の馬と仲良くできない！キスリングの野郎が購入はナシだと言い出す前に、なんとかしろ！」

仔馬の売却額でマクファーレン牧場は、放牧地の拡大や調教コースの整備に人員確保など、攻めの一手に転じていた。自転車操業に拍車がかかったことで、ジョナサンはさらに余裕がなくなっている。アリーへの注文も日に日に増していった。

「スモーキーの当歳の頃はどうだったんだい？」

ルビーは朝の調教が終わる度に、ブリーズの仔馬についてアリーに聞いてきた。

「スモーキーも見た目が貧相で、よくいじめられていましたが、一匹狼気質といいますか、一人でも平気な性格でしたからね。堂々とした振る舞いに、他の馬たちは威圧され、群れないけれど次第に一目置かれる存在にはなっていました」

「あの仔は、そういうタイプじゃなさそうだね。それにしても意外だよ。こういう状況になって、あんたが助け船を出さないのはさ。もっと、いろんな工夫をして、群れになじむよう手を打つと思っていたのに」

今日も他の馬たちからいじめられて逃げ回る姿を、アリーは黙ったまま見つめている。その背後から、コートを着たキスリングが近づいてきた。仔馬が生まれてから、キスリングはことあるごとにマクファーレン牧場を訪れていた。ジョナサンは、キスリングの馬車が近づいてくるといつもおびえていた。

「止めないのか？」

年の終わりを告げる冷たい風が、草を揺らしていた。

「僕が割って入ったところで、余計にいじめられるだけです。幼い馬は、自分より優れているか劣っているかに敏感です。少しでも自分より弱そうなら、挑発したりいじめたりして、上位に立とうとします。逆に、敵《かな》わないと一度でも思ったら、手出しはしなくなります」

「そこは人間と変わらないな」

ブリーズの仔馬は尻尾を口で引っ張られ、左右から体当たりをしかけられている。それでもいななくことすらせず、たじろいでいる。

「あのままでは弱気をこじらせてしまうかもしれない。人間も馬も信じられなくなってしまったら、レースどころではなくなるぞ」

オーナー直々に進言されても、アリーは動かなかった。

「救いの手が、逆に災いを呼ぶこともあります。少なくとも、今の彼を助けたところで状況は何も変わりません。僕にもっと気付けることがないか、見守っているんです」

キスリングは視線をブリーズの仔馬から、アリーへ移す。アリーの短い髪が、冷たい風で揺れていた。

「スモーキーの弟だからといって、同じように育つわけではありません。偏見や思い込みで客観的な事実を見逃すことなく、その馬が持っている特徴を捉えようとすること。それが今の僕に求められるものです」

「それがグレンズフィールドで学んだことか？」

久々に故郷の名を耳にして、アリーはキスリングを見た。

「グレンズフィールドをご存じなのですか？」

その問いに、キスリングは答えなかった。

「いい加減、あの馬をブリーズの仔馬と呼ぶのも煩わしいだろう」

キスリングが柵に近づくと、仔馬をいじめていた当歳馬たちが駆け寄ってきた。

「今日は名前を決めに来た」

「それは助かります。呼び名が決まらないと、馬も自覚してくれませんから」

「彼の名は、君が決めろ」

難を逃れたブリーズの仔は、放牧地の端へとぼとぼと歩いていった。

「僕はただの厩務員です。ブリーズの仔馬はキスリングさんが買われたのですから、あなたが名前を付けるべきです」

アリーに拒まれても、キスリングは考えを改めるつもりはなさそうだった。コートのポケットに手を突っ込んだまま、吐き出した息が空へ消えていく。

「ブリーズがアメリカへやってくるまで、どんなことがあった？」

アリーに最も衝撃を与えたのは、喋る蹄鉄との出会いだったが、晩夏のことを話すわけにはいかず、長い旅路を思い返す。思い浮かんでくるのは、大西洋上での一幕だった。

「出港から数日して、ブリーズはひどい下痢に見舞われました。石炭のコンテナを馬房にされたせいもあって空気が悪く、極度の脱水状態に陥ったんです。その時は、ボスから水を分けてもらえませんでした。そこで、僕は折りたたんだ帆に水が溜まっていることに気付き、マストをよじ登って汲みに行ったんです。それをルビーに見られていて、それから僕はきれいな水を分けてもらえるようになりました」

キスリングは珍しく笑みを浮かべた。

「じゃあ、その雨水をあの仔馬も飲んだということだな」

「そういうことになります」

集まってきた仔馬たちは、何か食べるものはないかとせがんできている。

「ならば、今日からあの馬はセイルウォーターだ」

「**ずいぶん安直に決めちまったな**」

晩夏の言うように、こんなにあっさりと高額の馬が名付けられる瞬間をアリーは見たことがなかった。

「一つ疑問なんだが」

キスリングはセイルが立っている場所を指さした。

「どうして、あの高台の隅は芝がはげているんだ？」

「あそこはセイルウォーターの陣地なんです。といっても、もみくちゃにされて追いやられてしまうんですが、いつの間にかあそこに戻っていて」

「いつもいるということは、何かあるのかもしれないな」

その言葉を残して、キスリングはマクファーレン牧場を去っていった。キスリングの消えゆく背中を目で追っていると、晩夏が話しかけてきた。

「つかみ所のない男だ」

冷たい風を浴びて、仔馬たちは集まって暖を取り始めている。

「悪い方ではないと思います」

「何か怪しいんだよな。いきなりお前に交渉を持ちかけたのに、一〇万ドルでまだ生まれていない馬を買うんだぜ？　さらに一〇万ドル払ってるんだから、ジョナサンが落ち着かないのも分かる気がするよ」

アリーの頭には、キスリングがぼそっと放った言葉が残り続けていた。

翌日、夜間放牧に向けてセイルウォーターを放牧地に連れていくと、真っ先に高台へ走っていった。他の仔馬たちが、獲物を狙うように追いかけていく。坂を上っているだけだったら追いつかれなかったが、すぐに頂上にたどり着き、追いかけ回されてしまう。

それを見たアリーは、整備中の放牧地に向かった。ダイスが土木作業員たちと一緒に柵を作っている。ダイスの隣で、指示を出しているジョナサンの姿もあり、アリーは駆け寄っていった。

「ボス、ダイス、ちょうどいいところにいらっしゃいました」

ジョナサンは嚙んでいたひまわりの種を吐き出した。

「どうしてお前がここにいる？　サボってないで、ブリーズの仔をなんとかしろ」

「あの馬は、セイルウォーターと名付けられました。昨日、キスリングさんがいらっしゃったんです」

キスリングという言葉におびえたジョナサンに代わり、ダイスが問いかけてきた。

「何かあったのか？」

「ここの放牧地を、当歳馬たちに譲って欲しいのです」

ダイスは作業員に新しい杭を渡した。

「繁殖牝馬用に拡張しているんだぞ？」

「分かっています。今の放牧地では、セイルウォーターの長所が伸びないのです」

ジョナサンはひまわりの種が入った袋に手を突っ込み、憮然と話を聞いている。

「セイルウォーターは、運動不足なのです。もっと傾斜があって、他の馬たちを置き去りにするほどの広さがあれば、気弱さや心肺機能も鍛えられると思うのです。今の放牧地は狭く、高台でぐるぐると回り続けるだけで、ストレスを抱えています」

几帳面なダイスは、計画が途中で変更されるのを好まない。少し前のダイスだったら、間違いなくアリーを怒鳴っていたが、今は聞く耳を持っていた。セイルウォーターの育成にずっと手を焼いているのを知っていたからこそ、ダイスは否定する前にジョナサンを見た。

「わしが与えた放牧地では不満だというのか？」

ひまわりの種をかじりながら、ジョナサンに詰め寄られる。

「大舞台を目指すのであれば、この時期から可能な限り最高の環境を与えるべきです。もう少し早く提言できなかったのは、僕の責任です」

ブリーズイングラスも、スモーキーも、高低差のあるエプソムダウンズ競馬場の大舞台で勝ったことのある馬だった。坂に強いという特徴を、セイルウォーターも色濃く受け継いでいてもおかしくはなかったのに、気付けなかった自分をアリーは恥じた。高台にとどまるのは、もっと上へ行こうとしている証拠であり、今のマクファーレン牧場で最も傾斜が用意できるのは、整備中の放牧地だけだった。

ジョナサンはアリーを見下ろした。

「ここは、グレンズフィールドじゃない。すぐに放牧地を変えろと言っても、時間がかかる。お前はイギリスで奴隷に近い扱いを受けてきたかもしれないが、それですら、わしたちの環境に比べれば恵まれていたんだ。放牧地を移すのは、反対しない。問題なのは、人手が足りないことだ。いい加減、貴族暮らしのような考え方は捨てろ」

「こいつ、珍しくまともなこと言いやがって」

怒鳴り散らされるならまだしも、ジョナサンにしては珍しく怒りを堪えていた。時間も人手も足りていない歯がゆさが、アリーにも伝わってくる。

「おれも手伝います」

ダイスが同調し、アリーも頭を下げるが、人手不足なのはどうしようもない。

「誰か忘れちゃいないか？」

赤ら顔のニックが、おぼつかない足取りで近づいてきた。酒臭い息子を見て、ジョナサンの眉が八の字になる。

「また飲んでるのか。いい加減にしないかと言っただろうに」

ニックは笑みを浮かべて、アリーと肩を組んだ。

「人なら、俺が用意できる」

ダイスもジョナサンもぽかんとしていて、まるで見当が付いていない。

「俺の行きつけのバーは、落伍者の集まりだ。病気がちで入隊を拒否されたやつ、兵役を拒んで家から追い出されたやつ、事故で片腕をなくして除隊されたやつ、大学を中退して酒に溺れているやつ。俺たちは毎晩キスリングのウィスキーを飲んで、一日の終わりを曖昧にしていた。明日がやってこなければいいのにと思いながら」

ジョナサンが口を挟もうとしたのを、ニックは止めた。

「どうせこの牧場は長くない。親父もルビーもダイスも、現実から逃げて、馬にうつつを抜かしている。イギリスから馬を買ってくると聞いた時、俺は腹が立ったんだ。なんで、万に一つもない可能性に賭けられるんだってな」

ニックの身体からアルコールの香りが漂う。アリーが離れようとしなかったのは、ニックの痩せた身体が震えていたからだった。

「アリーも好きじゃなかった。馬と一緒に売られることに疑問を持たず、日の当たらない仕事を鬱々とこなすやつ。そんな俺の考えが甘かったことを、ブリーズの復帰戦は教えてくれた。親父たちを心から応援できていなかった俺が言える義理じゃないが、いいレースだった。感動したよ」

ニックは何度か顔を手で拭って、何度も咳払いをしている。言葉を発するのがむずがゆくて仕方がない様子だった。

「俺たちは、生きがいが欲しかったんだ。俺の飲み仲間が戦争へ志願したのだって、誰かの役に立ちたかったからだ。俺たちは役立たずの烙印を押された半端物だ。酒浸りの生活を過ごしていたからこそ、今は親父たちがうらやましい。俺も、自分の人生をもっと真剣に生きたいと、あのレースで感じたんだ」

アリーに支えられていたニックは、肩をぽんと叩いてきた。

「前は泣き言を言ってすまなかった。あのキスリングに馬を買わせるんだ。お前は臆病に見えて、勇気がある。これまでのみっともない仕打ちのツケを、俺に払わせてくれ」

樫の木の下で酔っ払いながら、ニックはアリーを観察していた。はじめはルビーと調教の相談をし、いつの間にか気難しいダイスとも柵作りや堆肥運びをし、あげく雲上人《うんじょうびと》のキスリングと取引の機会まで生み出した。イギリスから売られてきた褐色の少年という色眼鏡で見ていたのは、ニックの方だった。

アリーは、道なき道の歩き方を知っている。強いリーダーシップを発揮するタイプではないものの、この少年を支えたいというニックの思いに嘘はなかった。

学費を払えず、実家に呼び戻すしかなかったジョナサンは、ニックの決意を耳にして目頭を押さえた。

「親父、俺も手伝わせて……」

ニックも感極まり、口元を押さえた。ダイスはその姿に胸を打たれていたが、アリーはそれどころではない。ニックは感動しているのではなく、胃の奥からせり上がってきているものを必死で押さえていたからだった。

ニックが連れてきた飲み仲間は、ダイスを呆れさせた。杭を持ち上げようとして息切れはするし、酒が抜けきれなくて足下はふらついているし、久々にまともな仕事をするとあって身体がガチガチになっていた。一度社会からはじき出された経験が、彼らを臆病にしていた。彼らの緊張をほぐしたのは、草原を吹く風と、飛び跳ねる馬たちだった。一生懸命生きる命が、大地の上で躍動する姿を見ていると、これまでの粗雑な生き方が嫌でも戒められていく。

一日だけでいいとニックは言っていたが、飲み仲間は翌日もやってきた。傾斜のある放牧地は雇っていた土木作業員と、再起を願う飲んべえたちによって、急ピッチで整備されていった。

「ニックは、本当は頭がいいやつなんだ」

アリーと共に新しい柵を運んでいる時、ダイスは言った。

「都会で成功できなかった自分を、ずっと責めてた。おれからすれば、ニックはニックなんだ。自分のことを悪く言うのは、嫌だった」

「彼は人を扱うのが上手ですね。社交性があって、こんなに仕事が進んだのは、ニックとみなさんのおかげです」

杭を打ち終わり、柵もほぼ完成していてセイルウォーターたちの移動は目前に迫っていた。

「セイルウォーターのために、みんなやれることをやろうとしている。この雰囲気が、おれは好きだ」

「僕もそう思います」

マクファーレン牧場の景色が変わっていった。整備された放牧地が完成しただけではない。ニックの飲み仲間たちは、柵が完成すると新しい仕事を求めた。厩舎の屋根が剝がれかけているること。他の放牧地も整備を待っていること。荷車が壊れて新しいのを必要としていること。はじめはニックに指示を受けていた飲み仲間たちも、次第に仕事の流れが分かってくると、今何が必要なのかを自分で探せるようになっていた。仕事を覚えだした時、新しい自分になっている感覚が、自信を生むのであった。

自分たちの仕事が、馬たちの役に立つ。その実感が、彼らを悪習から救い出していた。

「**よかったな、アリー**」

仔馬たちを迎えに行く道中、先に駆け出していったニックを見ていると、晩夏が話しかけてきた。

「はい。ニックのおかげで、セイルウォーターにいい場所を与えられます。こんなに景色がいい放牧地は、グレンズフィールドにもありませんでした」

「それもめでたいが、俺の言っているのはそういうことじゃない」

アリーは足を止めた。

「友達だよ。ここへきて、どんどん友達が増えているじゃねえか。ルビーにダイス。さらにはニックとトンチキな仲間まで増えた。ニックは、人懐っこくて裏表がない。よくもまあ、あのジョナサンからあの息子が育ったと思うくらいだぜ」

「友達」

それは、今までのアリーの人生で口にしたことがない言葉だった。

「偉大なホースマンには、一人でなることはできない。馬は、他人を信じようとする心を見ている。マクファーレン牧場の連中を、大切にするんだ。あいつらは、必ずお前を助けてくれる味方になる」

ピカピカに整備された放牧地に案内され、仔馬たちはそわそわしている。仔馬の群れからつかず離れず、一番後ろからセイルウォーターがとぼとぼと着いてくる。

仔馬たちの前で、ニックは鼻の穴を膨らませた。

「さあ、俺たちがせっせとしつらえた宮殿だ。気に入ってくれよ」

仔馬たちの集団は、恐る恐る足を踏み入れていく。みな、様子が違うことに気付いていて、足取りは慎重だった。中には動かなくなってしまう馬もいる。思った反応が見られず、ニックは肩を落とす。

「おいおい、あれだけ頑張ったってのに、気に入らないのか？」

入口付近で固まっている仔馬の集団を避けながら、後ろにいたセイルウォーターが放牧地に足を踏み入れた。ブルーグラスが、丘のてっぺんから流れてくる風でさらさらと揺れている。雲一つない空から降り注ぐ光は、大地を祝福するように差し込んできている。

大きくいななないたセイルウォーターは、仔馬たちに脇目も振らず、丘のてっぺんに向かって走っていく。いじめられっ子のセイルウォーターが、突然走り出したことで気分を損ねた仔馬たちは、さっきまでのおびえが嘘のように、お調子者を追いかけ始める。

「見ろ、アリー！　セイルが走り始めたぞ！」

ニックはアリーの腕を引っ張っている。

セイルウォーターは傾斜など気にせず、跳ねるようにてっぺん目指して走っていく。まだ本格的な運動をしていない段階なので、途中で息が切れてもおかしくはない。現に、セイルウォーターを追いかけてきた馬たちは、早くも丘の中腹で脚が上がり、走るのをやめてしまっていた。ボス格の仔馬だけは、意地を見せようとセイルウォーターに食らいつこうとする。

「捕まっちまう！」

ニックが固唾を呑んだその時、背後に迫られていたセイルウォーターは、さらにぐんと進んだ。追われていることなど気付いてはおらず、丘の向こうに何があるのか気になって、足が止まらない。セイルウォーターを見失わないように、ニックとアリーも坂を登っていく。見た目以上に傾斜がきつく、ニックはぜえぜえと息を吐き出していた。

「アリー、俺はもうダメだ。朝飯がせり上がってきてる」

「**こいつはほんとだらしねえな**」

晩夏に呆れられて、アリーは笑った。

「そんな調子ではセイルに笑われますよ。あとちょっとです」

馬たちに遅れて、アリーが丘の上にやってくると、セイルウォーターは青鹿毛のたてがみをなびかせながら、地平線を見つめていた。じっと遠くの景色を見たと思ったら、今度は坂を下っていった。風を浴びることで、新しい放牧地の景色を覚えようとしていた。仔馬たちは半ば呆れ、半ば音《ね》を上げたかのように丘の上で休んで、それ以上追いかけようとはしなかった。

ひいひい言いながら丘の上にやってきたニックは、下っていくセイルウォーターとすれ違った。

「あいつ、また上るつもりなのか？」

最終確認を終えたダイスと、飲み仲間たちも丘の上にやってきた。放牧地を完成させた達成感が、落伍者たちにさらなる自信を与えていた。ブルーグラスが広がる景色だけでも美しかったが、そこに日ごと成長する若々しい馬がたたずむことで、一つの絵画として完成した。見とれる彼らに対し、ダイスは手を差し伸べた。

「ありがとう。助かった」

ひとりひとりと握手するダイスを見て、アリーとニックは笑った。

斜度のある放牧地に移ってから、仔馬たちの身体は目に見えて大きくなっていった。運動量が増え、厩舎に戻ってくると飼葉に食らいつくようになり、日を追うごとに走る楽しさを覚えていった。

人を乗せた馬が、仔馬を追いかけて体力作りを行う追い運動が始まると、子どもっぽいじゃれつきが減っていき、馬同士が互いをライバル視するようになった。冬の朝は仔馬たちの頭上にもくもくと湯気が立ち上がる。

「最近セイルが傷を作らなくなっていないか？」

飼葉を用意しながら、ニックはセイルウォーターを見た。

「きっと、序列に変化があったのでしょう」

「特に他の馬とけんかした風にも見えないけどな」

「馬は、他の馬の速さに敏感です。平地では他の馬に頭が上がらなかったセイルウォーターも、起伏のある環境ではどの馬よりも速く器用に走れます。能力の優劣は馬自身がよく分かるからこそ、セイルウォーターは侮《あなど》れない一頭だと認められたのでしょう」

「やっぱりアリーの言うとおり、こっちの放牧地に移してきて正解だったな」

「いいえ、はじめにセイルウォーターの特質に気付いたのは、キスリングさんです。彼はいったい、どういう方なのですか？」

ニックは飼葉を食べる馬を見ながら笑った。

「アリーが人間に興味を持つなんて珍しいな。どこまで知っている？」

「ウィスキー蒸溜所の経営者だということまでは」

ニックはポケットからウィスキーの瓶を出そうとしたが、禁酒を始めたことを思い出し、ひまわりの種を口に含んだ。

「ミスター・キスリングのウィスキーは、俺もかつて愛飲していた。今はセイルたちと同じ水しか飲まないと決めたがな」

キスリングは貿易事業で財を成した後、アメリカへやってきたイギリス人だった。潰れかけていた蒸溜所を買収し、ミスター・キスリングというブランドを立ち上げて成功を収めた。馬主業にも着手し、刷新を図ろうとするケンタッキーの競馬界と手を組んで、八百長やドーピングに関与した関係者の排除にも一役買っていた。

「謎は多いが、手腕は確かだ。ミスター・キスリングはアメリカ全土に出荷されているし、チャーチルダウンズ競馬場の治安も改善された。昔は、子どもながらに怖い場所だったからな。キスリングはダービーも勝っている。そんな実力者がうちに興味を持ってくれたんだから、マクファーレン牧場にも幸運がめぐってきたんだよ」

一歳の秋から、馴致《じゅんち》が始まった。馴致を経て、馬は、競走馬という生きものに姿を変えていく。馬具を装着することや、ハミを噛ませること、最も大事な人を乗せることに慣らしていき、ジョッキーとコンタクトを取れるように鍛え上げていく。放牧地を走っていただけの馬に、いきなり乗ることはできない。人を乗せて、まっすぐ走ることや、柵に沿って進むこと、手綱を引くジョッキーの指示の意味を理解させ、していいことといけないことを教え込んでいく。

どれだけ優れた足を持つ馬でも、馴致がうまくいかなければ競走馬としてデビューは叶わない。セイルウォーターの同期でも、人を乗せるのを嫌がって競走馬に向かないと判断され、売られていく馬もいた。

セイルウォーターは、乗り手を選ぶ馬だった。幼い頃の臆病さはどこかへ消え、人が乗ろうとすると尻っぱねをして、いざ騎乗してからも旋回して暴れ回る。ルビーでも手を焼くじゃじゃ馬ぶりだったので、一度ダイスに任せてみたことがあったが、振り落とされそうになり、好き嫌いの激しさが露呈した。

「アリー、お前もセイルウォーターに乗ってみろ」

馴致が難航する中、これまで沈黙を保っていた晩夏がアリーに助言をしてきた。

「構いませんが、僕はルビーのようなしつける騎乗はできませんよ」

「それでもいい。ルビーには、馬の背からではなく、外から馬を見ることも必要だ」

「あなたが直接指示を出すのは珍しいですね。何か理由があるのですか？」

「馬があいつに慣れてしまうのは危険だ」

「と言いますと？」

「ルビーに任せきりになると、あいつしか乗れない馬になってしまうということだ。あの腰を浮かせる乗り方は、他の騎手にできない芸当だろ？　いざデビューして、他のジョッキーじゃ

ダメだとなったら替えがきかなくなる。若いうちからいろんな乗り手がいることを教えてやれば、不測の事態に備えられる」

マクファーレン牧場は助手が人材難だったので、ルビーが一頭にかかりきりになるわけにはいかなかった。アリーも加わった数人がかりでセイルウォーターの馴致に取り組んだ。

馴致は順調で、アリーもルビーから鞍に尻を付けない騎乗方法を学び、馬と共に人の成長も著しかった。グレンズフィールドでは、馴致や調教まで深く関わらなかったので、アリーにとっても学ぶことは山ほどある。

充実した時間の中で、一つ疑問が解けないのはキスリングの存在だった。

有力馬をいくつも保有しているはずなのに、ふらっとマクファーレン牧場へやってきてはセイルウォーターの様子を眺めて帰っていく。指示を出すわけでもなく、誰かと話すわけでもない。競馬場や牧場に行けば、必ずお付きの者が案内してくれる立場で、常に周りに人はいたが、アリーは本人より影の濃さが記憶に残っていた。

他の馬と併走するようになった頃、キスリングはまた様子を見にやってきた。アリーはキスリングの隣に立った。

「ここへはお一人でいらっしゃることが多いですね」

「私が一息つけるのは、牧場くらいだ。毎日のように顔色をうかがわれる生活というのは、人間のあるべき姿ではない」

「ご自宅でも落ち着きませんか？」

「家は横になって朝を待つだけの場所だ。最後にきちんと眠ったのは、ずいぶん昔のことになる」

不眠を裏付けるように、キスリングの目の下にはくまができていた。

「なぜ、セイルの放牧地を広げるよう直接指示を出さなかったのですか？」

眠れぬ男は、ルビーを乗せて走るセイルウォーターからアリーに視線を移した。

「放牧地のことだけではありません。キスリングさんは、元からセイルを買うつもりだったのではないのですか？」

「どういうことだ？」

晩夏の驚く声は、キスリングに聞こえていない。

「理由を聞こうか」

「フロストマンの復帰戦は、もう少し先の予定だったと聞いたのです。キスリングさんは、勇み足で馬を出走させる方ではないとうかがっていたので、ブリーズの状態を確認するための物差しとして走らせたのではありませんか？」

アリーはさらに続ける。

「フロストマンが出走するとなれば、賞金も増えます。二〇万の破格値で買ってくださったこともそうです。僕には、キスリングさんが遠巻きにマクファーレン牧場を支援してくださっているようにしか見えないのです」

「面白い仮説だ」

「おそらく、ブリーズに勝って、仔の購入を持ちかけるつもりだったのでしょうけど、フロストマンは負けてしまった。そこに、慌てて僕が飛び込んできたというわけです。セイルを購入していただくことも、放牧地を変えた方がいいことも、僕が考えて出した結論です。それは分かっていても、どこかすべてあなたの目論み通りのようにも思えるのです」

晩夏とキスリングの沈黙は同種のものだった。この少年は寡黙さの裏で、思慮を重ねている。その察しの良さに、キスリングは破顔した。

「人は、種を蒔くことはできても、咲かすことはできない。咲くのは、自分の力だからだ。たとえ君が私の思惑通りに動いたと思っても、卑下する必要はない。それは、君自身で成し遂げたことなのだ」

納得していないアリーに、キスリングは続ける。

「君を試したのは事実だ。ブリーズを託されるほどの少年が、どれほどのものなのか。結果として、サブリナの見立ては正しかったのだな」

「サブリナ様をご存じなのですか？」

アリーの問いに答える前に、調教コースからセイルウォーターに乗ってルビーが戻ってきた。馬から下りたルビーは、ヘルメットを脱いで、額の汗を袖で拭った。

「跳びが大きいのは母親譲りだが、いかんせん走りがまだ荒っぽいな」

キスリングの評価に、ルビーもうなずいた。

「能力はあるけど、あまり器用ではないね。手前《てまえ》を変えるのが上手じゃないから、コーナーで膨らむ癖がある。ここをきちんと理解しておかないと、本番じゃ逸走《いっそう》しそうなくらい元気が有り余っているね。誰が乗っても走る馬というわけじゃないな」

「ならば、君がレースに出ろ」

　セイルウォーターを洗い場へ連れていこうとしたアリーの足が止まった。ルビーは脱いだ手袋をヘルメットに投げ入れた。

「何言っているんだい。あたしは、助手だよ？　レースになんて出られるわけないじゃないか」

「この馬の能力を最も引き出せるのは君だ。私は、君の手腕も含めて、セイルウォーターを買った」

「あたし？」

「君の騎乗姿勢は、負担が少ない。繊細な馬だからこそ、君のように無駄がなく、時に大胆に乗れる騎手が必要になる。見習い騎手としてデビューするにはもう充分な年齢のはずだが」

　ルビーは鞭で背中を掻いた。

「あたしはライセンスがないんだよ？　またブリーズの時みたいなことをやれっていうのかい？」

「正門をくぐって、ライセンスを取得すればいい」

　たちの悪い冗談だと思いたかったが、キスリングは真剣だった。

「どれだけ黒人のジョッキーが競馬から足を洗ったと思っているんだい。あたしだけでなく、セイルウォーターまで言われなき差別を受けるかもしれないんだ」

「私は黒人の君に依頼しているわけではない。ルビー・ブラッドというホースマンに、提案をしているのだ」

それだけ言い残して、キスリングはマクファーレン牧場を去っていった。ルビーは拳をぎゅっと握る。セイルウォーターを洗ったアリーが戻ってきても、ルビーは調教コースを眺めながら、冷たい風を浴びていた。

六　夏の夜風

ルビーの好物である朝食のベーコンサンドウィッチは、まだ一口もかじられていなかった。

「いい加減冷めますよ」

手早く食事を終えたアリーが食器を片付けながら声をかけるが、ルビーは膜を張ったホットミルクを見続けている。焼いたサンドウィッチのパンも、湯気を立てなくなっている。厩務員の朝は早い。夜明け前に食事を終え、馬たちが目を覚ます前に、一日を始めていなければならない。

ルビーは誰よりも早起きして、日課のパン作りに勤しんだのはよかったものの、食事は喉を通らなかった。結局、ルビーの朝食はダイスがぺろりと平らげてしまった。

大あくびをして、目を覚ましたセイルウォーターを調教に連れて行ってもなお、ルビーは心ここにあらずといった様子だった。珍しいルビーの姿を見て、ニックは馬を引きながら笑う。

「そんな顔してたら、幸運が逃げちまうぜ」

「うるさい」

調教を終え、セイルウォーターを洗い、厩舎の掃除をして、飼葉を配合し、獣医の診察に同行しても、ルビーは集中を欠いていた。今日のマクファーレン牧場は静寂に包まれている。ルビーの大人しい姿が楽しいのか、ニックはご機嫌だった。

「普段からあれくらいしおらしいと、牧場も静かで助かるんだがな」

「ニック、性格悪い」

珍しくダイスに注意されていた。

正午前に、マクファーレン牧場へ郵便の自転車がやってきた。それに気付いたアリーが、古い寝藁を堆肥所へ運ぼうとしていたルビーに伝えた。

「手紙が届きましたよ！」

ルビーは荷車をアリーに託し、事務所にやってきていた郵便局員に駆け寄っていった。手紙を受け取り、新しくできた傷口をはじめて見る時のように、慎重な様子で封を開けた。手紙を見て、ルビーはしゃがみこんでしまう。

「どうだったんだい」

事務所にいたベティは、声をうわずらせながら問いかけた。一度はしゃがみこんだルビーだったが、天に向かって叫び声を上げた。事務所から聞こえてくる馬鹿騒ぎの音が、ルビーのジョッキー試験合格を告げていた。事務所から飛び出してきたルビーは、ニックを連れて走ってきた。

「やったよ、アリー！　あたしはやってやったんだ！」

ルビーは正式に発行されたジョッキーのライセンスを見せて、アリーに抱きついてきた。

「おめでとうございます、ルビー」

「俺にも感謝を伝えたらどうだ。読み書きから面接の応対まで付き合ってやったのは、誰だと思ってんだ」

ルビーはニックとも肩を組んで笑った。

「ありがとう、ニック」

ひねくれ者のルビーがここまで素直になるとは思わず、ニックの方が照れくさくなってしまった。

「今夜は祝勝会だな」

ルビーの合格に奔走したのは、キスリングだった。黒人がライセンスを取得しようとするのに反対する関係者を説得し、人種ではなく実力で判断されるべきだと強く訴えた。キスリングが協力してくれていたからこそ、ニックは深夜まで勉強に付き合ったし、厩舎の仕事もダイスやアリーと分担した。

誰かのために時間を費やすことが、自分の成長につながると、彼らは理解していた。一つの目標に向かってみんなで動いている状況を快く思っていたからこそ、晩夏の態度がアリーには腑に落ちなかった。

「**本当にルビーをセイルウォーターに乗せるつもりなのか？**」

汚れた寝藁を捨てていると晩夏が言った。

「他ならぬキスリングさんの希望なのです。ボスもバスティアーニ先生も、チャーチルダウンズ競馬場も認めたからこそ、ルビーは合格できたのです」

堆肥所の扉を閉めて、空になった荷車を引きながらアリーは問いかけた。

「晩夏はルビーが騎手になることを認めていないように思うのですが」

「騎手としての才能は疑っちゃいない。セイルウォーターは、イギリスダービー馬の半弟で、イギリスオークス馬の息子でもある。今回のクラシックは、マクファーレン牧場の今後を左右するほど重要な戦いになってくる。それを、なりたてほやほやの騎手に託すというのは、いくらなんでもリスクが高すぎる」

「晩夏らしくありませんね。牧場の命運がかかっているからこそ、ルビーに託すべきなのではないですか？　あなたならむしろそう言うと思っていましたよ」

調教を重ねたことで、セイルウォーターとルビーのコンタクトは良化している。懸念があるとすれば、いよいよルビー以外の助手では調教できなくなったことであり、専用馬になっていることが晩夏は気に入っていなかった。

一度も顔を合わせたことはないが、アリーには晩夏が片肘を突いて眉をひそめている表情が目に浮かぶ。

「レースは、経験がものを言う。ケンタッキーダービーは、ダートの世界一決定戦だ。超一流の戦いは流れや位置取り、仕掛けどころが、通常のレースとまるで異なる。ただでさえレース

経験が浅いのに、いきなり大舞台で活躍できると考えるのは盲信だ。勇猛と無謀は違う」

アリーは蹄鉄に触れた。

「誰でもはじめは経験不足のはずです。勝ち負けも大事ですが、ルビーのために一丸となれていることも、僕らの成長ではありませんか？」

間が空いた。生意気なことを言ったかもしれないと、アリーは言葉を付け加えようとする。

「お前、言うようになったじゃねえか。俺は臆病になりすぎているだけなのかもしれねえわ。俺も、ルビーを信じてやらないとダメだな」

「はい」

普段なら夕食を終え早々と床に就くアリーも、今夜はニックに連れ出されてレキシントンの街に繰り出した。かつて飲んべえ仲間と無為な時間を過ごしたバー『タイニーズ』に凱旋したニックは、一角を貸し切りにし、ルビーの家族やダイスを招いた。少し遅れてキスリングも合流し、互いのグラスが重なった。

「こんな庶民の飲み屋ですみません」

ジンジャーエールを持ったキスリングは、ニックがウィスキーを持っていないことに気付いた。

「君は飲まないのか？」

ニックが持っていたのはトニックウォーターだった。

「俺は、セイルがダービーを勝つまで酒を禁止したんです。ミスター・キスリングを愛飲していた身からすると、そのオーナーと乾杯できないのは歯がゆいですけど」

「ルビーの勉強に付き合ってくれたそうだな」

「俺は文字の読み書きを教えただけです。むしろ俺の方が勉強になりました。騎手のルールとか、競馬の流れとか、牧場の息子のくせに何にも知らなくて。後半なんか、ルビーが俺にテストを出して確認するくらいでしたから」

キスリングはソファに置いてあった紙袋をニックに渡した。

「これは？」

「開けてみてくれ」

袋の中には木箱が入っている。オーク材の木箱を開けると、琥珀色の液体が入った瓶が出てきた。ニックは言葉を失った。

「蒸溜所を始めた時に仕込んだ一本だ」

ミスター・キスリングのウィスキーは、飲んべえたちも手が出せる庶民の味方だったが、ごくわずかに高品質のものが存在していた。それは市場に出回らず、アイルランドやスコットランドのウィスキー好きが欲しがるほどの逸品として知られていただけに、ニックの瓶を持つ手が震える。

「それをルビーに譲ろう」

「まさか本当にあるなんて。これは俺じゃなくて、ルビーに直接渡してあげてくださいよ」

「合格で喜びすぎるのも興ざめだろう。この栓を抜く時は、君が判断するといい。その方がルビーももっと喜ぶはずだ」

冷たい印象のキスリングに、粋な面があると知り、ニックは今ほど酒を飲みたいと思ったことはなかった。

バーの外から、合唱が聞こえてくる。横断幕を掲げたデモ隊が、何かを叫んでいる。不思議そうにアリーが見ていると、ニックが声をかけてきた。

「せっかくのパーティに水を差す連中を見ることはないぜ」

「彼らは？」

ニックは窓を開けて、デモ隊にゲップをお見舞いしてやった。

「来年から、全米で酒を飲むのが法律で禁止になる。傷口に塩を塗るようなまねをしやがって。不道徳なものを社会から消しても、人間が道徳的になるわけじゃない。競馬を禁止にしてどうなった？　名馬がヨーロッパへ流出し、アメリカ競馬が衰退しかけたじゃねえか。欲望は隠されれば隠されるほど、より強欲になっていくという想像力が、あいつらには欠けてやがる」

「さすが元アル中の言うことは説得力が違うな」

晩夏は笑っていたが、アリーにはルビーやダイスと談笑するキスリングが気になった。懸念を持ったのはニックも同じだった。

「禁酒法は、キスリングにとっても他人事ではない。いくつかのビール会社やワインの醸造所、ウィスキーの生産者は廃業し始めている。ミスター・キスリングが売れなくなったら、馬主どころではなくなるぞ」

デモ隊が街から消えた頃、『タイニーズ』に一人の紳士が入ってきた。奥は貸し切りだとマスターに言われても構わずダイキリを注文した男は、短い金髪に、紺色のスーツを身にまとっていて、輝いていた。艶のあるブラウンの革靴でバーの乾いた床をコツコツと鳴らし、ルビーへ近づいていく。

「こんばんは、ミス・ルビー。ようこそ、ケンタッキー競馬の世界へ」

ダイスはルビーの横に立ち、短い金髪の男を見下ろす。マスターからダイキリを受け取った男は、ルビーの持っていたシードルのグラスと乾杯する。

「……どうも」

「あなたも勇気ある方だ。黒人のジョッキーが今までどうなってきたか、知らないわけではあるまい。ボクはあなたの無事を願いに来たのだ」

ルビーが男をにらみつけたので、ニックが相手になった。

「今度の水差し野郎はお前か、ハンス。そんなサービスを頼んだ覚えはないぞ」

小柄ながら、背筋がピンと伸びて、相手を懐《ふところ》へ誘い込もうとする。一族に誇りを持ち、名門牧場としての矜持《きょうじ》を一身に背負ったハンスは、皿のフライドポテトを一本つまんで、口に入れた。

「マクファーレン牧場の勢いに、あやかろうと思ったのさ。ブリーズの仔に、よほど自信があるみたいではないか。黒人の女性をジョッキーにするくらいなのだからね」

ハンスは、カウンターでジンジャーエールを飲んでいたキスリングにも挨拶した。

「聞きましたよ。ミス・ルビーをジョッキーに推薦したのはあなただと。これはあまりに酷な選択。他のジョッキーたちは、黒人の女とレースなんかして、落馬されたら馬が怪我をしかねないと心配しています」

キスリングは何も答えなかった。

「最近は、ミスター・キスリングがうちの馬に興味を持たなくなってしまい、父も悲しんでおります。もう一度振り向いていただくためにも、ここで宣言いたしましょう！」

ハンスはカクテルグラスを天高く掲げた。

「我がシューメイカーファームが満を持してデビューさせる芦毛のヘロドトスこそ、来年のダービーホースとなるのです！　ヘロドトスはブリーズイングラスの仔を下し、シューメイカーファームの名を、アメリカ全土に轟《とどろ》かせるのです！　あなた方は、ヘロドトスの覇道を飾る路傍の花として、馬を育てていくといい！」

高らかに宣言した後、ハンスはカクテルを一気に飲み干した。決闘を申し込むような雰囲気に、辺りは静まりかえる。ハンスは胸ポケットから取り出したハンカチで、丁寧に口を拭い、グラスをカウンターに置いた。

「弱い相手に勝って手に入れた栄冠より、強い相手を倒した勝利にこそ価値がある。ヘロドトスを世界の馬にするために、ブリーズイングラスの仔ほど適した踏み台はない。これからのレースを楽しみにしています。本日は、数々の無礼を失礼いたしました。健闘を祈ります、ミス・ルビー」

最後にハンスはニックの肩に手を置き、つぶやいた。

「酔っ払いが簡単に勝てるほど甘い世界だと思うなよ、ニック」

深々とお辞儀をして、ハンスはバーから去っていった。ざわめきに包まれる中、ニックがマスターに叫んだ。

「お代わりを全員分だ！　ナメたこと言いやがって！　このままお開きになんてさせないからな！」

「酒だ、酒！」

下戸のくせに酒好きのダイスが、よろよろしながら叫んだので笑いが起きた。ニックはトニックウォーターで我慢しつつ、アリーの元へ戻ってきた。

「今の方は？」

「やつはシューメイカーファームの跡取りだよ。俺の幼なじみのようなものだ。泣き虫のガキだったくせに、偉くなったもんだ」

馬産《ばさん》と縁のない生活をしてきたニックと違い、ハンスは家業を継ぐべく獣医師免許を取って、ケンタッキーに戻ってきた。ヨーロッパから積極的に繁殖牝馬を購入し、産駒《さんく》も結果を出してきている。貴族じみた振る舞いを馬鹿にするものも多かったが、それは手練手管のホースマンたちと渡り歩くために、ハンスが精一杯張った虚勢でもあった。

「ハンス直々に宣戦布告にくるくらい、ブリーズの勝利は衝撃だったわけだ。ブリーズに負けたフロストマンは、シューメイカーファーム産の馬だからな」

デビュー前から、セイルウォーターを倒そうと意気込む陣営が存在する。すでにマークされる立場であり、レースは競馬場の外から始まっている。アリーは飲みかけのグラスを置いた。

「牧場に戻ります」

「もう少し楽しまなくていいのか？　ダイスは喋り足りないみたいだぞ」

「明日も早いですから」

ルビーに挨拶をして、自転車を止めたバーの裏口に向かった。裏通りでは、どこかのパーティから抜け出してきた男女が顔を近づけてささやきあっている。ペダルに足をかけた時、名前を呼ばれた。

「アリー」

キスリングが立っていた。賑やかな場所にいただけに、暗闇で見る頬はいつもよりこけて見える。

「少し歩かないか」

昼間は汗が止まらなくなるくらい暑かったのが嘘のように、夜になって涼しい風が肌をくすぐる。街を離れ、草原が現れる。アリーはケンタッキーの夏が好きになっていた。夏の草が茂り、それを馬たちがおいしそうに食《は》む。その光景をいつまでも見ていられた。アリーにとっては涼しい風でも、長袖を着たキスリングにとってはやや肌寒そうだった。

「冷えますね」

アリーが押す自転車が、きいきいと音を立てる。

「ロンドンの湿った風よりはやさしい」

キスリングはポケットからタバコを取り出し、煙を浮かべた。

「グレンズフィールドは、君にとって居心地のいい場所ではなかっただろう。逃げ出したいとは思わなかったのか」

「嫌なことばかりでもなかったのです。母と僕がグレンズフィールドを追い出されずに済んだのは、奥様のイライザ様のおかげでした。イライザ様は、僕らを疎むどころか、母のよき友人として接してくださいました。二人に連れられて、牧場の端まで馬に乗って散歩したのを、覚えています」

「そうか」

レキシントンの灯りが遠ざかっていった。

「イライザ様と母は、一頭の牝馬を愛していました。配合を二人で相談し、出産にも立ち会ったエウロパという馬です。エウロパは僕にとっても母親のような馬で、牡馬《ぼば》に負けない速さを持ち、イギリスオークスを勝ちました。残念ながら、その報告をイライザ様の生前にすることは叶いませんでしたが」

「コレラだったと聞いた」

「はい。母もイライザ様を追うようにコレラでこの世を去り、以降は娘のサブリナ様が牧場の指揮を執るようになりました」

「サブリナは君の味方になってくれなかったのか」

「サブリナ様はイライザ様亡き後のグレンズフィールドを一身に背負うべく、自らの明るさを封じ、早く大人になろうとしているように見えました。僕のことを気にする余裕など、なかったはずです」

「ブリーズイングラスは、サブリナが育てた馬だそうだな」

「エウロパの仔で、大きな舞台に立つ。サブリナ様がブリーズの担当を僕にした時点で、そう考えてらっしゃるのは分かりました」

アリーは言葉に詰まった。これまで、グレンズ家に対する自分の気持ちを、誰かに話したことはない。自分がグレンズ家を評するなどおこがましく、起きた出来事だけ伝えて、後は口を噤《つぐ》もうとした。

「君の思ったことを言いなさい」

アリーの逡巡《しゅんじゅん》を見抜いたように、キスリングは穏やかに言った。

「サブリナ様は、旦那様やメイハウザー様を憎んでおられました。グレンズフィールドが名門牧場になったのは、イライザ様や基幹牝馬のおかげですが、旦那様たちがその功績をすべて自分のものにしてしまいました。女が築き上げたものを、男たちが奪い取っていく。競馬だけでなく、社会も歴史もすべて、女の働きは消されていく。イライザ様の葬儀の際、サブリナ様が僕に伝えた言葉です」

キスリングは目を閉じて、煙を吐いた。タバコの火は、指の近くまで迫っていた。

「サブリナ様がその後、グレンズフィールドの屋台骨となる方になったのは言うに及びません。

僕も手腕や慧眼《けいがん》を尊敬していますが、サブリナ様は変わったのではなく、変えられたようにも見えました」

「どういうことだ？」

「イライザ様は、僕や母の意見を聞こうとするほど、境界線を引かない方でした。サブリナ様も幼い頃は僕や母、インドからやってきた厩務員たちと分け隔てなく話をしていましたが、牧場の運営を行うようになってからは、旦那様たちに似て自分だけで決断することが多くなりました。僕は、よく笑うサブリナ様が好きでした」

「やさしいままでは、グレイやメイハウザーに隙を与えると考えたのだろう。憎む父に似てくるとは、皮肉なものだ」

アイヴォン伯爵をグレイと呼ぶ人間は少ない。キスリングの返答はまるで、グレンズフィールドにいた人間のもののようだった。

「キスリングさんはなぜ、そこまでグレンズ家に詳しいのですか？」

捨てたタバコを踏みつけて、キスリングは肺に残っていた最後の煙を吐き出した。

「アイヴォン伯爵ことグレイ・グレンズは、海運業で名を馳せ、爵位を手にした。その海運事業は私とグレイで立ち上げ、資本金を調達してくれたのが、イライザの父だ」

キスリングから浮かび上がった煙が、夜風に流されて消えていった。

「イライザは、私の婚約者だった」

沿道に咲いた夜のひまわりが、おじぎをするように首をうなだれていた。

潤沢な資金を得て、会社は開業五年で大西洋を最速で横断した船に送られるブルーリボン賞を獲得した。強気な経営で知られ、競合企業を次々に買収し、巨大船舶の開発にも注力した結果、瞬く間にイギリスを代表する海運会社へ成長していった。

「イライザは、オックスフォード大学を卒業した後、実家の大農園の経営を担うつもりでいたが、彼女の父にとって娘とは婿養子を連れてくるためのものにすぎなかった。私たちの企業は、彼女の有り余った知性を発揮するに充分な場だった。銀行からの出資や、企業の友好的買収、船員確保のための人材登用など、イライザは交渉において私とグレイの能力を超えていた。イライザは人の心をくすぐる言葉や態度をよく知っていて、時には容赦なく相手の懐に飛び込んでいく。その大胆さを、私は尊敬し、愛していた」

母と馬の前で長い間喋っていたイライザの姿が、アリーの頭に蘇ってくる。あれは、ただ馬を一緒に育てていた時間ではない。馬を育てながら、アイヴォン伯爵に人生を狂わされた母とアリーに、生きる喜びを教える時間でもあった。

ありがたさに気付いた時、感謝を伝える相手はもういない。アリーは蹄鉄を握った。

「会社は成長を続け、イライザは私の口下手な求婚に応えてくれた。何もかもが順調で、私は水面下で何が起きているかなど、まるで気付いてはいなかった」

華のあるイライザと実直なキスリングのカップルは、イギリスでも広く知られるようになっていたからこそ、グレイは不満を募らせていた。イライザの父から出資を取り付けてきたのは彼の功績であり、イライザとキスリングが仲を深めていくのを見届けられるほど、グレイは器が大きくなかった。

やがてグレイは、二人が自分を会社から追い出そうとしているという妄想に駆られるようになり、手を打った。結婚前最後の出張として、キスリングがアフリカへ向かった一週間後、イギリスの新聞にスクープが載った。キスリングと不倫相手が競合して、会社の金を横領したというものであり、詳細な証拠がいくつも提示されていた。

不倫相手は記者の前で、自分も騙されたと主張し、これに激怒したのがイライザの父だった。アフリカから連れ戻されたキスリングは帰国と同時に逮捕され、婚約も破棄された。

この不正を暴いたグレイは、グレンズ家と会社を守るために告発したと涙ながらに話し、世論は一気にキスリングの非難へ傾いた。不正を暴き、世論の後押しもあって、イライザの父は体制改革の英雄であるグレイを新社長に任命し、娘との結婚まで進めてしまった。

「なぜ身の潔白を主張されなかったのですか」

夏の夜空に星が輝いている。一点の曇りもないそのまぶしさが、アリーとキスリングの歩く道を照らしていた。

「たとえ私の無罪が立証されたとしても、まとわりついた悪意の衣を剝ぐことはできない。人の印象を変えるというのは、自分の力ではどうにもできないことを、私は知った」

数年の投獄生活を終え、娑婆《しゃば》に戻った頃にはもう、グレンズ家の婿養子となったグレイは爵位を受け、イライザとの間に子どもをもうけていた。イギリスを離れ、アメリカに流れ着いたキスリングは実績を買われて、鉄道輸送の経営に携わった。

裏切りの傷は時を経ても癒《い》えることはなく、数年後に仕事を辞めアメリカを旅して回った。死出の旅の最後にたどり着いたケンタッキーで現れたのは、放牧地だった。

「イライザに結婚を申し込んだ後、私はグレンズフィールドに招かれた。私の生まれはロンドンの貧しい家で、母と祖母に育てられたので、競走馬など見たことはなかった。はじめて見た馬は、美しかった。いつか、自分も馬を持ち、世界で一番速い馬を生み出したい。その夢を一緒に叶えてくれるのなら、結婚してもいい。それがイライザの返事だった。彼女は、負けず嫌いで、諦めが悪い。当時のグレンズフィールドは、ダービーすら勝ったことのない小さな牧場だったが、イライザの夢を語る姿は輝いていた。彼女と一緒にいれば、人生が賑やかなものになる。私は、一緒に夢を摑もうと伝えた」

最後のタバコを取り出して、キスリングは火を点けた。過去が、煙と共に空に消えていくようだった。

「風の噂で、アイヴォン伯爵夫人が、馬産に力を入れているという話を耳にした。イライザが、何を思って馬を育て始めたのかは分からない。私たちが今までのように相まみえることは叶わないが、競馬という舞台でなら、顔を合わせることができる。彼女は、三歳の欧州頂上決戦である パリ大賞典を目指してくる。私もこのケンタッキーの地で馬を育て、いつか欧州へ渡る馬を見出した時、イライザと再会できるかもしれない。その思いが私を競馬に導いた」

「すでにケンタッキーダービーも勝たれ、キスリングさんの相馬眼《そうまがん》は卓越していると、多くの方から伺っています」

ご機嫌取りで言ったわけではなかったが、キスリングはアリーの言葉に笑った。

「私の相馬眼は、イライザの受け売りだ。人間を試そうとする馬を買え。それがイライザの格言だった。ウィスキーの成功で、馬主となり、確かにケンタッキーダービーを勝つ幸運にも恵まれた。このままノウハウを積み重ねていけば、欧州に渡れる馬もきっと現れる。軌道に乗り始めた時、イライザの訃報が届いた」

イライザが亡くなった日のことは、アリーもよく覚えている。いつも自分と距離を保つ母が、珍しく手を握り続けていた。自分が悲しまないためだと当時は思っていたが、今思えばあれは母が友を失い、ぬくもりを求めていたのだった。

「私の夢は、イライザに会うことだった。彼女がいなくなった以上、私が競馬を続ける理由はない。所有馬をすべて譲って、この舞台から下りよう。そう思った時に限って、立て続けに馬たちが大きいところを勝ち、私の引退を先延ばしにした。まだ辞めるべきではないと、何かに説得されている。その正体を摑めと試すように、ブリーズイングラスが売却されるニュースが飛び込んできた」

空で、星が流れた。目で追っているうちに星はあっという間に姿を消し、アリーとキスリングは沈黙する。ケンタッキーの夜空にはいくつも星が流れ、消えている。

「サブリナのオークス馬、しかもダービー馬の母であるブリーズが売られるなど、ただ事ではない。グレイの庶子である君まで一緒に渡ってきたのだから、グレンズ家に何かが起きているのは明白だった。君が予測したように、フロストマンで腕試しをさせてもらったのも事実だ。

馬だけではなく、君自身も、試した」

「僕ですか？」

「君が、誰の思いを継いでいるのか。どのように馬を育ててきたのか。その如何《いかん》で、ブリーズの仔を買うか、決めることにした」

タバコの煙が、キスリングの肺で迷子になった。ひどくむせて、タバコが地面に落ちる。背中をさすろうとするアリーを、キスリングは手で制した。

「君は、グレイと母君の子で、グレンズ家本流の血は一滴も流れていないはずなのに、誰かを巻き込もうとする姿は、イライザにとてもよく似ている。彼女も、人を巻き込むのが上手だった」

「僕はわがままを言ってばかりなだけです」

「君が来なければ、ルビーは騎手を目指さなかっただろう。ダイスは臆病なままで、ニックは私の酒に酔い潰れているだけだった。ブリーズが作る輪は、懐かしさがある。競馬は血の継承劇だが、受け継げるのは血だけではない。君はエウロパで培《つちか》ったイライザと母君の友情を、きちんと継いでいるホースマンだ」

涼やかな夏の夜風が、キスリングとアリーの間を通り抜けていった。土煙が舞い、やがて空へ消えていく。マクファーレン牧場の放牧地が見えてきていた。

「私は、馬主を続けていてよかったのかもしれないな」

夜間放牧中の馬たちが、寄り添って空を見上げていた。キスリングは足を止めた。

「もう少し夜風を浴びていく」

「はい」

マクファーレン牧場へ戻ってきて、丘の上に立つセイルウォーターを見ていると晩夏が話しかけてきた。

「まさか、キスリングがイライザの婚約相手だったとはな」

「晩夏はすべてを知っていて、黙っていたのではないのですか？」

「日本で知ることができたのは、せいぜい名前程度だ。二人がどういう人生を歩んだのかは、記録に残されていない。歴史とはいわば時間という骨をつなぎ合わせたようなもので、肉は先に腐り落ちていってしまう」

蹄鉄は星の光を反射させた。

「キスリングさんの話を聞いていて、久しぶりに母を思い出しました。僕らは、見えないところでイライザ様に助けられていたのですね。今になって感謝するのは遅いかもしれませんが」

「そんなことねえよ。ありがたみを自覚できるのが成長ってもんだ。俺も、事情を聞いて、俄然やる気が出てきたぜ。セイルのデビューも近い。気合い、入れてこうぜ」

「はい」

「キスリングにはタバコを控えるように言っておけ。これからお前とセイルの活躍を見守ってもらうためにもな」

まだ夏の暑さが残る九月に、セイルウォーターのデビュー戦がやってきた。その一週間前、一足早くケンタッキーの競馬ファンを沸かせていたのはシューメイカーファーム期待の申し子・ヘロドトスだった。

序盤から絶好のスタートを切って後続を寄せ付けず、二番手に一〇馬身以上の差を付ける鮮烈な勝利を飾っていた。ハンスがマクファーレン牧場に宣戦布告をしていたのは新聞の紙面でも知られており、セイルウォーターのデビュー戦はヘロドトスのライバルがどのような走りをするかという意味でも、注目されていた。

八頭立ての五番枠に入ったセイルウォーターの鞍上、ルビーの顔には包帯が巻かれている。ルビーの初戦は、いきなり落馬競走中止の苦いものだった。最終コーナーから馬群が詰まったところで、他馬の体当たりを受け体勢を崩し、頭から地面に突き落とされた。故意にぶつけられたのは明白だったが、ジョナサンの抗議は認められなかった。

「今日は落っこちないようにな」

隣のジョッキーからからかわれ、笑いが起こる。ルビーは嘲笑を無視して、セイルウォーターに声をかけた。

「黒人のあたしがジョッキーになるとはどういうことか、毎日身に染みているよ」

すべての馬が整列し、スターターがフラッグを振る。発馬機が一斉に開き、各馬が飛び出していった。

「後悔なんてしちゃいない。あたしがセイルを導く！」

チャーチルダウンズ競馬場を一周する1マイル¼のレース。セイルウォーターは馬群の中団に取り付いて、じっとこらえるポジションを取った。

「よし、いいぞ！　折り合いがついてる！」

ジョナサンは汗を拭い続けていたハンカチを握った。セイルウォーターは首を上下することも、ハミを強く嚙むこともなく、淡々と二コーナーから向こう正面へ進んでいく。バックストレッチに入ってから、後続馬たちが先行勢に襲いかかり、展開が速くなる。先頭集団が大きくなり、いつの間にかセイルウォーターは最後方のまま単身で走っていた。

「おい、セイル取り残されてないか？　このまま前が逃げ切るんじゃないのか？」

ニックは血の気が引き、アリーにかける声が震えている。昨夜降った雨のせいで、馬場の内側が荒れていた。踏み荒らされていない走路を求めて、最終コーナーを回った先頭集団は外にコースを取って、直線に突っ込んでくる。

「内が開いた！　ラチ沿いに進めばロスなく巻き返せる！」

バスティアーニの叫びもむなしく、ルビーは内ラチ沿いに進まず、先頭集団が蹴り上げる泥が飛び交う後方に進路を取った。

「どこ走ってんだ、バカ！　アホどもがコースを空けたんだぞ！」

ジョナサンは耳まで真っ赤にして、頭を抱えた。明確な位置取りのミス。勝てるコースを選択せずに、馬群に飲まれていく、はずだった。泥を被ったセイルウォーターは母譲りの大きなストライドで、前方の馬群に突っ込んでいく。他の馬がぶつかり合いながら進んでいる間に割り込んだので、相手騎手はひるんでいた。

「クソッ！　邪魔なんだよ！」

セイルウォーターに並ばれたジョッキーが、自分の馬に当てる振りをして、ルビーの顔に鞭を当ててきた。頬にミミズ腫れができても、ルビーは馬を追い続ける。ギアが入って頭が低くなる姿は、母にそっくりだった。

「おお！　セイルが抜け出したぞ！　そのまま突き放せ！」

ニックはアリーの肩をぎゅっと握って叫んだ。馬群を乱暴に突き破ったセイルウォーターは、泥だらけになりながら残り二〇〇メートルになってさらに速度を上げる。勝ちは確実だったが、ルビーは手を止めなかった。セイルウォーターの泥で濡れたたてがみが、ルビーの頬を叩く。

「あんたは、お腹にいた頃から、ブリーズが死にかけたりレースに出走させられたり、何度も試練を受けてきた」

今のルビーにチャーチルダウンズ競馬場の歓声は遠く聞こえ、セイルウォーターの激しい鼻息しか聞こえてこない。

「これから、あんたの試練はあたしが一緒に乗り越えてやる！」

後続に五馬身ほどの差を付けて、ゴール板を駆け抜けたセイルウォーターは、ヘロドトスほどの着差は付けられなかったものの、観客を興奮させるには充分な結果だった。

「すげえ！　ほんとに勝っちまった！」

喜ぶニックをよそに、アリーはレースを最後まで見ることなく、馬場へ走っていった。他の調教師たちが静まりかえる中、バスティアーニやジョナサンの叫び声が関係者席に響き渡っていた。

黒人ジョッキーが勝ったとあって、観客席からは野次が飛んでいた。アリーは、罵声という名の祝福を浴びながら、首を振って泥を吹き飛ばしているセイルウォーターの顔をなでた。

「おめでとうございます、ルビー」

「セイルは馬が近くにいないと抜け出そうとしなかったよ。あんなに馬群の後ろから突っ込んでいくとは思わなかった。あたしの技術不足だ」

アリーはセイルウォーターにリードを付けて、装鞍所へ誘導していく。

「ブリーズによく似ているね。勝負所で姿勢が低くなるところはそっくりだ」

「僕も同じことを思いました」

「あたしはもっとセイルと走ってみたいよ」

アリーは深くうなずいた。

「僕も楽しみです」

セイルウォーター、泥水など何のその！　という見出しが翌日の紙面を彩り、早くも来年のクラシックに向けて、ケンタッキーの競馬界は期待が高まっていた。

その後、セイルウォーターは五戦五勝で二歳戦を終え、一方のヘロドトスは六戦六勝で最優秀二歳馬の栄誉に輝いた。王者になったはずのハンスは、授賞式の会見で、憮然とした態度を貫いた。

「ヘロドトスは六勝で計二二馬身の差を付けました。対抗馬だったセイルウォーターは、五勝で計一四馬身。着差で分のあったヘロドトスが最優秀二歳馬に選ばれるのは、当然と言えるでしょう。納得できないのは、ヘロドトスが勝った六戦で敗れた馬たちは、その後の未勝利戦を勝ち上がることができずにいます。一方のセイルウォーターの五戦で敗れた馬のうち、四頭がその後の未勝利戦で勝ち上がっており、二頭は重賞勝ちもしています。相手関係を見れば、セイルウォーターの方がより厳しいレースを勝ち抜いてきた。そう言えるのではないでしょうか」

　ハンスとヘロドトスを祝福する会見だったはずなのに、紛糾した最優秀二歳馬の選定会議の話題を蒸し返されていた。ハンスは遠慮なく続ける。

「内容も加味すれば、これは決して正当な評価だとは言えません。セイルウォーターの生産者が大舞台に姿を現すことが滅多にないマクファーレン牧場で、鞍上がルビー・ブラッドという黒人ゆえに、下げられた評価なのではないかと、勘ぐってしまいます」

　ハンスのまっすぐにものを言う姿勢には、若者らしい素直さがあった。

「もしも、セイルウォーターが人種や政治を理由に、競走馬としての評価を不当に貶められ、その代替としてヘロドトスが栄誉に輝いたのならば、こんな不名誉はない！」

　黒人に人権はないという常識で育てられたハンスにとって、ルビーの躍進は不快極まりなかった。それと同じくらい釈然としなかったのは、誰もルビーの手腕を賛美しない点だった。ハンスは根っからの差別主義者というわけではなく、スポーツマンシップを愛する男でもあった。ホースマンとして、セイルウォーターの走りはライバルである彼をわくわくさせた。ルビーとのコンタクトの取り方が素晴らしく、なぜ他のジョッキーがあの騎乗姿勢を真似しないのか疑問に思うほどに。

　ハンスの中の天秤が揺れた。右の皿に載っているのは、黒人は劣った存在であり、白人が正しく管理しなければならないという教え。左の皿に載っているのは、黒人や他の有色人種は、人として等しい権利を持っており、その可能性は時に白人を凌駕《りょうが》することもあるという考え。

　南北戦争はとうの昔に終わり、黒人の権利が回復したはずなのに、未だに差別は根強く残っている。平等や権利を主張しても、社会がそれを受け入れなければ、言葉は上滑りするだけ。

ケンタッキーの紳士として生きていく覚悟を決めたハンスは、過去の因習と決別すべく、最後にこう宣言した。

「ヘロドトスは、来年のケンタッキーダービーで最大のライバルであるセイルウォーターに勝利して、パリ大賞典を目指します。大戦が終わり、欧州との行き来は盛んになっていくでしょう。ヘロドトスは、アメリカの王者というだけでは満足できません。競馬の故郷でもあるイギリスやフランスの馬たちとも戦って、勝利を収め、アメリカの王者が世界の覇者であることを認めさせるのです」

　この生意気な発言は物議を醸すことになったが、ハンスは立場を貫いた。それは黒人の権利のため、というより、ケンタッキーのホースマンたちに、紳士とは何か考えて欲しいという願いが含まれていた。

　もう一方の当事者であるセイルウォーター陣営は、差し迫った問題を抱えていた。年明けの、川の水が凍るほど寒い日に、セイルウォーターを見に来ていたキスリングが放牧地で突然意識を失ったのである。重度の肺炎を引き起こしており、入院から一週間後にようやく会話ができるようになった。

病床のキスリングは、見舞いに来たアリーに伝えた。

「君は、セイルウォーターのことだけを考えていればいい。大切なのは、自分の仕事をすることだ」

ブリーズと共に渡米して、三年。セイルウォーターと共に育ったアリーは、はじめてのアメリカのクラシックを迎えようとしている。ケンタッキーの春が近づいてきていた。

七　約束の五月

アメリカでケンタッキーダービーが行われる数日前。イギリスのニューマーケット競馬場で行われていたイギリスクラシックの初戦、二千ギニーは歓声を奪われるレースになった。
始めから終わりまで直線のコースで行われる二千ギニーは、コーナーがないため出遅れが致命的となる。一番人気の馬がゲートで立ち上がり、最悪のスタートを切ったことで、レースは観客の悲鳴と共に幕を開けた。
最後方で進み続け、前の馬が残り四〇〇メートルからロングスパートをしかけたタイミングで、その馬は一頭だけ早回しの映画のような加速を見せた。出遅れたにもかかわらず、五馬身差を付け勝利したのは、母・マルリーの仔であり、セヴァーン産駒の中で最も期待されていた、アクエンアテンであった。
アクエンアテンの父・セヴァーンはダービーで敗れこそしたものの、その後マルリーをはじめ、初年度から一〇〇頭近い牝馬を集めていた。グレンズフィールドの強いバックアップを受けていたにもかかわらず、セヴァーンの受胎率は三割と低く、出産後も小柄で足が弱い馬が続出し、種牡馬二年目に入ると種付け数を半分にまで減らしていた。

現役時代にどれだけ偉大な成績を残しても、仔の成績が悪ければ種牡馬は続けられなくなる。アクエンアテンの勝利は、受胎率が低いセヴァーンの再評価にもつながった。セヴァーンを世界的種牡馬にする野望を抱えていたメイハウザーにとって、二千ギニーの勝利は立ちこめた暗雲を吹き飛ばすものとなった。

「**落ち着きがないな**」

アリーが桶の水をこぼした時、晩夏が話しかけてきた。

「申し訳ありません。いよいよケンタッキーダービーが近づいてきたものですから」

ブラシで水を排水溝に流しながら、アリーは答えた。

「**相棒の俺に嘘をつく必要はない。アクエンアテンのことを知ったんだろう？**」

ケンタッキーの新聞にも、アクエンアテン勝利のニュースは届いていた。マルリーはどんな馬だったのかニックに聞かれた時、アリーは息ができなくなった。今年のクラシックは、ちょうどスモーキーがマルリーに種付けをした事故が起きた年の馬が走ることになる。セヴァーンの受胎率の低さを考えると、アクエンアテンはスモーキーの仔かもしれないという疑念がアリーを支配していた。

「晩夏は、マルリーの秘密を知っているのですか？」

周りに誰もいないことを確認して、アリーは問いかけた。

「よりにもよって、俺がスモーキーの蹄鉄になっちまうんだから、不思議なもんだ。アクエンアテンは、セヴァーンの仔ではない。スモーキーの仔だ。もっと未来で、科学的に明らかになる」

アリーは胸を押さえて厩舎の外に出た。

「僕は、とんでもない過ちを抱えたまま、アメリカへやってきてしまいました。もし、そのことが明るみになったら、メイハウザー様は意地でも僕を見つけ出すでしょう。そうなれば、マクファーレン牧場にも危害が及ぶかもしれません」

次々と不安を口にするアリーを、晩夏は落ち着かせた。

「お前にとって、スモーキーの仔が生まれたことは、過ちなのか？」

厩舎から当歳馬と母馬の姿が見えた。

「お前はもう、グレンズフィールドの人間ではない。一人のホースマンだ。お前が大切に育てたスモーキーの血がつながったことを、喜ぶべきじゃないのか？」

今でも、鞭の音や罵声を思い出して、ベッドから飛び起きることがある。どれだけ遠く離れても、どれだけ時間が経っても、癒えない傷はある。

「そんな考えを持っていいのでしょうか」

「もちろんだ。アクエンアテンは、世界の競馬を根底からひっくり返す脅威になる。これから、グレンズフィールドの馬たちは、お前に何度も立ちはだかってくるだろう。それを、黙って見ている俺たちじゃねえ。こっちには、セイルウォーターがいるんだ。この三年、お前はタフに

なった。俺は、お前が世界一の馬を生み出せると信じている。メイハウザーが何をしてこようと、俺たちは俺たちだ」

セイルウォーターの三年は、アリーと晩夏がはじめて共に馬を育てた時間でもあった。晩夏は何があろうと、必ずアリーに味方し、鼓舞してきた。

「ありがとうございます、晩夏」

アリーは呼吸を整えて、厩舎へ戻った。日課の運動を終えたセイルウォーターが、飼葉を食べている。小柄な馬体ながら、筋肉には張りがあった。毛並みはツヤツヤで、夜空の滴が落っこちてきたようであった。

食事もそこそこに、アリーの肩に頭突きをしてくる。ブラッシングをしろとせがんでいる。レースや調教を重ね、たくましくなっていても、アリーの前では子どもっぽさが抜けなかった。

乳離れをしてぴいぴい泣き、他の当歳馬からいじめられていたのが、大昔のようだった。馬はあっという間に人間の年を越え、大人になっていく。マクファーレン牧場での再スタートを支えてくれたセイルウォーターの頭を、アリーは何度も撫でた。

「**いよいよ、ダービーだ**」

晩夏の言葉に、アリーはうなずいた。

「**心を強く持て。俺はお前と共にある**」

ケンタッキーで最もブルーグラスが美しく繁茂する五月に、ケンタッキーダービーは行われる。今年は、雲一つない空の下での開催となり、チャーチルダウンズ競馬場は着飾った人たちが朝から詰めかけていた。一番人気は昨年の二歳王者ヘロドトスだったものの、セイルウォーターも二番人気に支持されている。ダービーで一桁人気になる馬を出したのは、マクファーレン牧場にとってこれがはじめてだった。

本馬場にヘロドトスが現れ、競馬場が揺れた。その声の大きさに、他の馬が驚いてジョッキーを振り落とし、レースの開始が遅れるほどだった。ゲート裏で、セイルウォーターの輪乗《わの》りをしながら、ルビーは周りに気付かれないように何度も深呼吸をした。

天気がよすぎるあまり、ゼッケンの下から泡のような汗が浮かんでいる馬が多い。芦毛のヘロドトスだけは、他の馬に一切目を向けず、集中しきっている。ヘロドトスの後肢《こうし》の太さや浮かび上がった血管、物怖じしない姿は、シューメイカーファームの本気を示していた。

ルビーは前日に、ブラッド家の墓へ祈りに行ったダイスの言葉を思い出していた。

「おれ、ブリーズを買いに行った時、こんな仕事をいつまで続ければいいんだろうって、思ってた」

ダイスの親も祖父母も、馬を育てて死んでいった。厩務員の仕事は唯一の生きる道であり、そこに選択の余地はない。単調で、命じられることをただこなすだけの人生に、楽しみも情熱もなく、怒られないで生きていくことしか考えていなかった。

「アリーがやってきて、何かが変わった。あいつは、どんなにひどいことをしてもおれを責めずに、かばってくれた。他人にかばわれたことなんて、なかった。やさしくされると、昔自分がした嫌なことを思い出すんだ。なんであんなことをしちゃったんだろうって」

祈りを終えたルビーは笑った。

「いいじゃないか。アリーは笑って許してくれるさ」

「ルビーは変わった。前より、あんまり怒らなくなった？」

「昔は、怒れば自分がえらくて、正しいことを言っている気になれたんだ。ニックと言葉を勉強して、試験に向けて騎乗を見直していると、怒るのは時間の無駄だと気付いた。腹が立つなら、手を動かして、変わればいい。たったそれだけのことなんだ」

「おれは、ずっとルビーを尊敬している。今のルビーが、一番かっこいいよ」

照れくさそうにルビーはダイスの肩を叩いた。

「おじいちゃんに、ダービーで馬に乗る姿を見てもらいたかったよ。ようやく、自分の道を見つけられたって」

ダイスはうなずいた。

「おれも、今は馬の世話を続けたいと思えている。頑張って、ルビー」

一番枠に入ったヘロドトスは、夜の湖のように静かで、最後にルビーがセイルウォーターを促して大外に入った。スターターのフラッグが上がり、鐘が鳴って、発馬機が開いた。

ハナを切って前に出たのは、ヘロドトスだった。大方の予想通り、土煙を上げながら猛然と最初の直線を駆け抜けていく。先頭を譲るまいと外から被せるように、他馬が競りかけていった。いきなり最後の二〇〇メートルのような激しい先頭争いに、早くも控えめにスタートした馬たちと差が生まれ始める。ヘロドトスは体当たりされながらも一切引かず、最初のコーナーを一番手で入っていった。

「ヘロドトスのペースじゃないか！　セイルは追いつけるのか？」

関係者席から、ニックの悲鳴が上がる。ケンタッキーダービーともなると、どの関係者も冷静ではいられず、最初の直線だけでスラングの辞書が作れそうなくらいの罵詈雑言や褒め言葉が飛び交っていた。

ヘロドトスの鞍上トム・ナイツは、今年で五〇歳になるベテランジョッキーだったが、三〇年以上現役を続けていても、未だダービーの栄冠には手が届いていない。騎手人生の間に、ダービーの一番人気の馬に出会うことの難しさを知っている。トムは先頭を譲らなかった。

一九頭の馬たちの一番後ろを走っていたセイルウォーターは、マイペースを貫いていた。前の馬たちが蹴り上げた土が、礫《つぶて》となって襲いかかってくる。煙が舞い上がって、砂嵐の中を突き進んでいるようだった。

前が見えなくなった時、ルビーは耳を澄ます。前を行く馬の足音が、大きいか小さいか。その空気の震えが、ルビーに位置を伝えた。予測よりかなりペースが速く、焦らずに進出するようセイルウォーターを促した。

砂塵を抜けた先に、内ラチにぴったり進む後方集団が見えてくる。先頭のヘロドトスは遠くて見えない。向こう正面の中程から、セイルウォーターは後方集団に並びかけていく。

先頭のヘロドトスは、序盤でバテた馬たちを置き去りにして、早くも一頭抜け出そうとしていた。心臓の出来が、並の馬とは違う。ヘロドトスは、真っ向から力でねじ伏せてくる馬だった。

セイルウォーターは足の上がった馬たちを追い抜き、三・四コーナーの中間から独走態勢になりつつあるヘロドトスの背中を追う。まだ遠いが、ヘロドトスの背中は見えている。セイルウォーターは、ルビーの鞭を待っているように余力は充分。一頭、また一頭と追い抜き、一足先に最後の直線へ向かったヘロドトスに近づいていた。

激しい鞭さばきで知られるトムは、全身を使ってヘロドトスに鞭を入れていた。踊るような鞭の入れ方を見て、星が落ちてきたような轟音が観客席から響き渡る。

ヘロドトスは、優雅に逃げるタイプではない。内に秘める荒々しさを限界まで我慢して、最後には巨人の太鼓のように爆発させる。

セイルウォーターは、水が隙間を見つけてどこまでも進んでいくように、不屈の心を持っていた。あえて苦しい道を選び、母譲りの大きなストライドでゴールを目指す。ブリーズイングラスの血筋が持つ、不撓不屈《ふとうふくつ》の精神と貴族の風格を、セイルウォーターは兼ね備えていた。

アメリカのエリート牧場出身ながら根は暴れん坊のヘロドトスと、貧乏牧場出身ながら、王者の風格を持つセイルウォーター。二頭の馬たちは、戦略という名の鎧《よろい》をかなぐり捨て、本当の自力勝負が始まった。

「お前なら逃げ切れる！　踏ん張れ、ヘロドトス！」

関係者席から身を乗り出して、ハンスは叫ぶ。

「セイル！　ブリーズも応援しているぞ！」

負けじとニックも声を張り上げるが、両陣営の叫びはスタンドの熱狂にかき消されていく。スタートから飛ばしすぎたヘロドトスの足が、鈍っている。幾度となくダービーで辛酸《しんさん》を舐めてきたトムは、この展開を織り込み済みだった。おつりなしで、持っている力を使い果たす。並の馬ならとっくにバテている展開に、ヘロドトスは応えていた。

鞭を入れるトムの目に、涙が浮かぶ。願いに応えようとするヘロドトスのひたむきさが生んだ涙だった。

ついにルビーも鞭を入れ、セイルウォーターは姿勢を低くする。ブリーズイングラス譲りのストライドが、姿を現した。残り二〇〇、逃げるヘロドトスとの差は五馬身ほどあったが、狩りをする豹のように、セイルウォーターは四馬身、三馬身と差を縮めていく。トムの耳に、獣の足音が聞こえてくる。トムは風車のように腕を回して鞭を入れていく。セイルウォーターはヘロドトスの影を射程に入れ、遠くのゴール板が見えてきた。

今年のダービーの最終盤はマッチレースになり、アリーの耳に、イギリスでは聞いたことのない古代のコロセウムを思わせる歓声が襲ってくる。ケンタッキーダービーは、命と命が裸でぶつかり合う戦いだった。

ルビーの目に、ヘロドトスの馬体がはっきりと映る。芦毛の身体から汗が飛んで、息が漏れる音まで聞こえてくる。セイルウォーターは、苦しむヘロドトスなどものともせず、並びかけていく。ゴールまで残り一〇〇。トムの叫びと共に、ヘロドトスが馬体を合わせて食い下がってくる。

セイルウォーターはさらに大きく跳躍し、突き放そうとする。調教では見たことがない、命の炎を燃やすダービーだからこそ、セイルウォーターは未知の領域に足を踏み入れようとしていた。

これならいける。最後の鞭を入れる前に、横のヘロドトスとの差を見ようとした、その時だった。足元から、古木が砕けたような音がルビーの耳に突き刺さった。ルビーはセイルウォーターから投げ出され、ダートに墜落していった。背中に強い衝撃が走り、息ができなくなる。

「**嘘だろ**」

「セイル！　ルビー！」

ニックに、胃を食い破られたような寒気が襲う。トムは動じることなく鞭を入れ続け、ヘロドトスが一着でゴール板を駆け抜けた。晴れてダービージョッキーとなったトムがはじめて耳にしたのは、祝福ではなく悲鳴だった。

三着争いに躍起になった後続の馬たちが、後方から突っ込んできている。騎手たちはろくに前も見えておらず、必死に鞭を入れていた。

「ルビー！　起きろ！　蹴られるぞ！」

落馬した拍子に気絶してしまったルビーに、観客の声は届いていない。ニックは柵を乗り越えて助けに行こうとするが、関係者たちに止められている。

右足に故障を発生したセイルウォーターは、頭から倒れ込んだ後、起き上がろうとしたが、首の神経を痛めたのか、うまく立ち上がることができない。言うことを聞かない身体を引きずりながら、セイルウォーターは動かなくなっているルビーに近づいていった。

後続勢もようやく事故が起きたことを察して、ルビーへの進路を塞ぐように倒れ込むセイルウォーターを避けていった。数秒前までダービーの栄冠を目前にした馬だけを残して、すべての馬がゴール板を通過していた。

何人かの婦人たちは、倒れたセイルウォーターを見ていられなくなり、気を失うものまで現れた。駆けつけた救護隊は、ルビーを担架に乗せて医務室へ向かった。呼びかけに反応がなく、待機していた車で病院へ直行した。

「**こんなわけがない**」

倒れたセイルウォーターの元に、競馬場関係者が集まっている。アリーとジョナサン、バスティアーニの姿があり、ルビーが病院へ運ばれるのを見送ったニックが、最後にやってきた。

風で舞った砂が、セイルウォーターに重なっていく。獣医師が触診しているセイルウォーターの右足は、腕節《わんせつ》から下が皮でぶら下がっているだけになっており、骨が皮膚を突き破っていた。血で固まった砂が、美しい青鹿毛の馬体に張り付いている。

「早く馬運車を出せ！」

バスティアーニが怒号を飛ばす。ジョナサンはセイルウォーターの頭に手を置き、獣医師は診断をやめようとしていた。

「なあ、セイルは大丈夫なんだよな？　助かるんだよな？」

ニックは獣医師を掴みながら叫んだ。ニックの他に、誰も焦ってはいない。馬運車が到着し、荷台へ載せようとするが、セイルウォーターはもう自力で立つことができない。関係者たちは縄の付いたシートを身体の下に敷いて、八人がかりで持ち上げた。その際に痛みが走ったのか、セイルウォーターはいななないて暴れる。ニックの顔は、涙で汚れていた。

「もっと慎重に運べよ！　こいつは、こいつは……」

ダービー馬なんだという言葉が、ニックの喉の奥へ返っていった。残り一〇〇メートルを切ったところで、セイルウォーターのダービーは終わっていた。

優勝したヘロドトスの表彰式が始まる中、馬運車は、競馬場の厩舎横にある治療室へ運ばれた。セイルウォーターは、目を半開きにしたまま、呼吸が荒くなっている。ニックは頭を撫でながら、ジョナサンたちに叫んだ。

「何ぼけっとしてるんだ！　添え木かなんかして、折れた箇所を支えてやれよ！　麻酔か、痛み止めか何かあるんだろ？　このままじゃ、セイルが苦しむばっかりじゃないか！」

ニックの声が、暗く湿った広い治療室に響き渡る。治療室は、消毒のにおいが染みついていて、いつまでも朝がやってこない部屋のようだった。

「ニック」

ジョナサンは声を絞り出して、ニックの肩を摑んだ。

「何でみんな落ち着いていられるんだよ！　セイルは、あとちょっとでダービーを勝てたんだ！　いや、間違いなく勝っていた！　骨折なんてすぐに治して、プリークネスステークスは無理かもしれないけど、ベルモントステークスまでには、歩けるようになるかもしれないじゃないか！」

誰も、ニックと目を合わせようとはしない。

「アリーも何か言えよ！　セイルは治るんだよな？」

「ニック！」

ぼさぼさ眉の下にある、しわの重なったジョナサンの目が潤んでいた。

「セイルは、もうダメだ」

ニックはジョナサンの手を振り払う。

「ダメって何だよ？　たかが骨折じゃないか！　先生も何か言ってくれよ！」

バスティアーニは獣医師との話し合いをやめて、ニックを見た。

「人間は足が折れても、松葉杖をついて歩くことができるが、馬は四本足で五〇〇キロ近い体重を支えている。一本でもダメになると、他の三本の足で支えなければならなくなる。バランスが乱れて、他の足に負担がかかると蹄葉炎《ていようえん》という病気にかかる。馬の蹄を走る血管が圧迫され、壊死《えし》し、やがてすべての足が腐っていく。その間、骨折の痛みだけでなく、他の足への負担でも苦しまなければならず、食欲は減退し、内臓に支障を来《きた》すこともある」

バスティアーニは、獣医師に指示を出した。

「薬を投与して、楽にしてやるのも私たちの責任だ」

「**やめろ**」

ニックはセイルウォーターの首に手を置いた。まだ温かく、太い血管の中で血が運ばれている。

「ブリーズのお腹にいる頃から、大事に育ててきたセイルが、足を折って使い物にならなくなったら、殺すだって？　セイルは、俺たちの家族だ！　なんで大事な家族を、殺すことができるんだよ！」

ジョナサンの震える右手が、ニックの頬を殴っていた。

「好きで殺すわけないだろうが！　わしたちが、セイルにどれだけ夢を見ていたか……！」

愛息を殴ってしまったことに気付き、ジョナサンは血の気が引く。

「やりやがったな！」

ジョナサンに殴り返そうとするニックを止めたのは、アリーだった。

「やめましょう、ニック」

「アリー！　お前もなんとか言ったら……」

アリーは、深く呼吸をして、たてがみについた泥を取っていた。セイルウォーターの速い呼吸を落ち着かせるように、何度も手で馬体を撫でている。その姿を見て、ニックは騒ぐのをやめた。

バスティアーニが合図を出す。

「頼む」

注射器を持った獣医師が、セイルウォーターに近づいていく。

「待て、アリー！　その医者を止めろ！　まだ手はあるはずだ！　ここでセイルウォーターが

死んだら、とんでもないことになる！」

晩夏の叫びが、治療室に響き渡る。これだけ大きな声なのに、誰も驚きはしない。晩夏の声は、やはりアリーにしか聞こえていない。

「**早まるな！　考え直せ！　お前の言うことなら、ジョナサンもバスティアーニも聞き入れる！**」

アリーは左手で蹄鉄に触れながら、右手でセイルウォーターの耳の裏をくすぐった。

「ニック」

アリーは涙を拭うことも忘れているニックに語りかけた。

「セイルを褒めてあげてください。とても立派な働きをしたのです」

アリーの静かな口調が、ニックの戸惑いを鎮めていく。誰よりも泣き叫びたいはずなのに、ぐっと堪えるアリーを前に、ニックは怒りを引っ込めて、セイルウォーターに近づいた。

「セイル、お前の魂は、俺の中で生き続ける。俺の中なら、足も痛くないし、いくらだって走り回れる。もう苦しむことはない」

「**アリー！**」

晩夏の叫びがアリーの頭に響く。セイルウォーターに薬が投与され、次第に呼吸が落ち着いてくる。肺が息を吸うことをやめ、顔の筋肉からこわばりがなくなっていく。アリーは、まだ柔らかいセイルウォーターのまぶたを、閉じさせた。アリーは涙を流すだけで、何も言わなかった。

ニックは両膝を突きながら、セイルウォーターの頭を抱いた。

「すまない、お前が一番辛いはずなのに、取り乱しちまって」

「謝ってはいけません。セイルに、感謝を伝えましょう」

命が空へ飛んでいった治療室で、ただ一人目を背けなかったのがアリーだった。ニックは、スーツの袖で涙と鼻水を拭い、セイルウォーターに伝えた。

「ありがとう、セイル」

バスティアーニは、他の担当馬の指示に向かい、ジョナサンは泣くために外へ出た。アリーは競馬場関係者に処置を引き受けると言われても、最後までやると言い放った。

「俺はルビーの容態を確認しに行く」

ニックは、セイルウォーターの防腐処理を行うアリーに告げた。

「お願いします」

ニックの視界がにじみ出す。ジョナサンに殴られたところを、自分でもう一度殴った。

「アリー」

「はい」

「セイルを頼む」

スタンド前の表彰台では、ケンタッキーダービー馬となったヘロドトスが称えられていた。ハンスがトロフィーを受け取り、記者のカメラに視線を送っている。アリーはセイルウォーターの亡骸と共にマクファーレン牧場へ戻り、ダイスたちに事情を伝え、自分は丘の上にある墓地に歩いていった。

西日を受けて、まだ遊び足りない風がブルーグラスの上で踊っていた。アリーはスコップを持って、墓地の空いている土地を掘り始める。墓地からは、セイルウォーターが生まれた繁殖牝馬の厩舎や、仲間たちと育った傾斜のある放牧地がすべて見えた。

「……**おしまいだ。何もかもが**」

アリーは地層の変わり目に目をやった。

「晩夏、あなたはこうなることを知っていたのですか」

スコップは、乾いた音を立てて、土を地上へ運んでいく。

「**なぜ、医者を止めなかった**」

「バスティアーニ先生のおっしゃったことがすべてです。あなたも騎手なら分かるでしょう。手の施しようがない怪我を負ったら、あきらめざるを得ないのです」

「**セイルウォーターだけは死なせてはならないんだ！**」

アリーはスコップを地面に突き刺した。

「そんなこと、僕だって分かっていますよ！」

「**何も分かっちゃいない！　セイルウォーターはな、ブリーズクロニクルの牝系《ひんけい》にあたる大種牡馬なんだよ！**」

夜を告げる冷たい風が、沈む太陽から吹いてきた。

「何ですって？」

アリーの手に、ぬるい汗がにじむ。

「前に言ったな。アクエンアテンが世界的な種牡馬になると。そのアクエンアテンに対抗する種牡馬こそ、セイルウォーターだったんだ。マクファーレン牧場は、大種牡馬セイルウォーターの成功で、数々の名馬を生みだしていく。そうなるはずだったのに、まさか、セイルウォーターが死ぬだなんて！　ふざけんなよ、俺は名馬の歴史を見守るために、蹄鉄になったんじゃないのか？」

晩夏は未来を知っている。その事実が、アリーにある種の安心を生んでいた。前提がひっくり返された今、晩夏は蹄鉄という檻に囚われた未来からの遭難者に等しかった。

「僕らは今、あなたが知っている未来とは別の歴史をたどっているのですか？」

「そうだ。俺は、歴史に介入しないために、余計な口出しは控えた。現に、途中までは俺の知る通り、アクエンアテンは二千ギニーを勝ち、ヘロドトスとセイルウォーターは無敗でケンタッキーダービーを迎えるように進んでいた。……いや、まさか俺のせいなのか？」

アリーは蹄鉄を両手で持ち上げた。

「あなたのせいとはどういうことですか？」

「セイルウォーターのケンタッキーダービーで、死ぬのはルビーだったんだ」

林の影が、夕日を浴びて墓に向かって伸びていた。

「一着でゴールしたセイルウォーターは、歓声に驚いてルビーを振り落としてしまうんだ。気絶したルビーは後続の馬たちに頭を蹴られて、命を落とす。ルビー・ブラッドは悲劇の黒人女

性騎手として、俺の世界では知られていた」

「ルビーの騎乗に賛成しなかったのは、そういう理由だったのですね」

ならばどうしてそのことを教えてくれなかったのか。そう口にしようとして、アリーはやめた。過去へやってきたその日から、晩夏はルビーが死ぬ日を知りながら、生き続けてきたのだ。過去に介入しすぎずに、なんとか運命を変えられないか、もがいてきた。

晩夏は、何も言わずとも、アリーやルビーたちを守ろうとしてくれている。その配慮に気付いた今、晩夏を責めることなどできなかった。

「お前や他の助手を乗せてみたのも、ルビー以外の可能性があると思ってもらいたかったからだ。ルビーがダービーで騎乗するのは避けられなかったが、以前ほど乗りにくい馬ではなくなっていたから大丈夫だと思っていた。その結果がまさかルビーが落馬するだけでなく、セイルウォーターまで死ぬなんて。俺が余計なことをしたから、この世界が進むべき道を閉ざしてしまったんだ」

晩夏から、ぽつりと言葉が漏れた。

「もう、お前に会うことは叶わないのか、クロニクル」

蹄鉄から、はじめて嗚咽する声が聞こえてくる。晩夏とは一度も顔を合わせたことはないし、どんな姿をしているのか見たこともない。姿は見えなくとも、晩夏がどんな表情をして、どんな涙を流しているのか、アリーは容易に想像することができた。

未来の記憶だけが晩夏の強みだったのに、その命綱がちぎれてしまった。未来とのつながりが消えた今、晩夏に本当の孤独が訪れていた。

ジョナサンの妻ベティが坂を上ってきた。いつの間にか太陽は地平線の向こうへ消え、星が草原を照らしている。

「アリー、ニックが戻ってきたよ」

「ルビーの容態はどうだったんですか？」

「そうだ！　ルビーはどうなったんだ！」

たとえ大統領相手だって物怖じしないであろうベティが、言いよどんでいた。

「ニックから聞きな。あたしは、夕食の準備がある」

「分かりました」

「いいかい、アリー」

ベティはいつの間にか、アリーが穴を掘っていたスコップを持っていた。

「何があっても、今日の夕食は口にするんだ。マクファーレン牧場にいる以上、あたしの料理を食べずにいることは許されない。たとえ、星が降ってこようとね」

坂を転げ落ちるように走って、アリーは事務所へ向かった。ロビーでは、ジョナサンたちが職員を集めて説明をしているところだった。土だらけのアリーを見て、ジョナサンはため息をつく。

「お前、何やってたんだ」

「セイルの墓を掘っていました」

服に付いた泥など気にせず、アリーは問いかけた。

「ルビーはどうでしたか」

ニックはネクタイを緩めた。

「肋骨を数本と、左腕の骨が折れていた。医者曰《いわ》く、背中に汽車が突っ込んできたくらいの衝撃がかかっていたそうだ。それはそのうち治る。深刻なのは、右足だ。複雑骨折していて、神経もやられている」

壁掛け時計の音だけが、ロビーに響き渡っていた。

「どの程度まで回復するかは分からないが、ジョッキーはおろか、日常生活をこれまでのように過ごすことも難しくなるかもしれない」

厩務員や職員たちのため息が幾重にも交わっていた。ダイスは腕を組んだまま壁に寄り掛かって、ずっと床を足で叩いている。

「ルビーは、生きているのか?」

晩夏の声は震えていた。晩夏が長い間ルビーを案じてきたことを、アリーはみなに伝えたかった。

「命に別状はないのですか?」

ニックは目を閉じた。

「折れた肋骨がもう少しずれていたら、心臓を貫いていたらしい。かろうじて、あいつの心臓は無傷だ」

「そうか、生きているんだな」

晩夏の安堵を打ち消すように、ジョナサンは花瓶を摑んで、壁に投げつけた。

「誰一人、わしたちは手を抜かなかった！　なのに、何でこんなことにならなくちゃいけないんだ！　くそったれ！」

ジョナサンは床に落ちたバラを踏みつけていた。誰も声をかけることはできない。

「キスリングに、報告をしてくる」

沈黙を破ったのはバスティアーニだった。しわの寄ったハンチング帽を被り、事務所を後にしようとする。

「僕も付いていって構わないでしょうか」

アリーを援護するようにニックも続く。

「俺が車を出します」

車はマクファーレン牧場から、レキシントンにある病院へ向かった。ケンタッキーダービーの熱気が嘘のように、冷たい風が草原を横切っていく。後部座席のバスティアーニが、つぶやいた。

「久々に、調教を熱心にやった」

一同を乗せたフォード・モデルTが、土煙を上げながら荒れた路面を進んでいく。

「私も、昔は真剣に馬づくりに取り組んでいた。夢があり、名馬との出会いに、胸を膨らませていた」

イタリアからの移民であるバスティアーニの一族は、調教師の名門として地位を築いてきた。小心者の末っ子だったバスティアーニは人付き合いが下手で、成績も残せないと、八百長の道に手を染めた。その間に、結婚をし、家を買い、子どもも生まれたが、それは白昼夢のように、一瞬のことだった。競馬禁止法が定められ、八百長の厳罰化が進むとバスティアーニは協力者を失い、関係者を恐喝することで調教師の地位にしがみついた。

毎日のように警察に踏み込まれる悪夢を見た。妻は子どもを連れて出ていき、調教師は開店休業で、依頼するオーナーはほとんどいない。マクファーレン牧場のような潰れかけの零細牧場の馬を何とか預かり、馬を毎週のように出走させ、とにかく金を稼ぐ。

ケンタッキーに各州の馬が集《つど》うようになった頃、バスティアーニはいないも同然の調教師となっていた。

「あのキスリングから依頼を受けるとは思わなかった。マクファーレン牧場のやり方を私は知っているから、話が早いと考えたのだろう。私は、一生に一度出会えるかどうかの馬を、任されたのだ。セイルウォーターは、父から調教の何たるかを教わっていた、あの懐かしい日々を思い出させてくれた。知性があって、やんちゃで、自分をよく知っている馬だった。当歳の頃から、人間を信用して育ってきたのがよく分かる。お前が育てたんだな、アリー」

ニックは片手でハンドルを握りながら、目を拭った。

「セイルウォーターは、数十年ぶりに私を調教師にしてくれた」

夜のぼんやりとした灯りを浮かべるレキシントンの街並みが近づいてくる。

「本当に、楽しかった」

病院の一階にある食堂では、看護師たちがヘロドトスの話題で盛り上がっていた。ラジオでは、ハンスとトム・ナイツがインタビューに答えている。キスリングは眠っていた。ぶら下がった点滴から、滴がゆっくりと落ちている。頰はくぼみ、顔は青白く、消毒液のにおいが漂っている。

「オーナー」

バスティアーニの呼びかけから三秒ほどして、キスリングは目を開けた。まだ夢を見ているようで、焦点が定まっていない。声を出そうとして咳き込んだので、ニックは水差しでキスリングの喉を湿らせた。いつの間にか、キスリングがバスティアーニの年齢を飛び越えてしまったかのようだった。

「すまなかった」

頭を下げたバスティアーニは、ハンチング帽を強く握っていた。キスリングは枕の上で首を横に振る。

「私の担当の先生は、セイルウォーターに一〇〇ドル賭けていたそうです。さっき回診に来た時、謝っておきましたよ」

キスリングが上体を起こそうとしたので、ニックとアリーが手伝った。

「ルビーの容態は？」

バスティアーニが言いよどんだのを察して、ニックが間に入った。

「肋骨と腕の骨が折れていましたが、ピンピンしてますよ。命に別状はありません。ルビーはタフな女です。すぐに復帰できますよ」

「そうか」

キスリングは深く息を吐いた。

「セイルウォーターは今、どうしている」

「牧場に戻ってきました。明日、牧場の丘にある墓地に埋葬します」

アリーが淡々と答えた。

「よろしく頼む」

キスリングのこけた頬がぴくりと動く。

「君たちの方がひどい顔をしているな。無理もない。私たちは等しく、友を失った。今日は、心を休める時間を、お互いに設けよう」

サイドテーブルの上に、いくつも新聞が重なっている。ケンタッキーダービーを特集した記事で、書き込みがしてあった。新聞の隣には、セイルウォーターに宛てた手紙やお守りがまとめられている。

「アリー」

キスリングは去ろうとする一同に呼びかけた。

「君に話がある」

ニックとバスティアーニは病室を離れ、アリーの耳に食堂のざわめきが聞こえてくる。病院の外では虫たちが星の光を浴びて鳴いていた。キスリングは大きく息を吸った。

「私の遺体を、セイルウォーターの隣に埋めてくれ」

アリーは腰の蹄鉄を握っていた。

「それはできません。キスリングさんにはまだやることが残されているのですから」

「私はまもなく死ぬ」

窓から風が入ってきて、キスリングを囲んでいるカーテンが揺れる。ヘロドトス陣営にとっては、最高の夜と言える気持ちのいい夜空が広がっていた。

「君には、名馬に出会う運命を感じる。まさか、セイルウォーターが亡くなったからといって、馬の世界から離れようと思っているわけではないだろうな」

アリーはうつむいた。

「何度となく、馬の死に立ち会ってきました。死と向き合うには、心が強くなければならない。そう覚悟を決め、馬の亡骸の前では泣かないことを誓ってきました」

アリーの目から涙がこぼれ落ちていく。

「エウロパがこの世を去っても、母がいなくなっても、僕は耐えてきました。セイルウォーターの厩務員として、彼を看取る。その覚悟はあったのですが、マクファーレン牧場のみんなや、バスティアーニ先生、キスリングさんの顔を思い浮かべると、堪えられなくなってしまいました。僕は、以前より弱くなっています」

細くなったキスリングの手が、アリーの前に差し出される。

「君は、セイルウォーターから人間らしさを学んだのだ。彼は、ただ死んだのではない。君を大人にするという重要な仕事を果たしてくれた」

キスリングの手を取ったアリーは、返事をせずに涙した。

「イライザの影を追いかけていた私にとって、この三年間は生まれ変わったような時間だった。君が友を見つけ、馬を慈《いつく》しみ、目標に向かって進んでいく。そのみずみずしい時の流れが、私をグレンズ家の呪いから解き放ってくれた。誰かの成長を見守る喜びは、私にとってかけがえのないものだよ、アリー」

婚約者を奪った男の血が流れる自分に、なぜキスリングはやさしい言葉をかけられるのか。セイルウォーターという愛馬を失った直後なのに。

グレンズ家に閉じ込められたイライザも、蹄鉄となった晩夏も、アリーを見守ってくれていた。見えない加護が見えるようになった時、人は本当のやさしさを覚えていく。キスリングから注がれる思いにいつまでも浸っていたかったが、アリーは涙を拭った。

「このまま、セイルウォーターやキスリングさんとの思い出を、悲しいものにはしたくありません。今、マクファーレン牧場は悲しみに沈んでいます。何度も助けられてきた僕だからこそ、今度は僕が、みんなを助ける役目を果たしたいです」

古い記憶が、キスリングに蘇ってくる。グレンズフィールドに招かれた時、なぜ競馬をやりたいのかイライザに尋ねたことがあった。

「人が過去を思い出す手段はいくつかあるけれど、歴史というのは戦争を軸にしている。人の思い出は脆《もろ》くて、時間が経つと簡単に消えてしまう。歴史書を読むと小さな営みなど書かれていなくて、まるで、人間が戦争しかしてこなかったかのように思えるほど。競走馬は、誰がどのように育てたのかが記録されている。たくさんの生きた人々の思い出と一緒にね。戦争より、馬から過去を思い出す方が、素敵だと思わない？」

イライザは、歴史のあり方を変えようとして生きた。男が権力を持ち、地位も成果も横取りされ、女が生きていたことなど跡形もなく忘れ去られていく。それに抗《あらが》う手段が、イライザにとっては競馬だった。

セイルウォーターが亡くなっても、ブリーズイングラス、エウロパと時を遡《さかのぼ》っていけば、そこでイライザが待っている。すでにイライザは、約束の地にたどり着き、馬をたどればキスリングはいつでも彼女に会うことができた。

馬を育てるだけではない。過去を学び、仲間を助けようと立ち上がり、涙を拭う人間を、ホースマンと呼ぶ。キスリングは、今際《いまわ》の際《きわ》で、新たなホースマンが生まれるのを目撃していた。

「アリー、約束だ」

キスリングは力一杯アリーの手を握る。

「いつか、世界で一番と言える馬に出会った時、私の墓前へ報告しに来てくれ」

「はい」

一言返事をするだけで、アリーは精一杯だった。

「その時は、あの世から追い出されるくらい、私も喜ぼう」

キスリングの身体から力が抜けていき、何も言葉を発せなくなった。病室を後にしたアリーは、胸がじんわりと熱くなり、歩いて帰る道の途中でまた涙した。

翌朝、セイルウォーターの葬儀を行った。みんなで墓石を設置し、丘に風が吹き付けてきた。遠くの林から、鳥たちが風を追いかけて飛び立っていく。

「晩夏」

アリーは蹄鉄を手に持ち、マクファーレン牧場の放牧地を見せた。晩夏はあれから何も言葉を発さなくなっていた。

「あなたが乗っていたブリーズクロニクルは、ブリーズの牝系でもあると言っていましたね」

「**ああ、そうだ**」

「まだブリーズは生きています。彼女がいる限り、あなたの愛馬と似た宿命を持つ馬が必ず現れるはずです。その時のために、僕は馬を育てていきます」

「**お前は、諦めないんだな**」

「今度は、僕があなたを助ける番です」

厩舎へ戻ろうとした時に、ベティが丘へ駆け上がってきた。キスリングが亡くなったという報告を受け、アリーは天を見上げた。

風が、命を運んでいく五月だった。

第三章　ディオスクロイ

八　流転する金

ニューヨーク州で行われる競りにニックを誘ったのは、ハンスだった。ケンタッキーダービーを勝利したヘロドトスはその後、アメリカクラシックの二冠目であるプリークネスステークスも難なく勝利。三冠間違いなしと言われていたが、右の後肢に腫れがあったため三冠目のベルモントステークスを回避する代わりに、次走をフランスのパリ大賞典に定めた。

この挑戦には盟友であるキスリングへの餞《はなむけ》の意味合いも込められていたが、アメリカ競馬を背負ったヘロドトスは、最下位入選という結果に終わった。この敗北が、ハンスを目覚めさせた。打倒セイルウォーターを目標にヘロドトスを育てて躍進したからこそ、シューメイカーファームだけ強くなればいいという傲慢な考えを、ハンスは捨てた。成功に甘んじず、居丈高な振る舞いを改めて、イギリスやフランスの良血牝馬を導入し、アメリカ競馬の底上げを行う。

「ボクはアメリカなりの紳士を目指す。野心と情熱と成功。すべてを巻き込んだ舞台で、主役に立つためにも、ここでマクファーレン牧場に退場されては、脇役が足りなくなる。何としても

でも再起してもらわねばならない」

　ホースマンとしての自覚が芽生えたハンスを、競馬の神は祝福した。パリ大賞典の大敗はヘロドトスの価値を下げなかった。二冠馬という実績をひっさげて、種牡馬デビュー年から依頼が殺到し、初年度から産駒《さんく》が重賞を勝つなど好スタートを切った。種牡馬ヘロドトスの成功で軌道に乗ったシューメイカーファームとは裏腹に、マクファーレン牧場は凋落の一途をたどっていた。

　一命を取り留めたルビーはその後、右足の麻痺が残ったことでジョッキーを引退。ブリーズイングラスは不受胎が続いていた。この世を去ったキスリングはマクファーレン牧場にウィスキー蒸溜所の株を遺産として相続させていたが、禁酒法の成立でアメリカの酒造業界は壊滅的な打撃を受けた。ケンタッキーのバーに行けば必ず飲めたミスター・キスリングのウィスキーは、一滴残らず川に流された。残った蒸溜所の社員でパンの製造に業態を切り替えたものの、流行ることなく二年で工場は更地《さらち》となった。

　バスティアーニの引退もあって、生産馬の買い手にも難儀しており、ブリーズイングラス導入前の冬の時代に戻りつつあるのを、ハンスは黙っていられなかった。不運を吹き飛ばす出会いを求め、ハンスはニックをオークションへ招いたのだった。

　マンハッタンへ流れるハドソン川を北上し、オールバニーの街を越えた先に、サラトガ・スプリングズが現れる。真夏のダービーとも称されるトラヴァーズステークスが行われることでも有名なサラトガ競馬場で、一歳馬の競りが行われていた。

「目星を付けている馬はいるのか？」

サラトガ・スプリングズの駅からオークショニアが用意した馬車に乗り込みながら、ニックは何の気なしにハンスの腹を探った。

「目玉はアクエンアテン産駒だろう。何と言ってもイギリス三冠馬だ。良馬場《りょうばば》でも重馬場《おもばば》でも関係なく走る。アメリカのダートも問題にしないはずだ」

ヘロドトスをパリ大賞典で完膚なきまでに叩きのめしたのが、メイハウザー所有のアクエンアテンだった。アクエンアテンは二千ギニーを勝った後、イギリスダービー、イギリスセントレジャーと連勝して三冠馬の栄冠を手にした。グレンズフィールドにとって、初の三冠達成だった。欧州最強を証明すべく、アクエンアテンはフランスのダービー馬も出走したパリ大賞典に向かい、二着に大差を付けて勝つ異次元の競馬を見せて引退した。

すでにイギリスやフランスで多くの活躍馬を輩出しており、アクエンアテンの血を求めてアメリカ中のホースマンたちがサラトガ競馬場を訪れていた。

「ヘロドトスに勝った馬の血を欲するっていうのも、悔しいぜ」

ヘロドトスの遠征に、ニックも同行していた。セイルウォーターに勝った馬だからこそ意地を見せて欲しいと願っていたが、欧州とのレベルの違いを痛感させられた。ニックは着慣れない燕尾服《えんびふく》のボタンを外した。

ハンスは用意されていたカタログをめくっていく。

「ライバルだった馬の仔が活躍したり、逆に自分が育てた馬の仔に負けたりするのもまた、競馬だ」

「お前はヘロドトスの血にこだわるのかと思っていたから意外だ」

サラトガ・スプリングズに着くまで、ハンスはシルクハットを一度も脱がなかった。イギリス式の紳士像を重んじるハンスの服装は、アメリカでは浮いていた。高貴な血は、高貴な人間を求む。わずかなたるみが負の流れを招くと考えているハンスは、どんな時でも紳士として気を抜かなかった。

「ヘロドトスの血にこだわるからこそ、アクエンアテンの血が流れる牝馬が欲しい。この二つの血が好相性なら、ヘロドトスの価値向上にもつながっていく」

ニックは馬車の窓を開けて、涼しい風を入れた。

「名種牡馬を繋養《けいよう》する牧場サマは違うぜ。アクエンアテン産駒は高額なんだろ？　うちみたいな貧乏牧場でも買えそうなオススメはないのか？」

ハンスはハンカチで汗を拭った。

「ふてくされるんじゃない。愚痴の数だけ運が逃げていくぞ」

「愚痴も言いたくなるっての。セイルの死から、

牧場の結束は強まったんだ。馬たちも頑張っている。足を引っ張ってるのは俺だ。現場で仕事を学んではいるが、はじめからこの世界を目指していたお前とは、どうしたって差がある。もっと早くからこの道を選んでおけばよかったぜ」

「遅れを嘆くほど、人生で無駄なことはないぞ。元を言えば、ボクに火を点けたのは君なのだ」

「俺にそんな覚えはないな」

「マクファーレン牧場は、あまり裕福ではないにもかかわらず、君を大学まで進ませた。幼い頃の君は物覚えが早く、言葉も達者で、話せるようになるのが遅かったボクはいつも、親から君と比較されていた。都会の文化人になっていくのを、田舎者のボクは遠くから見ているしかできなかった」

ニックは笑った。

「少なくともお前に人を見る目がないのはよく分かった」

「君に負けたくない一心で、ボクは獣医師の資格を取り、牧場へ戻ってきた。あれだけ人より遅れていたボクが、ようやく理屈で手にした今の地位さえ、君は感性の赴くままに摑んでしまった。今でも、ボクにとって君が脅威なのは変わらない」

「ならば、その理屈の王たるお前が見出したお値打ちの産駒をご教授願おうか」

ハンスはため息をついた。

「どこまで行っても口の減らない男だ。掘り出し物ならば、イタリアのアンブロジウス産駒になるだろう」

イタリアのトーニ牧場で生産されたアンブロジウスは、イタリアのダービーにあたるデルビーイタリアーノを勝利した後、パリ大賞典に参戦して一〇戦一〇勝で引退していた。無敗という意味ではアクエンアテンにも引けを取らなかったものの、イタリア出身という点で過小評価され、初年度の種付け数は五〇とやや控えめなスタートだった。

「アンブロジウスはセヴァーン産駒なんだな。セヴァーンはグレンズフィールドの筆頭種牡馬だったんじゃないのか？」

種牡馬の動向を押さえているニックに驚きつつ、ハンスはシルクハットのずれを直した。

「アクエンアテンの活躍で、グレンズフィールドから追放され、一度アナトリアの戦地へ送られたそうだ」

ニックは眉をひそめた。

「二千ギニーを勝った馬を戦地に送るなんて何を考えてやがるんだ」

「それだけ、メイハウザーの逆鱗に触れたのだろう。幸いにもセヴァーンはめぐりめぐってイタリアで再度種牡馬入りし、アンブロジウスを生む数奇な運命をたどっている」

サラトガの競りにも、アンブロジウスの仔を宿した繁殖牝馬が数頭輸入されている。ニックはハンスから血統背景を学びつつ、買えそうな馬に目星をつけていくことにした。

二台目の馬車にはアリーが一人で座っていた。豪華な馬車を見て、道行く子どもが手を振っている。窓から、涼しい風が入ってきた。

「ついにアクエンアテン産駒とのご対面だな」

アクエンアテン産駒はすでにアメリカへ輸入され活躍馬も出ていたが、アリーと晩夏はまだ競馬場で見たことがなかった。晩夏にしてみれば、伝説の種牡馬の仔を目の当たりにできるとあって、興奮を抑えられずにいる。

「スモーキーの孫が見られるんだぜ。お前ももっと喜んだらどうだ」

アクエンアテンという言葉を耳にするたびに、アリーは体中から汗がにじんでくる。御者に聞かれていないことを確かめてから、小声で言った。

「世界はアクエンアテンがセヴァーンの仔だと誤解しています。いつか、本当の父がスモーキーだと知られた時のことを思うと、恐ろしくてたまりません」

「アリー、お前も一つ誤解している」

「誤解？」

「アクエンアテンがスモーキーの仔だという事実を知っているのは、今のところお前しかいない。これは、大きなアドバンテージだ」

「そうなのでしょうか」

「ああ。今はまだその恩恵にあずかれないが、アクエンアテンの孫やひ孫世代が出てきた時、この真実が大きな意味を持ってくる。スモーキーは今でも、お前を守ってくれているんだ。時が来たら、ニックに打ち明けるといい」

「ニックは信じてくれるでしょうか」

「ニックがお前を信じなかったことはあるか？　それにこの秘密は、お前が一人で抱えるにはあまりにも重い。ニックたちと分かち合ってちょうどいいくらいだと俺は思うぜ」

サラトガ競馬場が近づいてきて、馬車が列を作っている。

「秘密と言えば、僕は晩夏のこともみんなに知らせたいのです。僕らをずっと助けてくれている方がいると」

「それは嬉しいことだが、俺の声がみんなに聞こえない以上、余計な不安を抱かせることになるかもしれないな。俺はお前と話せてるだけで満足しているよ」

歯がゆさを覚えながら、アリーは続けた。

「晩夏はこれからどうなっていくのでしょうか」

「俺も神様に聞きてえもんだ。蹄鉄になったのは、別にいいんだ。腹も減らんし、そんなに眠くもならないから、楽と言えば楽だが、退屈と言えば退屈だ。今になってみれば食事ってのは、贅沢な時間だったんだと痛感するぜ。こんなに長い間みたらし団子を食べなかったことがないから、禁断症状が出てきそうだが、ケンタッキーじゃもち米が見つかんなかったしなあ」

ケンタッキーでもち米を扱う農家はなく、米を見つけても長粒種が主だったので餅のように丸くするのは難しかった。

「ずっと言ってますよね、そのなんとか団子が恋しいと」

「あのうまさをお前にも伝えたいからな。どこかでいい米を見つけたら、作り方をレクチャーしてやる。広いアメリカならどっかにあってもよさそうなもんだがな」

朝から始まっていたオークションでは、アクエンアテン産駒が相場より高値で取引されていた。会場にはケンタッキーの牧場関係者も多く訪れていて、あちこちから入札を告げる声が上がり、レースさながらの熱気に包まれている。

狙いの馬を競り落としていくハンスに比べ、ニックが手を出せる馬は限られていた。アクエンアテン産駒はおろか、アンブロジウスの仔を受胎した牝馬も破格値が付いており、太刀打ちすることはできない。飛び交う額の大きさと、懐の寂しさからむなしくなってきたニックは、一度オークション会場を離れた。会場の外でも、一歳馬の他に繁殖牝馬や種牡馬の取引が行われている。

「いくら何でも高すぎる！　どいつもこいつも景気がよろしいようで。うちも競りに出せる馬がもっといれば、客ではなく出品者として参加できたんだがなあ」

愚痴に疲れたニックは、アリーを連れて隣接するバーベキュー会場に向かった。競りを終えた馬主たちがステーキや窯焼きピザを頬張っている。席に着いたものの食欲はわかず、アリーとニックはホットドッグを注文するだけで、他の客たちを見ていた。

「失礼、こちらは空いているかな」

皿にいくつもステーキを重ねた男が現れた。背は低かったが、横幅はアリーを二人並べても足りないほどで、玉のようにまん丸のお腹が飛び出している。その迫力ある姿に、ニックは返事が遅れた。

「大丈夫ですよ、どうぞ」

礼をした男は椅子に腰掛けて、ステーキを切っていく。その所作に一切の無駄はなく、筋に引っかからずに肉を切り分ける様子は、気難しい指揮者のようであった。三回噛んで飲み込み、グレイビーソースをしたたらせる肉をまた口へ運んでいく。面白いように肉が減っていく様に、ニックは目を奪われていた。

「お主らは食べないのか」

丸々とした男は、肉から目を離さずに言った。

「値段に気圧されて食欲がどっか行っちゃいましたよ」

「それはよくないな」

今度は肉にマスタードソースをたっぷりかけた。

「食に貪欲でなければ、馬が喜ぶ飼葉も作れないだろう。ホースマンは、よきシェフでなければならない。若いお主らは何でも食べて、味覚を広げるのだ」

「はあ」

もりもりとステーキを飲み込んでいく男には、説得力があった。あっさり平らげると、席を立ち、今度はフライドチキンのブースへ移っていった。ニックはホットドッグをかじりながら、去っていく紳士の背中を見た。

「よく食う人だったな」

アリーは広場の隅にある大きなケヤキを見ていた。木の下で、一頭の馬のリードを持った少女が、突っ立っている。退屈と不満を売る露店の店番を頼まれたかのような少女は、競りの会場にいるとは思えないほどぶすっとしている。ドレス姿の淑女も目立つ中で、ポニーテールにシャツをインしたパンツと黒いブーツ姿は、はしゃぐことを拒んでいる。口をへの字にして、断固として声をかけさせまいとする振る舞いに、ニックは眉をひそめた。

「愛想も何もあったもんじゃないな。あれじゃ怖くて誰も近づかないだろうよ……って、おい、アリー！」

少女の馬に向かって、アリーは走り出していた。

「どうしたんだよ、アリー！」

人の目を引く尾花栗毛で、黄金の芸術とも呼ばれたその姿は、年季が入って色気が増していた。靴下をはいたような白い四つの足首、前髪から覗く丸い瞳、同じグレンズフィールドで育ちながら、スモーキーのライバルとして誰からも愛されていた馬。久しぶりに前に立ち、変わらぬその美しさにアリーは嫉妬を覚えるほどだった。

「……セヴァーン！」

セヴァーンという言葉を耳にして、少女は馬をかばうように立った。もう一歩近づいてきたら、ただではおかないと言わんばかりに。剣呑《けんのん》な空気を察し、アリーを追いかけてきたニックが間に立った。

「何言ってんだよ。セヴァーンがこんなところにいるわけないだろ」

アンブロジウスを生みだした後も、イタリアのトーニ牧場で種牡馬を続けていると言われていたので、アメリカにいるはずのない馬がアリーとニックを見下ろしていた。

「尾花栗毛の馬体に、金のたてがみ。白い靴下をはいたような足元に、他の馬よりも長い尻尾。以前より、たくましくなったように見えます。なぜ、あなたがここにいるのですか」

「……そうだ、ここにセヴァーンがいるわけがない」

低い声でつぶやいた晩夏に、アリーは小声で問いかけた。

「どういうことですか？」

晩夏は一呼吸置いて言った。

「俺の知るセヴァーンは、グレンズフィールドを追放され、イタリアへ流れ着いた直後に火災で命を落としている。アメリカへ渡ったなんて記録、俺は知らないぞ」

少女の疑り深い目が、アリーの胸騒ぎを強める。生きるはずだったセイルウォーター。死んでいるはずのセヴァーン。黄金の馬を前に、いくつもの疑念が渦巻いていた。

「僕は、厩務員のアリーと言います。こちらは、僕が働いているマクファーレン牧場の次期牧場長のニックです。あなたは何者なのですか？」

詰め寄るアリーを、ニックが遮った。

「待て待て。嬢ちゃんが怖がってるだろうが。

アリーは昔、セヴァーンがいたグレンズフィールドで働いていたんだよ。そこで見覚えがあったから、声をかけさせてもらったんだが……」

「グレンズフィールド！」

少女はセヴァーンへ飛び乗った。敵襲に気付いた斥候《せっこう》のように、手綱を引いて会場から駆け出していく。馬が暴れたと思い込んだ職員たちが慌てて止めようとするが、セヴァーンは障害馬のように柵を越えていった。

「おい、セヴァーンは平地の馬だろ！　なんだあの跳躍力は！」

逃げていくセヴァーンと少女を見ていたアリーは、なぜか笑っていた。

「全然年老いていませんね。今でも丹念に運動をしている証拠です」

「感心している場合じゃないだろ！　早く止めないと！」

会場のざわつきなどどこ吹く風といった様子で、二メートルはある燕尾服の男が両脇に女性を抱えてケヤキに近づいてきた。少し縮れた短い髪が額でカールしていて、はち切れんばかりの肉体は二十代の若さを謳歌している。壮健という言葉が女性を連れて歩いているようでもあ

った。

「さあ、見えてきただろ。あれが、私を窮地から救ってくれた名馬だ。そう、すべては今日この場所で諸君と出会うために、あいつが助けてくれたのさ……って、おお？」

大きな男はケヤキの下にアリーとニックしかおらず、きょとんとしていた。男の冗談で笑っていた二人の女性も、何かを探している。

「すまない。尾花栗毛の美しい馬を見なかったか？　不機嫌そうな少女が番をしていたはずなんだが」

大男に問われ、ニックはセヴァーンを追いかけていく職員たちを指さした。

「ここにいた馬なら、お嬢ちゃんを乗せて逃げていったぜ」

「何だと！」

両手で頭を抱えた大男を見て、両脇の女性は笑った。

「無事に捕まるといいわね」

二人の美女はウィンクをしながら大男を慰めて、オークション会場へ戻ってしまった。生ぬるい風がケヤキの葉を揺らす。ニックは大男の肩をぽんと叩いた。

「こういう時もあるってもんよ」

馬にも美女にも逃げられた大男に、ニックの言葉は染みた。ムスクの香りを漂わせた大男は、ニックとアリーをまとめて抱きしめた。

「諸君は、いいやつだな」

「娘に馬の番を任せてナンパとは感心しないがな」

ニックとアリーを解放して、大男は笑った。銅鑼《どら》でも鳴らしているような遠慮のない笑い声だった。

「あれは、娘ではない。戦地で保護した孤児だ」

「あんた、戦争帰りなのか？」

大男は一歩引いて胸に手を当てた。右手の甲に、ミミズ腫れの跡が残っている。

「希土《きと》戦争の際、アナトリアで幼いあの娘を見つけて、それ以来ずっと世話をしているんだ」

「それを普通、娘と言うんじゃないのか？」

「諸君も見たはずだ。あのじゃじゃ馬が、私を父親と呼ぶと思うか？」

ニックはその言い回しが気に入った。

「なかなかの跳ねっ返り娘だったからな」

大男とニックはどちらからともなく握手していた。

「俺はニック。ケンタッキーでマクファーレン牧場を経営している。と言ってもまだ見習いの身で、ここは高値の馬が多すぎて面食らっていたところだがな」

大男のカールした茶色い髪を、風が柔らかく揺らした。マクファーレン牧場という言葉を耳にして、大男は胸いっぱいに空気を吸い込んだ。強く握った拳を天に挙げ、目を閉じている。ボクシングの試合に勝利したような振る舞いに、ニックもアリーも言葉を失う。

白い歯を輝かせた大男はニックを見下ろした。

「我が名はバジーリオ。ニック、私は君に会いにここへやってきたようだ」

「どういうことだ？」

男の視線がアリーに映る。

「君が、アリーか？」

「そうですが」

「なんでアリーのことを知ってやがるんだ、こいつは」

晩夏の声色は鋭くなるが、大男の笑みには嫌味がなかった。意識して表情を作るわけではなく、身体の奥から自然と溢れてくる朗らかさ。大きな身体に自信がたっぷり詰まっていて、しっかりと折り合いが取れている。馬として生まれたら、短距離をよく走りそうな人だとアリーが考えていると、バジーリオはオークションを終えた馬たちが休む木の近くに誘ってきた。

三人で乾杯したジンジャーエールを、バジーリオは一気に飲み干して二杯目を頼んだ。

「グレンズフィールドで、アイヴォン伯爵の庶子として生まれた少年は、ブリーズイングラスと共にアメリカへ渡った。イギリスダービー馬スモーキーが焼け死んだ次の日に」

「どうしてそれを」

ニックは自分の椅子をアリーに近づけた。バジーリオは構わずに話を続ける。

「少年はブリーズの騎士として、使命を果たしている。セヴァーンをアメリカへ連れていくのであれば、マクファーレン牧場がふさわしい。私にそう助言したのが、サブリナだ」

「サブリナ様をご存じなのですか？」

アリーは席から立ち上がった。大人たちの会話に聞き飽きた子どもが、よちよちと歩いてきた。バジーリオの肩に乗せられて笑っている。

「なぜあなたがセヴァーンを連れているのですか？」

バジーリオは二杯目のジンジャーエールを見た。薄い黄金色の海で、泡がいくつも浮かんでは消えていく。

「私もまた君と同じように、名馬の騎士となったからだ」

漁師の末っ子「ヴァリオス」の名で生まれたバジーリオは、ギリシャ軍に召集され第一次世界大戦後に勃発したオスマン帝国との戦争に参加していた。バジーリオの父は、ことあるごとに息子へ船の大切さを伝えていた。命を預ける船だからこそ、恋人を探すように身も心も委ねていいと思えるものと出会え。バジーリオが向かったのは海ではなく、戦地だったものの、それは軍馬を選ぶ際の指標となった。

ギリシャ軍の侵攻拠点であるスミルナの街に上陸したバジーリオは、イギリスの武器商人が集まる市場で一頭の馬と出会った。美しい尾花栗毛に、堂々とした立ち振る舞い。そして、美貌の奥に陰がある。その陰影が、バジーリオを引きつけた。バジーリオが一目惚れした馬こそ、セヴァーンだった。

「まさか本当に戦地に送られているとは」

ハンスの話を思い出して、ニックは身震いした。

「グレンズフィールド時代、セヴァーンはアクエンアテンしか活躍馬を出せなかった。堪忍袋の緒が切れたメイハウザーは、ただ処分するだけではなく、戦地へ送る手段を選んだ。商人も驚いていたよ。二千ギニー馬を戦地に売るとは思わなかったと」

戦地でも、セヴァーンは売れ残っていた。目立つ色の馬は敵に視認されやすくなるので、軍馬として忌避される。尾花栗毛のセヴァーンは、パレードや式典には向いていても、戦場では的にしかならなかった。

上官に馬の調達を任されていたバジーリオは、セヴァーンを買って帰り激怒された。的になるような馬をなんで買ってくるのかと。返品しようにも、すでに商人の姿はなく、誰も乗りたがらなかった。捨てていくわけにもいかず、下っ端ながらバジーリオがセヴァーンに騎乗することとなった。

「さては、そうなることを分かってて買ったな？」

ニックに探りを入れられ、バジーリオの笑い声が重なる。

「あの場で買わなければ二度と出会えないと思ったからな」

「セヴァーンが名のある競走馬ということは知っていたのか？」

バジーリオの肩に乗っていた子どもの母親らしき女性が、謝りながら近づいてきた。子どもは、高い景色が気に入ったようで、引き剝がされそうになってもなかなか離れようとしない。バジーリオは子どもの耳を丁寧に撫でて、母親に返した。

「競馬のけの字も知らなかった。商人は私が買い取る時に血統書を渡して、どれだけすごい馬かを説明してくれたんだがな。私はただ、生命力のある馬だと感じただけだった」

イギリスの支援を受け、当初は優勢に見えたギリシャ軍だったが、途中で国内での政変もあり、作戦は思うように進まず一進一退の攻防が続いていた。

目立つセヴァーンに乗ったバジーリオは、部隊で煙たがられていた。ゲリラの標的になることも多く、災いを呼ぶ金の馬として何度も部隊を異動させられたが、彼らが銃弾を浴びることは一度もなかった。セヴァーンの無傷ぶりが知られるようになると今度は、陽動作戦の的として、ゲリラをおびき出して逃げ回る戦法が立案された。バジーリオは的になることをいとわず、敵陣を攪乱《かくらん》し続け、敵のゲリラ部隊では金の馬を見かけても深追いしてはいけないという命令が飛び交うようになった。

「とんでもない話だ。そこでもし撃たれていたら、アンブロジウスが生まれてこなかったと考えるとぞっとするぜ」

ニックは額に手を当ててジンジャーエールを飲み干したが、バジーリオは笑っていた。

「セヴァーンは、己の命を試していた」

「試すだと？」

「二千ギニーの勝利を最後に、セヴァーンは負け続けている。スモーキーに敗れ、息子であるアクエンアテンにも敗れ、不要の烙印を押された。戦地を果敢に進もうとするのは、死に場所を求めているように見えた」

今でもバジーリオの耳には、かすめていった弾丸の乾いた音が残っている。

「尾花栗毛の馬体が目立つからといって、いい標的になるわけではない。ゲリラ兵たちは、セヴァーンを見てすくんでいた。あれほど高貴な馬を撃ち殺していいのかと思わせるのが、強さだった。人からの畏怖の念を、彼も感じたのだろう。生き延びるにつれて、セヴァーンは自信を取り戻していった」

雌雄を決するべく、アンカラの近くにまで戦線を伸ばすことに成功したギリシャ軍だったが、一〇〇キロ近い塹壕《ざんごう》を作り上げ、消耗戦に持ち込んだアンカラ政府に太刀打ちできなかった。ゲリラに補給路を断たれ、サカリヤの戦いで猛反撃を受けた結果、撤退を余儀なくされた。

逃げるギリシャ軍の追討が行われ、バジーリオが所属していた部隊も崩壊した。金の馬だけは逃がすなと命を受け、ゲリラに猛追されてもセヴァーンの尻尾を掴むことはできなかった。

帰還の途中、セヴァーンは焼かれた村の前で動かなくなった。ゲリラの拠点になっているかもしれないので、早く立ち去りたかったが、セヴァーンはお構いなしに村の奥へ入っていった。半分だけ屋根が剝がれた家の寝室で、ベッドと戸棚の間に一人の少女が挟まっていた。

「それが、先ほどの女性だったのですか」

アリーの脳裏に、少女の疑り深い目が蘇る。

「私が連れ出そうとしても、おびえて動けなかった。窓からセヴァーンが顔を出すと、少女は飛びついていった。私には、セヴァーンがずっとあの子を探しているようにも見えたよ」

少女は名前を言わず、干し肉にも口を付けず、バジーリオを近づかせなかった。その代わり、眠る時も用を足す時も水を飲む時も、少女はセヴァーンを連れて回った。

「あの子がどのような形で家族を失ったのかは分からない。心を傷つけられ、人間を信じられなくなっていた状況で、私は無力だった。心を通わすことで、傷は癒えていくとあの子に教えたのはセヴァーンだ。夜中に発作が起きて涙が止まらない時も、食事を吐き出してしまう時も、必ず金の馬が彼女を支えた。私は人間社会のルールを教えはしたが、人として再生させたのはあの馬の功績だ。あの子にとっての父親は私ではなく、セヴァーンなのだよ」

逃げ帰ったスミルナの街は大混乱だった。明日にでもアンカラ政府がスミルナの街を奪還しに来るという時に、無傷で帰還したセヴァーンはギリシャ人にとって救世主のように映った。少女を助けて生き延びた金の馬がいるという噂はすぐに広がり、一人の武器商人が駆けつけてきた。

「セヴァーンを売った張本人だった。その馬はまだ隠居する時期ではない。もう一度、種牡馬として売り出してみてはどうかという提案に、私も同意した。今のセヴァーンがどんな仔を出すのか、見てみたかったからな」

スミルナを離れる船の上で、少女は夕日を浴びるミコノス島を見ていた。保護した時より、少しずつ人間らしい振る舞いが戻ってきていた。

「彼女にとって、過去は意味を成さない。あの子はミコノス島が見えるエーゲ海で、生まれ直したのだ。我々には、新しい名前が必要だった。私はバジーリオに名を改め、島を見ているあの子をミコノスと呼んだら、彼女は黙ってうなずいた」

戦乱が続くギリシャを離れ、セヴァーンは一路イタリアを目指した。アテネから船でヴェネツィアに向かい、水の都から馬運車でたどり着いたのがミラノの郊外にあるトーニ牧場だった。

牧場長のトーニは、イライザが指揮していた頃のグレンズフィールドで働いていたことがあり、故郷に戻って牧場を興した。セヴァーンが追放されると知った時、受け入れを打診したものの、メイハウザーに拒否されていた。

憂き目を経てもなお、尾花栗毛の悠然とした馬体でアルプスの風が吹く牧場に降り立ったセヴァーンの姿は、トーニにキリストの再臨を思わせた。

「トーニ牧場は、根無し草の私たちを厩務員に育てる学校だった。私としてはバローロやバルバレスコのワインが最高で、快活な女性たちに心安らいでいたが、ミコノスは真剣に馬産を学び、その教師となったのがセヴァーンの仔・アンブロジウスだった」

小さなトーニ牧場へはじめてイタリアの重賞をプレゼントした母を持つ牝馬のバイトゥルヒクマは、毎年のように勝ち上がる馬を出していたが、その年だけは受胎しなかった。慌ただしく牧場へやってきたセヴァーンを種付けさせたところ、一撃で仔を宿し、生まれてきたのがアンブロジウスだった。

「まるでセヴァーンを待っていたかのような巡り合わせだ」

感心するニックに、バジーリオは深くうなずいた。

「誰に似たんだか知らないが、アンブロジウスはやんちゃな馬で、当歳の頃から牡牝関係なく交尾をしたがったんだ。セヴァーンの血を引く馬だから、どんな高貴な仔が生まれるのかと楽しみにしていたミコノスの期待をぶち壊す暴れん坊だったのさ」

ニックはジンジャーエールを噴き出した。

「間違いなくあんたに似たんだよ」

バジーリオも笑った。

「仔馬の頃から付きっきりで面倒を見ると、人も成長する。アンブロジウスは蹄が弱く、蹄鉄を工夫する必要があったが、ミコノスは装蹄師《そうていし》からやり方を学び、一人で装蹄できるようにもなった。馬を育てることが、ミコノスに季節を教え、言葉を教え、心を通わせる大切さを学ばせた」

競走馬としてデビューしたアンブロジウスは、無敗のままイタリアのダービーであるデルビーイタリアーノを勝ってトーニ牧場に初のダービーをプレゼントした。その勢いのまま欧州王者決定戦のパリ大賞典でも多くのアクエンアテン産駒を破って快勝し、種牡馬セヴァーンの復活を印象づけた。

ニックはぱちんと自分の手を叩いた。

「伝説だ。その当事者であるあんたと話ができて、光栄に思うよ。一つ解《げ》せないのは、なぜセヴァーンがアメリカにいるんだ？　イタリアで種牡馬を続けているものだと思っていたんだが」

バジーリオは人好きのする男で、飲み屋で出会っていたら朝まで飲みたくなるからっとした性格だった。笑みを絶やすことはなく、相手の話をしっかり飲み込んでくれる懐の広さが、相手を引きつける。人懐っこいバジーリオの目が一瞬だけ鋭くなった時、ニックはこの男がただ豪快なやさしさだけで生き延びてきたわけではないことを察した。

「予言者サブリナに言われたのさ。今すぐイタリアを離れろ。さもなければ、セヴァーンが死ぬことになると」

　トーニ牧場の近くに、大きな屋敷があった。イギリスの鉄道王レッドコーン伯爵が用意した邸宅で、息子のウェルター卿はイタリアの鉄道開発に奔走していたが、妻であるサブリナは家に閉じ込められていた。グレンズフィールドで馬を育て、レースに出走させていた彼女からすれば、貴族とのお茶会や宝石商とのおしゃべりなど退屈そのものだった。

　近くを散歩するようになったサブリナは、トーニ牧場でアンブロジウスを育てているミコノスと出会った。

「ミコノスには、読み書きや礼儀作法、計算といった教養が必要だった。私やトーニではその責を負えず、家庭教師を務めてくれたのがサブリナだったのだ」

　ウェルター卿への誓いを守るべく、しばらくの間サブリナは家庭教師に専念し、馬産には関与しなかった。ミコノスからアンブロジウスの相談を受けるにつれて、馬への興味を押し殺すことができず、トーニからも協力を求められると、徐々に牧場の整備や血統について質問に応じるようになった。

　淡々と話すバジーリオの表情に固さがあるのを、ニックは見逃さなかった。

「元グレンズフィールドのボスが相談に乗ってくれているというのに、あんたはあまり嬉しそうではないな」

　バジーリオは飲み終えたグラスを遠ざけた。

「グレンズ家は支配の一族だ。目的のためなら、手段を選ばない。それは決してメイハウザーだけの話ではない。君の前で言うことではないかもしれないが」

バジーリオはアリーを見て目を閉じた。

「サブリナの原動力は男性への憎悪にある。メイハウザーは、姉がイタリアへ嫁に行き、野心が衰えたと思っているかもしれないが、それは逆だ。数年の蟄居《ちつきょ》と馬産から遠ざかったことで、トーニ牧場の相談役になると生き生きと動き出した」

「それはいいことなんじゃないのか?」

空になったバジーリオのグラスに、ジンジャーエールが注がれていく。

「憎しみを火力とした情熱を、ミコノスに学んで欲しくなかった。結局、憎悪というのは己を慰めるための感情に過ぎない。無償の愛は、自らを満たすことを目的としていないからこそ、輝きがある。セヴァーンは、利己など考えず、ミコノスを救った。サブリナの行動には、必ず自分の利害が関与している。どちらを師とするか、私はミコノスによく考えて欲しかった」

アンブロジウスの躍進は、サブリナの協力に支えられてもいた。家を空けることが多かったウェルター卿に遠慮することをやめたサブリナは、トーニ牧場へ投資を行い、牝馬選びのためイタリアの牧場を周遊するようになった。

パリ大賞典を勝ったことで、潮目が変わった。アンブロジウスが種牡馬入りして、トーニ牧場の展望が広がった矢先に、サブリナはバジーリオにセヴァーンを売りに出せと忠告したのであった。

「メイハウザーがセヴァーンを殺しに来る。そう告げたサブリナの目は本気だった」

「そんなバカな。狙われるなら、アンブロジウスの方なんじゃないのか？」

ニックの顔は引きつっている。林から馬のいななきが聞こえてきた。

「メイハウザーは屈辱の過去を抹消しようとしているのだろう。スモーキーを殺し、顔に泥を塗ったセヴァーンも消そうとしている。サブリナにもグレンズ家の血が流れているからこそ、説得力があった」

アリーは蹄鉄を握った。

「サブリナの薫陶《くんとう》を受けたミコノスは、すっかりグレンズ家を憎むようになっていた。メイハウザーが攻めてくるのなら、徹底してセヴァーンを守り抜く。好きにはさせないと決意した日の夜、牧場でボヤが起きた」

「**ここだ**」

黙って話を聞き続けてきた晩夏が、口を開いた。

「**俺の世界では、この火災でセヴァーンは死んだ。そもそも、俺はバジーリオという男を聞いたことがない。この男は、悲運を蹴っ飛ばして、俺たちの前にやってきたというのか？**」

バジーリオは、アリーがまだ手を付けていないシャンパングラスを見た。

「トーニ牧場で防衛戦を繰り広げるのは、良策じゃない。私たちの引き際だった。セヴァーンが種牡馬を続けつつ、メイハウザーの毒牙《どくが》から逃れられる場所はどこか。サブリナはアリーという少年がいる、アメリカのマクファーレン牧場へ向かうよう提案してきた。サラトガの競りに行けば、必ず姿を現すはずだと」

「**まんまとサブリナに行動を読まれていたわけだな**」

アリーはシャンパングラスを手に取った。グラスの中で、金色の液体が波打っている。

「サブリナは、ブリーズイングラスの動向を気にしていた。セイルウォーターがレース中に亡くなったことも当然知っている。彼女はいつかブリーズイングラスの牝系を買い戻すために、君をアメリカへ送ったのだ。あのサブリナがアメリカへ送り込んだのだから、どんな人物なのか。私なりに警戒をしていたつもりだが……」

アリーの隣で、ニックが唇をきっと結んでいる。若い二人のホースマンを見て、バジーリオは豪快に笑った。

「とんだ杞憂《きゆう》だったな。安心してくれ、私は君たちを疑ってはいないよ。あのサブリナが意識する人物なのだから、むしろまともである証拠だ」

「サブリナ様が僕を意識？」

その言葉はサブリナが持つ感情として、不適切のようにアリーには思えた。バジーリオは自信満々にうなずく。

「サブリナにとって、メイハウザーは侮蔑《ぶべつ》の対象だ。夏のアブのようにうっとうしくも無視できない。その程度の存在だが、君は違う。サブリナは、君をグレンズ家のライバルとして意識している。ブリーズイングラスやスモーキー、セイルウォーター。名馬の影には、必ず君の姿がある。庶子でありながら、一族で最も結果を出しているとも言える君を、負けず嫌いのサブリナが意識しないはずがない」

ニックはアリーの背中をぽんと叩いた。

「そりゃそうだろ！　どんだけアリーが苦汁《くじゅう》をなめながら頑張ってきたと思ってんだ！　見てろよ、サブリナめ。いつか必ずうちの馬でぶっ倒してやる」

「よく言った、ニック！　誇り高きどら息子よ！」

なぜか晩夏まで喜んでいた。

「人を集める力が、サブリナには欠けている。君がいいチームを作れる人間だというのは、よく分かったよ」

バジーリオは透かしたグラス越しにアリーを見て言った。

会場の外から、セヴァーンのリードを握ったミコノスが戻ってきた。左右を職員に囲まれて、ぶすっとした顔に磨きがかかっている。

「戻ったか、ミコノス」

ミコノスはまだアリーたちがいることに気付き、セヴァーンに身体を寄せる。

「その人たちはメイハウザーの刺客かもしれない」

バジーリオは空になったグラスを給仕に渡した。

「これから彼らにセヴァーンの預託《よたく》を頼もうと思っていたのだ」

「グレンズ家の男がいる牧場に預けようっていうの？」

ミコノスの前に立ったのはニックだった。

「アリーは、メイハウザーやサブリナとは何の関係もない。マクファーレン牧場の大事な仲間だ」

「俺の言いたいことは、ことごとくこいつが代弁してくれるな」

「言葉でならどうとでも言えるわ」

ミコノスのポニーテールが風で揺れる。前肢で地面をかいているセヴァーンの顔を、バジーリオは撫でた。

「ニック。私たちを、マクファーレン牧場で預かってくれないだろうか。セヴァーンはまだまだ、生気に満ち満ちている。私はトーニ牧場仕込みのアドバイスができるだろうし、ミコノスは優秀な厩務員だ。決して、君たちの邪魔にはならない」

白い歯を見せてバジーリオが笑った時、セヴァーンは首を上下に動かした。まるでセヴァーンからも挨拶されているようだった。

サラトガ・スプリングズの駅では、夕日を浴びながら競り落とされた馬たちが馬用のコンテナへ次々と乗せられていく。大半はケンタッキーへ向かう馬であり、その中にセヴァーンの姿もあった。線路脇の雑草が風に揺れ、土煙が舞う。ミコノスに連れられてコンテナに入るセヴァーンを、ニックは目で追っていた。アリーは満足した様子のニックに、問いかけた。

「なぜ、受け入れることにしたのですか」

バジーリオから打診を受けて、ニックは迷わず承諾していた。

「セヴァーンには実績がある。アクエンアテンの父であり、アンブロジウスも生みだした。今年で一四歳になるが、まだまだ活発だ」

アクエンアテンの父という言葉を耳にして、アリーは目に入った砂煙を手でこすった。

「もし、セヴァーンがイギリスダービーを勝っていたら、サブリナはブリーズの相手にセヴァーンを選んでいたと思うんだ。グレンズフィールドでできなかった配合を、マクファーレン牧場で行うというのは痛快だ。しばらく受胎していないブリーズも、たくましくなったセヴァーンとなら、いい仔を宿してくれるかもしれない」

「ニックも配合について詳しくなってきたな。いい兆候だ」

先に客車に入っていたバジーリオが、窓からニックを呼んでいる。アリーはコンテナへ向かったセヴァーンを見に行った。狭いコンテナの脇で、ミコノスが座り込んでいる。車掌が客車へ入るよう伝えても、ミコノスはそこをどかなかった。

アリーがセヴァーンの鼻を撫でようとすると、ミコノスが怒鳴った。

「触らないで！」

ミコノスの声で、セヴァーンの耳が後ろを向く。

「どの面下《つら》げて、セヴァーンの前に現れたの？　聞いたわ、あなたがスモーキーの厩務員だったって。セヴァーンがグレンズフィールドを追い出されたのは、あなたのせいよ！　セヴァーンがダービーで勝っていれば、こんな辛い目には遭わなかったはずなのに！」

「何言ってやがる、この女！　アリーはスモーキーを殺されたんだぞ？　事情も知らねえくせに好き勝手言いやがって！」

アリーは叫ぶ蹄鉄にそっと触れた。

「セヴァーンがグレンズフィールドを追い出されたのは、種牡馬としての結果が振るわなかったから。ダービーで敗れたのは、スモーキーの方が強かったからです」

ミコノスは立ち上がってアリーの頬を叩いた。パチンという音に驚いて、セヴァーンの耳がぴくりと動く。晩夏はまたしても叫ぶが、アリーは続けた。

「もしもスモーキーの相手がセヴァーンでなければ、ダービーを勝つことはできなかったでしょう」

「セヴァーンが弱かったって言いたいの？」

またしてもミコノスは手を上げるが、アリーは首を横に振った。

「セヴァーンというライバルがいたからこそ、スモーキーは全力でダービーを戦うことができたのです。僕は、セヴァーンが恵まれた馬だと思っていましたが、バジーリオさんから、その後の事情を聞きました。あなたと助け合って生きてきたことも。こうして再会できるのは、あなたが彼の支えになってくれたからだと伺っています。彼を助けてくれて、ありがとうございます」

アリーは頭を下げた。晩夏は言葉を飲み込み、ミコノスは上げた拳を下げていく。

「ケンタッキーまでは長旅になります。もしもお腹が空いたり、お手洗いに行きたくなったりしたら僕が代わりに番をします。何でもおっしゃってください」

「余計なお世話よ」

アリーがコンテナから下りると、車掌が笛を鳴らしていた。客車からニックが手招いている。

「**悪い、アリー。みっともないところを見せた**」

「ありがとうございます。あなたが怒ってくれたから、冷静になれました」

「**あのバジーリオという男は信用できるんだろうか。セヴァーンが生きていたことは喜ばしいが、トーニ牧場がメイハウザーに燃やされかけたとなれば、マクファーレン牧場に余計な火種を持ち込むことになるかもしれんぞ**」

「僕は彼を信じますよ」

珍しくアリーの歯切れがよかったので、晩夏は問いかけた。

「**根拠を聞かせてもらおうか**」

「今のセヴァーンは、スモーキーと対戦した時の傲岸不遜《ごうがんふそん》な雰囲気がなく、落ち着きがあって、別の馬を見ているようです。戦地を駆け巡った経験が、命を強くしたのでしょう。きっとバジーリオさんのまぶしさで、腐りかけていたセヴァーンの芽が息を吹き返したのです。僕らにはセヴァーンだけでなく、バジーリオさんの力も必要だと思います」

「**うちにももう一度、芽吹いてもらわなきゃならないやつがいるからな**」

アリーはうなずいた。

「セヴァーンの新しい家を整えましょう」

汽笛が鳴り、出発が近づいていた。アリーが乗り込むと、たくさんの馬を乗せた汽車がサラトガ・スプリングズの駅を離れていく。立ち上る汽車の煙は、風に流されて空へ上っていった。

九　手作り

マクファーレン牧場の北側には、一本の白樺の木が立っている。その近くに、小屋があった。元は黒人用の宿舎だったところが、今は馬具置き場になっていて、古いベッドや食器棚が残されている。

真夜中に目を覚ましたルビーは、その湿ったベッドから起き上がり、樫の杖を突いて、小屋を出て行った。小屋から丘までは歩いて一〇分ほどだったが、両足で歩けた頃に比べて倍以上の時間がかかる。息もすぐ切れるので、途中で丸太に腰を下ろして休憩するのが日課だった。

夜空は美しく、数え切れないほどの星の光が牧草地に降り注いでいる。ルビーは、右足に手を置いた。動けという命令に、何年も応えてはくれない。

騎手の夢は一年もしないうちに消え去り、キスリングはこの世を去って、セイルウォーターは丘の墓で眠っている。

当初は騎手として復帰すべくリハビリに励んでいたルビーは、自責の念にさいなまれるよう

になっていた。マクファーレン牧場の不振も、セイルウォーターの死も、キスリングの死さえも、一人で背負い込み、めまいや震えの症状に襲われた。牧場の手伝いも難しくなり、家族やアリーたちと顔を合わせられなくなると、白樺の小屋で隠遁《いんとん》し、日中は外へ出なくなった。

時間をかけて丘の麓まで向かうものの、墓の前まで向かうことはない。セイルウォーターに合わせる顔などなく、今のルビーは誰かの支えなしで丘を上ることもできない。今日も肩で息をしながら丘を見上げ、白樺の小屋へ帰ろうとした。

ずっと空いていた放牧地に、一頭の馬が歩いていた。月の光を浴びて、金色のたてがみを輝かせたその馬は、ルビーを見つけて近づいてくる。小屋にこもるようになってから、ルビーは馬に近づかなかった。馬に会ってはならないと自らを律するルビーが近寄ってしまうほど、金色の馬は月の光をまばゆく反射させていた。

「あんたはいったい……」

ルビーが馬の鼻に触れようとすると、放牧地の奥から口笛が鳴った。馬は耳をピクリと後ろに動かす。

「誰？」

リードを持ったミコノスが、駆け足で近づいてきた。人がやってくるとは思わず、ルビーは手で顔を隠そうとする。

「もしかして、あなた、ルビー？」

ミコノスは柵に近づいてルビーを見た。七年かけて伸ばしたルビーの髪が、重そうに揺れる。

去ろうとするルビーを、ミコノスは止めた。

「待って。わたしはミコノス。この子はセヴァーン。イタリアからやってきたの」

久々に競走馬の名前を聞いても、ルビーの記憶はしっかりと生きていた。ルビーは、ミコノスへ聞き返す。

「セヴァーンって、あのメイハウザーの馬かい？　どうしてうちの牧場に」

久しぶりに声を出したので、舌が上手に回らなかった。

「この子は、種牡馬としてグレンズフィールドから追放され、戦地へ送られた。わたしはその戦地で死にかけていたところを、セヴァーンに助けてもらったの。今はメイハウザーに追われて、ここでかくまってもらっている」

ルビーの痩せた身体は、断食をする僧のようだった。痩せたルビーに、ミコノスは問いかける。

「アリーたちから聞いた。あなたは、とても素晴らしい騎手だったと。今は、馬に関わっていないの？」

黒人の女性騎手がいる。マクファーレン牧場へやってくるまでの間、その噂を聞きつけたミコノスは期待を膨らませていた。トーニ牧場で数年間、競馬界に身を置いたミコノスは女性の少なさと、働きにくさを痛感していた。サブリナが女性の雇用に力を入れ、男性中心の経営を改めようとしていたことに影響を受けていたミコノスは、ルビーの存在を知ってアメリカの先進性に興味を持っていた。

怪我で引退し、今は隠居していると聞いていたものの、一度も姿を見たことがなかったので、ミコノスにしては珍しくもっと話をしたかった。

「もしもその馬が本当にセヴァーンなら、あたしから遠ざけた方がいい。呪いがかかるかもしれないからね」

離れようとするルビーに、セヴァーンは柵に沿って近づいてくる。ミコノスもその後を追いかける。

「黒人の女性騎手がダービーに出るなんて、欧州では考えられない。アリーの変わった騎乗フォームも、あなたから教わったものだと聞いている。馬に負担をかけず、空気抵抗を避けられる乗り方に、わたしは驚かされた」

「乗っている馬を殺してしまったら、何の意味もない乗り方さ」

話を打ち切ろうとするルビーに、ミコノスは抵抗していく。

「もっとあなたの話を聞きたい」

セヴァーンに負けないミコノスの無垢な瞳に、ルビーは気圧されていた。

「おやすみ、ミコノス」

ルビーは杖を突いて、白樺の小屋へ戻っていった。

次の日の夜、ミコノスはセヴァーンの夜の散歩に付き合いながら、ルビーを探した。明け方まで粘っても姿を現すことはなく、白樺が揺れているだけだった。

「この前、ルビーに会ったの」

ミコノスがそう告げた時、ダイスは朝食用に焼いたいびつなパンを運んでいた。ルビーが引きこもるようになってから、ダイスはパン作りの任を引き受けたが味の評判は芳しくない。

「何か言っていたか」

ダイスは豚のペーストが入った瓶をミコノスに差し出した。

「呪いがかかるからと、わたしとセヴァーンを遠ざけた」

夜明け前のテーブルで、ランプの火がまっすぐ伸びている。バジーリオはコーンや野菜の切れ端で作ったスープに、パンを浸した。

「追い詰められているな。ルビーは調教助手としても優秀だったそうじゃないか。諸君も手は打ったのだろう？」

ダイスはバターをたっぷり塗ってパンを咀嚼《そしやく》していくが、顔をしかめていた。

「当たり前だ。おれたちが、大丈夫だと言えば言うほど、ルビーは自分を責めていく。おれたちにできるのは、馬を作り続けることだ。いつ、あいつが戻ってきてもいいように」

ダイスにとって、ルビーはブラッド家の誇りだった。物怖じせず、野次られても騎手の道を選んだことを尊敬し、今でもその道が間違いだったとはみじんも思っていない。

「待つだけってこと？」

ミコノスに言われ、ダイスはホットミルクを乱暴に飲み干した。

「医者を呼んだり、旅行へ連れ出したり、やれることはやったんだ。ニックとアリーが競りに行ったのだって、この状況を変えようと本気で思っているからだ。おれたちも、おれたちなりに考えてる」

「このままじゃ何も変わらない。ルビーはもう充分待ったと思う」

「分かってる、そんなことは」

ダイスは帽子をかぶって、厩舎へ向かった。急ぐ職員をよそに、バジーリオはスープのおかわりを取りに行った。

「ここ数年、マクファーレン牧場の調子が悪いのもよく分かるな」

「わたしは、もっとルビーを知りたい」

食事を済ませたミコノスは、食器を片付けた。

「君が他人に興味を持つなんて珍しいな」

「ここは女性の話し相手があまりにも少ないんだもの。ベティは忙しくてわたしの相手なんてしていられないし」

「サブリナのような機知に富んだ人間はいないというわけか」

ミコノスは、バジーリオがサブリナを冷笑するのが好きではなかった。

「あんな辛そうな人、放ってはおけない」

馬房の掃除を終え、セヴァーンを放牧した後、ミコノスは繁殖牝馬の厩舎へ向かった。セヴァーンを種付けした後、ブリーズに排卵が来るかどうかを毎日気にかけていた。

その時、事務所から歩いてくる男の姿があった。サングラスをして、シルクハットをかぶった男には品があったが、ゴムボールのような丸い体型をしていた。

「失礼、この近くにある蒸溜所の場所を聞きたいのだが」

男は地図を見せてきた。

「わたし、最近ここに来たばかりだから分からない」

ちょうど厩舎から出てきたところだったので、ミコノスはアリーを呼んだ。地図を広げる男を見て、アリーは声を上げげた。まん丸とした身体を見て、サラトガで肉をぺろりと食べた男だとすぐに気が付いた。

「あなたはサラトガの競りでお目にかかった方ではありませんか？」

ゴムボールの男は首をかしげた。

「確かにサラトガにはいたが、各地を旅しているのでお主に覚えがないな。お主は、キスリング蒸溜所を知っているか？」

「もちろんです」

「我輩はミスター・キスリングのウィスキーに世話になったのだ。禁酒法で酒を造れなくなったが、せめて工場だけでも見ておきたくてな」

アリーは汚れた手袋をポケットに突っ込んだ。

「工場は一時期パンを作っていたのですが、閉鎖になりました。今は更地になって、何も残されてはいません」

「レンガの一つもないと？」

「はい」

男は深く肩を落とした。

「忌まわしい法だ。ろくに食事が取れない身からすれば、酒というのは空腹を忘れさせる英知の結晶だというのに。お主もケンタッキーの人間ならば、ミスター・キスリングのデッドストックがどこかで眠っている話を聞いたことはないか？　あれほど流通していた酒なのだ。こっそりと今も提供するバーが一つや二つ、必ずあるはずだ」

「ケンタッキーのバーは、保安官の前で、樽が空になるまで酒を捨てさせられたと聞きました。かなりの店が廃業になりましたから、今見つけるのは厳しいかもしれません」

「なんてことだ！」

ゴムボールの男は仲良しの友達との別れがさみしくて泣く少年のように、顔を真っ赤にして涙を浮かべた。その屈託のない涙にアリーは虚を突かれたが、ミコノスに腕を引っ張られた。

「この人、変よ。ニックを連れてくる？」

ブリーズの確認をしていたジョナサンが、事務所へ戻ろうとしていた。ミコノスに変な人がいると言われ、すっ飛んできたジョナサンは男に見覚えがあった。

「もしや、グラント・フェアバンクス先生ではありませんか？」

泣きわめいていた男の身体がピタッと止まった。下から覗き込むように見たジョナサンは、男の手を取った。

「間違いない！　ずいぶんご立派な体格になられたが、その絹糸のように美しい金髪に、サファイアのような青い瞳！　あなたはグラットン先生だ！」

野球選手からサインをもらったファンのように喜ぶジョナサンに比べ、グラットンと呼ばれた男は目をそらしていた。

「……人違いではなかろうか」

「何をおっしゃる！　わしの目はごまかせませんぞ！」

「お知り合いなのですか？」

アリーに問われ、ジョナサンはため息をつく。

「グラットン先生は雲上人だ。かつてのわしたちでは、畏れ多くも声などかけられない大スタージョッキーだったのだ」

「嘘でしょ、騎手だったの？」

ミコノスが大声を出したので、ジョナサンは笑いながら取り繕った。

「カナダ競馬所属でありながら、ケンタッキーダービーを勝った超一流騎手なのだぞ、よく覚えておけ。こうしちゃおれん！　ニックを呼んでこい！　グラットン先生をもてなす準備をしろ！」

観念したグラットンは、息巻くジョナサンに連れられて事務所へ向かった。

グラットンは現役時代、カナダだけでなく、ニューヨークやケンタッキーの競馬場にも転戦する騎手として名を馳せた。三〇歳で突然引退してからは、アメリカの牧場で調教師を務めていたが、馬主や牧場と対立して廃業し、競馬界から姿を消していた。

「どうしてそのことをわしに話さなかったのだ！」

サラトガでの競りでグラットンと会っていたニックとアリーは、ジョナサンに怒られた。

「まさか元調教師だなんて分かるかよ？」

ニックはアリーに耳打ちした。

グラットンの活躍を知っていたからこそ、専属調教師になってもらえばマクファーレン牧場の立て直しに繋がる。バスティアーニ引退後、マクファーレン牧場は馬を売るだけで、担当する調教師は懇意にするよその牧場ばかりに熱心だったので、牧場と一体になってくれる調教師をジョナサンは欲していた。

「お断りする」

グラットンは、砂糖をたっぷり入れたミルクコーヒーを飲んで、オファーに返答した。ニックも食い下がる。

「今、俺たちの馬をまともに育てようとしてくれる調教師がいないんです。買うだけ買って、たまにしか調教にやってこないし、レースにも使わない。俺たちは結果を出したいのに、本気で向き合ってくれないんです。先生のような大舞台を経験している方なら、どんなことでも俺たちの糧《かて》になるはずです」

「我輩を元調教師と見抜けなかったようだがな」

痛いところを突かれ、ジョナサンが助け船を出した。

「この若輩者《じゃくはいもの》たちにどうか、先生の相馬眼《そうまがん》をお伝え願えませんでしょうか。熱意だけは、どこにも負けないやつらなのです」

グラットンはコーヒーのおかわりを要求した。

「お主らは勘違いをしているな」

一同は、グラットンが二杯目のコーヒーに砂糖を際限なく入れていくのを黙って見ていた。

「我輩がなぜ騎手を辞めたのか知っているか？　制限体重を超過するようになったからだ。我輩は食べることが何より好きだったが、太りやすかった。空腹を紛らわすためには、酒を飲んでとっとと寝るに限る。ミスター・キスリングは、我輩にとって、最良の悪友だったのだ」

「その気持ちは痛いほど分かる。好きなものを好きなだけ食えないのは辛い」

晩夏の言葉には、同情が含まれていた。グラットンの身体にまた、甘いコーヒーがしみこんでいく。

「我輩はスターを演じきれなかった。みなが望む美貌や体型を維持できず、空腹に耐えきれなかった。身体が丸くなったことを、後悔はしていない。これが本当の我輩なのだ。自分に甘い我輩が、お主らに熱意を語る資格はない」

「調教師はどんな体型でも続けられるではありませんか」

ニックに慰められ、グラットンは笑った。

「欲望を解放してからの我輩は、取り繕うことができなくなった。馬の体調を考えない馬主の無茶な要求を突っぱねて、走りそうな馬を馬主の予算を超えて買ってきたこともあった。我輩の動機はすべて、馬産の未来にある。馬のためにならないことは、してこなかったつもりだ。東海岸の馬主や牧場は、忠実な調教師を求めていた。ファンを無視し、馬主の言うことも聞かない。競馬界にそんな男の居場所はないのだ」

取り付く島もないグラットンに、黙って話を聞いていたバジーリオが口を開いた。

「あなたの情熱はまだ冷めてはいない」

「ほう？」

コーヒーを飲むグラットンの手が止まった。腕を組むバジーリオには笑みが浮かんでいた。

「美食の旅をするのであれば、わざわざサラトガまで訪れる必要もない。南に行けばニューヨークという食の宝庫があるのだから。ミスター・キスリングの蒸溜所が潰れていたことも、酒好きのあなたならとっくに知っていたはず。目的は別のところにある」

グラットンは二杯目のコーヒーも飲み干したつもりだったが、底に溶けきっていない砂糖が沈んでいた。

「お主の結論を聞こうか」

「あなたは、セヴァーンに会いに来たのでは？」

セヴァーンの名が出てきて、ミコノスが立ち上がろうとした。バジーリオは左手を挙げて、それを制する。

「アイボリーリングという牝馬は、かつてあなたを乗せてカナダのダービーに当たるキングズプレートを勝った名馬だ。怪我で引退後、イギリスへの売却が決まったが、その購入者がグレンズフィールドのアイヴォン伯爵だ。名前が似ているという理由で伯爵に購入されたこの馬の孫が、セヴァーンに当たる。かつての相棒の子孫を見にくるくらい、あなたの競馬への思いというのは消えていない」

グラットンは肩をすくめた。

「アイボリーは復帰の予定が立っていた。年が明けたらアメリカ遠征も考えていたが、伯爵に打診された額に馬主が折れた。騎手の無力さを知った思い出だ。セヴァーンは、よい騎士を従者にしたようだな」

「あなたもセヴァーンも、ここで終わる存在ではありません。彼らに力を貸してみてはどうです？」

バジーリオに促され、グラットンは緊張した視線を向けてくるマクファーレン牧場陣営を眺めた。

「お主たちも強情だな。仕方あるまい、一つ試験を用意しよう」

「試験？」

ニックは前のめりになる。

「我輩がまだ一度も食べたことがないうまいものを用意してくれたら、マクファーレン牧場の専属調教師の任を拝命しようではないか」

競馬に関する課題を出されると思っていただけに、ニックやジョナサンは不意を突かれた。

「参ったな。俺たちは外食なんて滅多に行かないし、家庭料理くらいしかお出しできるものはないぞ。何か、リクエストはないんですか？」

ニックの問いを、グラットンは突っぱねた。

「それを考えるのは、お主たちだ」

無理難題を押しつけられ、遠回しに断られていることはニックも分かっている。職員みんなで案を出し合っていると、アリーの耳に笑い声が聞こえてきた。この状況で、笑っている人間などどこにもいない。それは晩夏が笑う声だった。

「アリー、俺の言うとおりに宣言しろ」

「何を言うつもりですか？」

アリーは周りに見られないように小声で蹄鉄に話しかける。

「俺は、この時のために蹄鉄になったのかもしれない」

その言葉の強さに、アリーは覚悟を決めた。グラットンの前に歩いていき、晩夏の声を復唱する。

「グラットン、あなたは気の毒な方です」

三杯目のコーヒーに砂糖を入れようとしていたグラットンの手が止まる。

「我輩はいたって幸福だ。何にも縛られず、好きなものを好きなだけ食べているのだから」

次に話す晩夏の言葉を聞いて、アリーは言葉に詰まる。芝居じみた振る舞いは得意ではないし、会話に間があるとグラットンに疑われる。晩夏を信頼し、スピーカーとなる覚悟を決め、言葉を続けた。

「あなたはみたらし団子を食べたことがないから、そんなのんきなことが言えるのです」

「みた……なんだ？」

何か言い出したアリーに、ニックたちの会話が止まる。

「一度でも食べてしまったら、あなたはこれまでみたらし団子を食べてこなかった人生を後悔することになるでしょう。あなたを不幸にしたくはありませんから、このまま知らずに人生を過ごすべきかもしれません」

おいしいものをちらつかされて、我慢できるグラットンではない。カップをソーサーに戻し、顔が赤く染まっていく。

「それほど大口を叩くものを無視などできるか！　すぐに用意したまえ！」

たっぷりと間を空けて、アリーはグラットンを焦《じ》らす。晩夏の言葉を待つ間の時間稼ぎだったが、グラットンを挑発するには効果があった。

「焦ってはいけません。みたらし団子は、極東・日本の食べもの。アメリカで食べるには準備がいるのです。できたてを食べなければ意味がないので、食材を調達する時間を頂戴します。しばらくマクファーレン牧場に逗留《とうりゅう》し、馬でも見てのんびりお待ちください」

アリーらしからぬ物言いにニックやミコノスは恐々《きょうきょう》としているが、グラットンは笑みを浮かべた。

「いいだろう。もし、つまらないものを出してきたら、我輩は二度とマクファーレン牧場には近づかん」

翌日、アリーとミコノスはバジーリオと共にアーカンソー州リトルロック行きの汽車に乗っていた。小麦畑の間を、汽車は進んでいく。バジーリオは、向かいに座るアリーの膝に読み終えた新聞を置いた。

「グラットンのチェリーのように赤くなった顔は痛快だったな。まさか君が隠し球を持っているとは。なぜ日本の食べものを知っているんだい？」

昨日晩夏と考えた口裏合わせを、アリーは思い出していく。

「以前、グレンズフィールドにやってきた日本人の方に教わったんです。とてもおいしいから再現してみるといいと言われていたのですが、ロンドンには材料がなくて」

「食べたことがないのに、あんな偉そうなことを言ったの？　信じられない」

アリーの隣に座ったミコノスは、窓際で肘を突いていた。

「で、なんでアーカンソーに向かっているわけ？」

「アーカンソーはアメリカ随一の米所なのです。みたらし団子を作るには、もち米で作った白玉粉というものが必要なのですが、ケンタッキーの市場では見つかりませんでした。片栗粉というものもいるので、アーカンソーならまとめて手に入ると思いまして」

「そうじゃなくて、どうしてわたしまで食材探しの旅に付き合わされているのかってこと」

ミコノスの鋭い視線がバジーリオに向く。

「アメリカへ渡ってから、君はろくに休暇を取っていないだろう。たまには遠くに行って知見を広げるのも悪くはない」

「わたしは馬の世話をしていた方がいい」

ミコノスは隣から聞こえてくる家族連れの声に顔をしかめた。

「人混みはあまり好きじゃないし」

車掌が通路を進んでいく。

「西にホット・スプリングズという温泉街がある。私はそこで数年分の疲れを癒やしてから、マクファーレン牧場へ戻ることにするよ」

「わたしたちをほっぽって、骨休めするつもり？」

バジーリオは笑った。

「ならば、君も私と一緒に湯治をするか？」

「絶対嫌」

駅に到着すると、バジーリオは馬車に乗ってホット・スプリングズに向かってしまった。

「本当に行っちゃった。牧場がピンチだという自覚はあるのかしら」

駅前では商人が、汽車から降ろした積み荷を車に載せていた。

「バジーリオさんの行動は、いつも突然ですね」

「何をするにも行き当たりばったりで動くから、付き合わされる身にもなって欲しい」

ミコノスが眉をひそめるのを、アリーはじっと見た。

「僕は、男の人に育てられたことがないので、バジーリオさんに気さくに振る舞うミコノスがうらやましいです」

今度はミコノスがアリーを見て、トーニ牧場で別れたサブリナを思い出した。

「わたしを育てたのはセヴァーンであって、あいつじゃない」

「僕にはバジーリオさんが、ミコノスのことを大事に思っているように見えるのですが」

二人は駅から市場へ歩き出していた。

「感謝はしているけど、あいつに、父親を求めるのは間違い。そんなことしても、むなしいだけ。あいつは、心に旅する馬を飼っているの。どれだけ親密になっても、あいつがその馬より誰かを愛することはない。それが透けて見えるから、あいつの恋人は離れていくのよ、いつも」

ミコノスはアリーより若かったが、男女の機微については一日《いちじつ》の長があった。

リトルロックの市場は盛況で、トウモロコシやキャベツといった野菜の他にも厚切りの牛肉が並んでいる。米もあるにはあったが、大半は炒めて食べるのに適した長粒種の米で、もち米を扱っている店はなかった。

市場から引き揚げようとしている農夫が、アジアの米を育てている農家を知っていると言って、二人を近くまで車で案内してくれた。リトルロックの街から車で一五分ほどのところにあるリー・ライスファームは、水田が水平線まで続いており、晩夏は声を漏らした。

「**すげえ、日本とは広さが段違いだ。こりゃ、いったいみたらし団子何本作れるんだ？**」

エンジンをうならせるコンバインが、遠くまで稲を刈り取っている。脱穀された籾《もみ》がたっぷり詰まった袋が荷車に載せられ、乾燥させるための倉庫へ運ばれていく。荷車を引いて、倉庫へ戻ろうとする女性を見かけたアリーは、声をかけた。

「あの、こちらでもち米を作ってらっしゃいますか？」

麦わら帽子をかぶった女性は、肌が小麦色に焼け、秋の妖精のようだった。アリーは女性の口元に目を奪われた。薄く、口角が上がっていて、どんな時でも笑みを絶やさない。力強さとやさしさを感じさせる唇だった。

「あるわよ。ほとんど、身内で食べてしまう量だけれど。あなたたちは、シェフ……には見えないわね」

ミコノスはアリーの背中に隠れて、女性を覗き込んでいる。

「実は、もち米の粉を使った料理で、人をもてなさなければならないのです。うちの牧場の命運がこの料理にかかっていまして」

「この辺りの牧場？」

「いえ、ケンタッキーからやってきました」

女性の濡れた前髪から、汗が伝って落ちていった。

「ケンタッキーからわざわざもち米を買いに？　変わってるわね、あなたたち」

女性に連れられて、倉庫へ向かった。汽車の車両車庫のように広い倉庫の一角で保管されていたもち米を見て、晩夏は叫んだ。

「**おおお！　これだよ、これ！　会いたかったぜ！**」

ミコノスはアリーの後ろに隠れたまま、精米されていく様子に目を奪われている。

「あと、石臼をお持ちではありませんか？」

「奥にあるけど、粉にしていく？」

アリーは晩夏の言葉をまとめたメモを見た。

「乾いたもち米を挽いたものだと、粘り気が強すぎて適さないらしいのです。一晩水に浸して寝かせたもち米を、水を加えながら挽き、漉《こ》して、それを乾かしてようやく完成するのです」

「ずいぶん手間がかかるのね」

「お借りしてもよろしいでしょうか」

田んぼから女性を呼ぶ声がした。

「いいわよ。あたしは戻るわね。ごめんなさい、まだ仕事の途中だから」

離れようとする女性を、アリーは止めた。

「僕らにも何か手伝わせてください。いきなりお伺いして、石臼までお借りするのですから。申し遅れました。僕はアリー。こちらはミコノスと言います」

ミコノスは黙ってうなずくだけで、アリーが女性と握手を交わした。

「あたしはスーザン。スーザン・リー。ここのボスの次女よ」

日暮れまで、二人は籾の入った袋を倉庫へ運んでいった。アリーは、スーザンから収穫までの流れを教わり、現場の流れを汲み取ろうと走り回った。他の農夫への挨拶も欠かさず、ずっと黙って布袋を運ぶミコノスとは対照的だった。

田んぼから、最後の荷車が倉庫へ向かうのを見送り、ミコノスはアリーに言った。

「アリーって、何でもできるのね」

手に付いた泥を落としていたアリーは、きょとんとしている。

「僕は荷物を運んでいただけですよ？」

「すぐ周りと打ち解けられてすごいなって」

グレンズ家の男の悪逆非道ぶりを、サブリナから多く聞かされていたミコノスは、アリーを狡猾《こうかつ》な人間と想像していた。それが偏見だと気付くまで時間はかからず、真面目に馬を世話し、ニックやダイスと相談しながら牧場全体の運営を考える姿は、尊敬するサブリナとよく似ていた。

共に親がおらず、馬に育てられた境遇が似ていたから、ミコノスはアリーと自分を重ねていたが、今は違いばかりが際立つ。なぜアリーは物怖じせず人と話ができるのか。言いたいことが言葉にならない自分と何が違うのか。

スーザンから手伝いを感謝されるアリーを見ていると、ミコノスは自分が取るに足らない人間に思えてくる。当のアリーはミコノスの葛藤に気付くこともなく、石臼の使い方を確認していた。

「マクファーレン牧場へやってきた頃、僕は誰とも会話せず、ブリーズの世話をしていました。他人にブリーズは任せられませんでしたし、僕にしか世話できない馬だと思っていましたから」

それは今、ミコノスがセヴァーンに対して感じているものと同じだった。

「逆だったのです」

「逆？」

「僕がいつまで経っても離れられないのを、ブリーズのせいにしていただけでした。友達を作るのが怖く、誰かと食事するのも恥ずかしくて、僕はブリーズに負担をかけてしまっていました」

まるで自分の気持ちを読み取られているような気がして、ミコノスの視界がにじんでくる。

「ずっと一緒にいるだけが、愛ではありません。ブリーズに心配をかけず、彼女の時間も尊重して、必要があれば誰より早く駆けつける。ニックたちと馬を育てていくにつれて、僕はブリーズと正しい距離をつかめるようになった気がします」

「わたしには無理」

両手に力を入れて棒立ちになったミコノスは、声が裏返《うらがえ》らないように小さく言った。アリーは水を張った桶にもち米を沈めていく。

「ミコノスは心を開くのに時間がかかるだけです」

「慰めのつもり？」

ミコノスはアリーの腕を引っ張った。

「あなたは、ルビーと話ができました。僕らが何年かけても顔を出してくれなかった彼女と」

倉庫の入口から、夕日が忍び込んでいる。

「僕の方こそ、あなたはすごいと思っていましたよ」

もち米の下準備を済ますと、リー一家が夕飯を用意してくれていた。

リー・ライスファームは、ゴールドラッシュの際に中国から移民してきたリー一族が、カリフォルニアで稲作を始めたのが原点だった。アジア人差別が激化し、カリフォルニアにいられなくなった一族が、東へ逃れてたどり着いたのがアーカンソー州だった。スーザンは中国系アメリカ人三世で、母はポーランド系移民の農家の娘であり、今は家族で農園を切り盛りしている。

食卓に並んだ鳥の煮物の近くに、醤油があるのを晩夏は見逃さなかった。

「**あれは中国醤油か？　アリー、あれもみたらし団子を作る上では重要なんだ。日本のものじゃないが、ぜひ分けてもらいたい。スーザンに交渉してみてくれ**」

会話の途中でアリーが醤油も譲って欲しいと伝えると、快く了承してくれたスーザンの話はさらに盛り上がった。

「おじいさんは、よくちまきを作ってくれてさ。もち米に椎茸や豚肉、筍なんかを入れて竹の葉で包んで蒸すの。おじいさんがもち米作りをやめなかったのは、これを家族に食べさせたかったからで、中国から渡ってきて、アメリカで成功しても、祖先の味を忘れて欲しくないっていうのが口癖でね」

箸に苦戦するミコノスに使い方を教えながら、スーザンはアリーに問いかけた。

「あなたたちはケンタッキー出身なの？」

「僕はロンドンで生まれたトルコ系イギリス人で、数年前に馬と共に今の牧場へやってきました。ミコノスは希土戦争の難民で、馬とイタリアへ渡った後、今年からアメリカに来て僕と一緒に働いてくれています」

「もしかして、あなたたちが働いているところって馬の生産牧場？」

「はい。マクファーレン牧場といって、馬の生産から育成まで手がけています」

スーザンは食事の手を止めた。

「セイルウォーターのマクファーレン牧場？」

食卓には鳥を煮た八角の香りが漂っている。

「その通りです」

「ホット・スプリングズの近くに、オークローンパークという競馬場があるの。あたしが父に連れられてはじめて見に行った時、ケンタッキーダービーを目指している一頭の馬がいた。その馬は地元では敵なしで、本場ケンタッキーでもいい結果が残せると期待されていたけど、結果は八着と振るわず。そのレースこそ、ヘロドトスとセイルウォーターが戦ったあのケンタッキーダービーだったの」

毎朝、仕事の前にアリーがセイルウォーターの墓へ祈りに行くのを、ミコノスは知っている。スモーキーが焼かれたこともサブリナから聞かされた。アリーは蹄鉄を握ったまま、黙っている。スーザンははっとして口に手を当てた。

「ごめんなさい、無神経だったわね」

アリーは首を横に振った。

「来年、セイルウォーターのきょうだいが生まれてきます。その仔でもう一度ケンタッキーダービーを目指すには、一流の調教師が必要です。僕らがオファーを出しているグラットン先生は変わった方で、未知なるうまいものを食べさせてくれたら、仕事を引き受けるとおっしゃいました」

「うちのもち米が命運を握っているのね」

アリーはうなずいた。

「僕らは、みたらし団子という日本のお菓子のようなものを作ろうとしています。一度も食べたことがなく、どういうものなのか分かってはいないのですが」

「牧場を左右する一大事なのに、一度も食べたことがないものを出そうとしているの？」

呆れるスーザンに、はじめてミコノスが口を挟んだ。

「アリーは変なところで勝負師なの」

ようやくミコノスが喋ってくれたことで、スーザンの口角が上を向いた。

「マクファーレン牧場は前向きなのね。あたしも、できる限りの協力はさせて」

一晩世話になった二人は、翌朝水を吸わせたもち米を石臼で挽き、どろっとした液体を布で漉したものを平らにして乾かした。

「**上出来だ。後はこれを二、三日乾燥させれば完成なんだが……**」

もち粉が乾くのをのんびり待っている時間はなかった。担当馬の世話があるし、長く日を空けるわけにはいかない。そこでアリーは切り出した。

「ミコノス、僕はもう少しここに滞在して、完成を待ちます」

「わたしとあなたがいなくて、きっとニックやダイスは慌てふためいている。これ以上休むわけにはいかない」

「もち粉が乾かないことには……」

「あなたは厩務員なの？　それともお菓子職人なの？」

ミコノスに叱られて、アリーは何も言えなくなる。見かねたスーザンが一つの提案をしてくれた。

「明後日、ボストンまで米を輸送するの。途中でルイビルにも寄る。あたしが、運んであげようか？」

「いいのですか？」

「事情を話したら、父さんがＯＫだって。一つだけ条件があるけど」

アリーはごくりとつばを飲み込んだが、スーザンは笑った。

「その、なんとかっていうお菓子を、あたしにも食べさせること。いい？」

アリーは晩夏の言葉を記したメモをスーザンに託し、ケンタッキーへの帰路に就いた。帰りの汽車で眠るミコノスを見ていると、晩夏が声をかけてきた。

「**言い出しておいてなんだが、よくみたらし団子を作ると決意したな**」

「晩夏はみたらし団子がグラットン先生に認めてもらえないと心配ですか？」

「**バカを言え！　あれはどんなひねくれものだって笑顔にする。お前が遠征してまで作るとは思わなかったんだよ。お前はよほどのことがない限り、馬のそばを離れようとしないからな**」

「晩夏がそこまで言う食べものに、僕も興味がありましたから。どうして晩夏はあんなにみたらし団子の作り方に詳しいのですか？」

「俺のお袋がよく作ってくれたんだよ。台所で作っているのを手伝っているうちに、俺まで作り方を覚えちまってな。俺もお前と同じで牧場育ちだから、馬を見ながら食ってたもんだ」

「素晴らしいお母様だったのですね」

晩夏の照れくさそうな声がアリーの耳に響く。

「厳しい親でさ。親父が騎手だったから、俺も競馬の世界を夢みていたんだが、お袋は勉強もろくにできないようじゃその道には行かせない、ってな具合でよ。とにかく英語が苦手で、牧場にいたインド人の厩務員から、みっちり教わったんだ」

「晩夏の英語が流暢《りゅうちょう》だったのは、そういう理由だったんですね」

「唯一、お袋が甘かったのが食事だったな。みたらし団子もよく作ってくれて、トレーニングが終わったらひたすらがっついていたよ。いや、待てよ……」

言葉を止めた晩夏は、くすりと笑った。

「どうしましたか？」

「みたらし団子は、食べやすいが、高カロリーでもあるんだ。もしかしたらお袋は、俺を太らせて騎手の道を閉ざそうとしていたんじゃないか？」

汽笛に気付いた草原の牛が、こちらを見つめていた。

「考えすぎじゃないですか？」

「うちのお袋ならやりかねん。とにかく飯をよく食わされたんだ。ラグビーとか相撲でもやっ

てんじゃないかってくらいに。幸いにも俺は小食だったから、騎手の道が閉ざされることはなかったけどな」

ミコノスは壁にもたれて、ぐっすり眠っていた。家族と会えず、自由に動くこともままならない状況は大変じゃないか。そうアリーが言おうとした時、晩夏は続けた。

「アリーには感謝しないといけないな。お前がみたらし団子を作ろうとしてくれなければ、お袋の気持ちなんて思い至らなかっただろうから。誰かの何気ない気遣いみたいなものってのはどうして、すぐには気付けないもんなのかねえ」

どんな状況でも、後ろは向かない。そんな晩夏のためにも、アリーの決意は固まった。

「グラットン先生をうならせるみたらし団子、作りましょうね」

「俺の代わりにもっと太ってもらわないとな」

約束通り、スーザンはもち粉と大量の米を土産にマクファーレン牧場へやってきた。厩舎の掃除を終えたアリーとミコノスは、たくさんの荷物を載せた馬車を迎え入れた。スーザンは馬車から降りて、草原の空気でたっぷりと肺を満たした。

「お待たせ。あれから、追加でもち粉を作ってみたの。これから作るんでしょう？　あたしも手伝うわ」

「ありがとうございます、スーザン！」

スーザンにマクファーレン牧場を案内するアリーとミコノスの背後から、目をうつろにしたグラットンが近づいてくる。

「……その粉を食べればいいのだな」

スーザンの袋に手を伸ばしたグラットンを、ミコノスが止めた。

「ちょっと！　まだ調理してないのよ！」

「だったら早く出すのだ！　我輩が爆発しても知らないからな！」

騒ぎを聞きつけたニックが、洗った手をズボンで拭いながらやってきた。

「おい、何をぎゃあぎゃあ騒いでんだ。向こうまで聞こえてたぞ……」

ケンタッキーダービーの経験が、ニックをホースマンに変えていた。明け方まで酒を飲む生活から早起きになり、ガールフレンドと書物について語り合った日々は遠い過去になった。朝から晩まで馬のことを考え、寝藁の掃除から経理に至るまでこなし、自分の時間はほとんどない。ようやくストイックな生活が身についてきただけに、スーザンの健康的な唇はニックの決意を粉々にした。

「あなたがここのボスかしら？　はじめまして、スーザンよ」

スーザンに手を差し出されても、ニックは身体が固まって動かなかった。やさしく微笑む唇は、嵐の合間に差し込んだ光のようだった。まばたきするのも忘れて、力なく握手した後、アリーを引っ張った。

「おい、アリー、聞いてないぞ」

「今日到着すると伝えておいたはずですよ？」

「違う」

ミコノスとキッチンへもち粉を運ぶスーザンの背中を、ニックは見つめていた。

「あんな素敵な人が実在するのか？」

動けなくなったニックを置いて、アリーも食堂へ向かい、並べられた食材を見た。ダイスやミコノスは、アリーの指示を待っている。

「で、どうすればいいのかしら？」

「手順通りに進めていきましょう」

晩夏のメモを見ながら、アリーは粉に水を加えて練り、団子を作っていく。水分を入れすぎたようで、べちゃつきがあり、暗雲が漂う。団子作りをミコノスとスーザンに任せ、アリーは醤油だれに着手するが、こちらは焦げ付いてしまい一回目は失敗に終わった。かろうじて丸くなった団子を茹でて、口に運んでみたものの、ぼそぼそしていておいしいものではない。

「これを食べて、グラットンが満足すると思う？」

ミコノスは正直に感想を言った。アリーもミコノスも、普段は料理をまったくしない。腕が立つベティに頼もうとしたが、断られてしまった。

「あたしは牧場の運命を背負う料理なんて、作れやしないよ。大体、アリーが作れないんだったら、誰ができるっていうんだい」

さすがのベティも及び腰となっており、食堂に重い空気が漂う。

「まだできんのか！　我輩が餓死したら、亡霊となって地球が滅びるその日まで、ここに居座ってやるぞ！」

外で炭の準備をしているニックに、グラットンの罵声が飛ぶ。

「すみません、みなさん」

肩を落とすアリーに、晩夏が声をかけた。

「俺も考えが甘かった。いきなりぶっつけでレースへ出るようなもんだ。練習する機会を設けるべきだったんだが……」

「早くしろ！」

外から聞こえる大きな駄々っ子の叫びに、晩夏は声を荒らげた。

「誰かあの食いしん坊を黙らせろ！　参ったな。今更他の料理というわけにもいかんし、これ以上待たせたら暴れかねん。かといって俺にはどうすることもできんし」

「他に料理ができそうな人はいない？」

スーザンは様子を見に来ていた職員を見るが、みんな目をそらしている。

「おれも、もう一回やってみる」

ダイスが失敗した団子の入ったボウルを片付けようとした時、ベティがつぶやいた。

「これを見ていると、朝早くルビーが、パンを焼いていたのを思い出すね」

その一言が、ミコノスに火を点けた。キッチンを出て、白樺の小屋へ走っていく。小屋の窓にはカーテンが掛かっていて、物音はしない。ミコノスは扉をノックした。

「ルビー、起きてる？」

風で、白樺の枝が重なり合う。

隠す。

しばらくして、ドアの鍵が外れる音がした。扉を開けたルビーは、日差しを浴びて手で目を
「何？」

「あなたに頼みたいことがあるの」

「ルビー、パンを作るのが得意なのよね？」

ミコノスは扉の奥に消えようとするルビーの手を握った。

「昔はよく作ってたけど、それが何だっていうんだい」

「あなたに作って欲しい料理があるの。わたしやアリーでは、全然うまくいかなくて」

ルビーは肩をすくめた。

「マクファーレン牧場は、パン屋になったのかい？」

「お願い。力を貸して」

牧草の香りを乗せた風が、白樺の小屋に入ってくる。ルビーの窓を塞いでいたカーテンが揺れ、本棚に積もったほこりが宙を舞う。風の香りは、何も変わってはいない。生きた牧草のにおいが、ルビーの身体の深くまで入ってくる。

ミコノスはルビーの手を離さなかった。かさついていて、細く、力強い指。ミコノスの指の付け根にたこができている。ミコノスはルビーの返事を待たず、腕を引っ張った。どれだけ月日が経とうと、ルビーの面倒見の良さを涸らすことはできなかった。

「ちょっと待ちな」

ルビーは傘立てに入れておいた杖を手に取った。

「あたしは、あんたみたいにすいすい歩けないんだ」

ミコノスの肩を借りながら、ルビーは放牧地の間を歩いた。秋の終わりが近いのに、歩いているだけで額に汗が浮かんでくる。道に足跡と杖の跡を残しながら、ルビーは一歩ずつ進んでいく。

「どうしてあんたは、あたしにこだわるんだい」

昼間に歩くだけで息が切れる自分に、ルビーはうんざりしている。

「あなたは、わたしと似ている。大切なものを失い、どうしたらいいのか分からないところが。わたしは、サブリナ先生や、バジーリオたちに立て直してもらった。みんなほど上手にはいかないかもしれないけど、わたしはあなたを助けたい」

ミコノスの額に汗が浮かぶ。

「ルビーがケンタッキーダービーに挑戦したことは、何があっても色あせない。あなたが逆境をはねのけたことを、わたしは誇りに思う」

足が重くて、ルビーは止まった。

「あたしはもう馬に乗れないんだ。馬に乗れなくなったあたしに、何の価値がある」

ミコノスはルビーの手を強く握った。

「じゃあ、ルビーは走らなくなった馬には、何の価値もないと思っているの？」

「そんなわけない」

すぐに否定したルビーを見て、ミコノスは笑った。

「今のルビーだからできることに、わたしは気付いて欲しいんだ」

勝手口から、ミコノスに肩を借りたルビーが現れて、ダイスやアリーの手が止まった。誰もが泣きそうな顔をして、じっとルビーを見つめてくる。

ルビーはテーブルに置いてあったメモに目を通し、ドロドロになった団子のなり損ないを指でつまむ。

アリーの顔を見ず、ルビーは材料を確認した。

「どうして計量カップとはかりがないんだい」

アリーは慌てて食器棚から取り出し、ルビーはもち粉に適した水の量を試していく。

「粉を使う料理は繊細なんだ。闇雲に水と混ぜたって、永遠に完成しない。それにね」

手をベタベタにさせているダイスを見た。

「こういうのは、一度棒状に伸ばしたものを切ってから丸めていくんだ」

晩夏の言葉を書き記したメモには、完成図が描かれていた。それを見ながら、ルビーは計量した粉と水を混ぜ、ほどよい粘り気があるもちを練っていく。棒状に伸ばした生地を等間隔で切り、アリーにもやってみるようにうながした。丸めた団子を茹でている間に、ルビーは鍋に醬油と砂糖、水を入れて火が通ったら片栗粉を入れた。

「いい香りがするね。いきなり火を入れず、とろみが付いたら丁寧に混ぜるんだ。よし、ちょっと食べてみな」

スプーンでたれをすくい、ルビーはミコノスに食べさせた。茶色くどろっとした見た目に気圧され、ミコノスは慎重に舌の上に運んでいく。ミコノスの目がぱっと開くまで、時間はかからなかった。

「おいしい」

「そっちはちゃんと茹であがったかい」

手を何度も引っ込めながら、アリーとスーザンが団子を串に刺していた。ルビーは試しに一つかじってみた。

「へえ、面白い食感だね。パンとは全然違う。アリー、こんなのどこで覚えたんだ？」

「古い友人から教わりました」

アリーは蹄鉄を持ち上げて、団子作りの様子を見せた。

「今度は大丈夫でしょうか」

晩夏は慎重だった。

「**見た目は申し分ないが、まだ焼きがある。油断するな**」

たれと串に刺した団子を持って外に出た時、グラットンがアリーに襲いかかってきた。

「早く！　早く！」

「先生、まだだって！　これから焼くんだろ？　早くしてくれ！　このままじゃ俺が焼かれて食われそうだ！」

バーベキュー用の網を用意していたニックは、グラットンを落ち着かせている。ルビーは網の上に団子を並べ、焦げ目が付くまで焼いていく。団子の焦げる香りをかいで、グラットンは目が血走っている。焼けた数本の団子に、醬油だれをかけて、ルビーはグラットンに差し出した。

「いい大人が暴れるんじゃないよ。みんなで作ったんだから、味わって食いな」

熱々のみたらし団子を一気に頰張り、グラットンのまぶたが傘のように一気に開く。たれが冷めていないので、グラットンの口の中は大やけどしていたが、咀嚼は止めなかった。グラットンがみたらし団子を飲み込むまで、アリーは固唾を吞んで見守っている。

ごくりと飲み込んだグラットンは、ルビーから二本目のみたらし団子も奪い取り、曲芸師が剣を飲み込むような要領で口へ入れていく。今度はほとんど丸吞みしたグラットンは、ルビーをぎろりとにらみ、一喝する。

「何をしている！　もっと焼くのだ！」

深々とため息をついたルビーは食堂へ戻っていく。

「あの、先生、お口に合いましたか？」

アリーに問われ、グラットンは三本目のみたらし団子をアリーに突き出した。

「お主も食え！」

熱さを堪えながら、アリーも団子を口に入れた。醬油の焦げた香りと、米の甘い香りが鼻に抜け、いい粘りが楽しく、自然と笑みがこぼれていく。

「**どうだ？**」

「どうだ！」

晩夏とグラットンから問われ、アリーは団子を飲み込んだ。

「おいしいです」

まるで自分が用意したかのようにグラットンは深くうなずき、事態を見守っていた職員たちがガッツポーズをした。

「もっとだ！　もっと持ってこい！　こんな量で、我輩は満足せん！」

四〇〇グラム分作っておいたもち粉は、二時間もしないうちにほとんどがグラットンの腹の中へ消えていった。ルビーは、アリーやミコノスと団子をこねては茹で、ダイスはニックと交代で焼き続けた。

できあがったみたらし団子をスーザンが看板娘のように運ぶ姿は、マクファーレン牧場が、一瞬にして茶屋に変わったようだった。このみんなで何かを作ろうとする雰囲気こそ、マクファーレン牧場なのだと、みな思い出していた。

「私としたことが、珍しく出遅れてしまったようだ」

ふらっと戻ってきたバジーリオが見たのは、祭が終わった光景だった。なぜかルビーがアリーやダイスと洗い物をしていて、ニックは見知らぬ女性と炭の後片付けをしている。

「もうバジーリオの分は残ってないよ」

そう告げに来たミコノスは笑っていた。ご機嫌なミコノスを見るだけで、何かが起きたことは分かり、バジーリオは食後のジンジャーエールを飲むグラットンの隣に座った。

「どうやらご満足いただけたようだ」

「みなを呼んでもらおうか」

片付けが終わり、グラットンの前に、ニックたちが集められた。バジーリオには、これからグラットンが誰から食べようか迷っているように見えた。

「先ほどは、取り乱してしまいすまなかった。みたらし団子と言ったか。アリーよ、お主が吐いた言葉は、決して大言壮語ではなかった。あの香り、母の乳を口に含んだ時のような懐かしさ、何もかもが我輩を満足させる逸品だった」

うなずくアリーと肩を組んだニックは、問いかけた。

「なら、引き受けてくださるのですね？」

グラットンは並ぶ一同を見た。

「マクファーレン牧場は、勤勉だ。この数日、牧場を見させてもらったが、放牧地の整備が行き届いていて、馬の手入れはしっかりしているし、やる気のある職員も多い。何もかも揃っているはずなのに、我輩はどこか空虚なものを感じていた。何が欠けていたのか、ようやく分かった」

グラットンはジンジャーエールのグラスをルビーに傾けた。

「それはお主だ、ルビー・ブラッド」

ルビーは杖を握った。

「お主が現れた瞬間、右も左も分からない小僧どもが、シェフの右腕に変わった。この牧場の原動力は、お主なのだ。セイルウォーターの件は、我輩も知っている。二度とレースに戻れない怪我を負ったことも。この牧場の者たちはみな優しいから、お主を傷つけないために時間を設けたのだろう」

グラットンは立ち上がり、ルビーの両頬を右手で挟んだ。

「救いは待つものではない。救われようとするものだけが、祝福を受けるのだ。神は、猫に似ている。猫は、動かないものに興味は示さない。動いているものに反応し、手を出してくる。それと同じだ。お主は、この牧場の連中に甘えて、天啓が下りてくるのを、待っていただけではないのか」

ルビーはグラットンの手を振りほどくことができなかった。

「馬は、集団の気配に敏感だ。この広いマクファーレン牧場でも、みなが心にしこりを持っていることに、気付いている。競馬は、チームワークだ。一人でも迷いがあったら、勝つことはできない。馬は、不安を抱えたチームに、身を委ねてはくれない。彼らも、命をかけて戦うのだから」

グラットンの指に、ルビーの涙が伝ってくる。放牧地から、気配を察した当歳馬たちも柵の近くにやってきていた。グラットンはルビーの顔から手を離し、肩を叩いた。

「お主はまだ、生きているのだ。生きているすべての人間は、救われる権利がある。救われようとするのだ。この牧場の連中は、お主が救われるためなら、何だってしてくれる。それこそが、マクファーレン牧場に再起をもたらす」

「そうだ、ルビーが生きていてくれたから、グラットンにみたらし団子を食べさせることができたんだ」

晩夏がつぶやき、アリーは蹄鉄を握った。

「……あたしは一度仕事を投げ出してしまった」

グラットンは笑った。

「お主の出遅れなど、我輩がいくらでも調整してやる。ルビー、お主は調教師を目指せ。我輩がお主にすべてを託す。人と馬を率いて、世界の頂点に立つのだ」

これ以上、自分の気持ちを押し殺すことはできない。もう一度、馬の世界に踏み入れてもいいと許され、混じりけのない喜びが湧いてくる。

「あたしは、ここで終わりたくない」

ルビーからようやく素直な言葉が出てきた。深くうなずいたグラットンは、スーザンを見た。

「お主、スーザンと言ったか」

「あたし？」

まさか呼ばれるとは思わず、グラットンの会話に心打たれていたスーザンから変な声が出た。

「お主に重要な仕事を頼みたい。一つは、今後も定期的にもち粉をここへ届けて欲しい。もう一つは、アーカンソーの麦農家を紹介して欲しいのだ」

「構いませんけど、また何か作るつもり？」

グラットンはハンカチで額の汗を拭った。

「我輩が食べるものではない。馬の飼料だ。馬の身体を作るのが飼料である以上、食べものを厳選すれば、それだけ強い馬が生まれてくる。お主には、その手伝いをしてもらいたい。もちろん、たっぷりお礼をさせていただく」

予期せぬ形で新しい契約が結ばれ、スーザンは笑顔になり、隣に立っていたニックの手を摑んだ。

「ブリーズに会いに行きましょう。セヴァーンの仔を受胎しているのです」

アリーに誘われ、ルビーは腕で涙を拭った。洟をすすると、秋の終わりが近い風が丘から吹いてきた。冷たい風が、ルビーの心に積もった灰を吹き飛ばしていく。それは、セイルウォーターが連れてきた風だった。

「そうだね」

ルビーはまた、ミコノスに肩を貸してもらいながら、繁殖牝馬の厩舎まで歩いていった。道中、ミコノスはセヴァーンとマクファーレン牧場へたどり着いた物語や、今世話をしている馬の話など、ひっきりなしに喋り続けた。

ルビーの夜が、明けようとしていた。

一〇　再始動

深夜の馬房に、馬の荒い鼻息が響き渡る。何度も馬房を旋回したブリーズは、時折いなきながら、その時を待つ。藁をかき上げるしぐさを見せ、横たわった。お腹に力を入れ、鼻の穴が膨らむ。呼吸のリズムに合わせて、股の奥から、仔馬の前肢と頭が見えてくる。

馬房の鉄柵の前から見守っていたアリーは、息を止めていた。仔馬が半分ほど現れても、ブリーズのお腹は膨らんだままだったからだ。

「やはり双子のようです」

先に生まれてきた仔馬は、藁の上で立ち上がろうともがいている。ブリーズは身体を動かして、仔馬を丁寧に舐めたが、お腹の中にもう一頭残っている。二頭目も姿を現したが、補助に回っていたニックが声を上げた。

「クソッ！　逆子だ！」

一頭目ほど、外に出てくる勢いがない。動きもなく、すでに事切れている可能性もある。

「潰しますか？」

ダイスは誰よりも先に最悪の展開を考えている。

「はやまるな。出てきてはいる」

ブリーズの出産と聞いて飛び起きてきたジョナサンは、冷静に言った。

「頑張ってください、ブリーズ」

アリーの頬を、汗が流れ落ちていく。徐々に二頭目の前肢が見えてくる。肢が折りたたまれていないことを確認し、ダイスとジョナサンは慎重に二頭目の馬を引っ張り出した。

二頭目は、藁の上に横たわったまま動かない。一頭目の馬を舐めていたブリーズは、二頭目の仔馬を覆っている膜を口で剝がしていく。二頭目は口をパクパクと動かしてはいたが、立ち上がることができずにいる。

「衰弱が激しいな」

ジョナサンの言葉など無視するように、ブリーズは二頭目の仔馬の顔を、腹を、尻を舐め、温度を伝えようとしている。

馬房の外では、ミコノスとルビーが寄り添うように見ていた。

「双子はいけないの？」

トーニ牧場でも双子の出産には立ち会ったことがなかったので、ミコノスは起き上がらない仔馬から目を離せなかった。杖を握ったルビーは、手が汗ばんでいた。

「栄養が分散するから、無事に生まれても先天性の病気を持っていたり、すぐに死んでしまったりするケースが多いんだ。二頭の仔馬を一頭の母馬で育てるのも、負担が大きい。お乳を分けなきゃいけないからね。育てる人間も、倍必要になる。片方が死にかけている場合には、間引くこともある」

「あの子を殺すの？」

ミコノスの震えた声が、ルビーに届く。一頭目の仔馬は後ろ肢を引きずりながら、二頭目の仔馬に近づいた。お腹の中で共に過ごした片割れに、起き上がれと伝えるように。

「祈ろう。セヴァーンと、ブリーズの仔が、やっと生まれてきたんだ。あとは、本人に生きる気持ちがあるかどうかだ」

祈るルビーの横で、黙っていたバジーリオが声をかけた。

「生きろ、ディオスクロイ」

「ディオスクロイ？」

ミコノスに問われ、バジーリオは天を仰ぐ。

「ギリシャ神話に現れる、双子の神だ。神の名を借りて、命を繋いでもらおう」

「**頼む、立ち上がってくれ**」

晩夏の願いを耳にして、アリーはディオスクロイの胸を見た。空気を吸うことに慣れてきたのか、肺をゆっくりと膨らませて酸素を取り込んでいる。すでに一頭目の仔馬は歩いてブリーズの乳を飲んでいるが、ディオスクロイはまだ肢も動かせずにいる。ブリーズはディオスクロイの前に立って、いつでも乳が飲めるよう促し、動かなかった。

夜明けが迫る頃、ディオスクロイは前肢を支えにしながら、ブリーズの乳に近づいた。強風に耐えるように四本の肢を震わせ、ディオスクロイははじめてブリーズの乳を飲んだ。ミコノスは止めていた息を吐き出すが、ルビーは目を離さなかった。

「大変なのはここからだよ」

ルビーの不安は的中した。ディオスクロイはその後、風邪を引き、アリーはブリーズから搾った乳を与えながら、回復を待った。アシュヴィンと名付けられた双子の兄に風邪を移すわけにはいかないので、ディオスクロイはブリーズとは隔離された馬房で、人間に見守られることになった。

「今からでも遅くない。ディオスクロイの処分を検討すべきだ」

看病が続く中、ダイスは一つの提案をした。今やマクファーレン牧場は、ミコノスの働きなしでは運用が難しい。そのミコノスに付きっきりで世話をさせるのは、人材難の牧場にとって痛手だった。ダイスは、感情を抑えて提案を続ける。

「このまま生き延びたところで、競走馬になるのは難しい。幸いにも、アシュヴィンは順調に来ている。売れる目処《めど》が立たない馬に、人員を割けるほどうちに余裕はないんじゃないのか」

会議に参加したルビーもニックも、すぐに否定をすることはできない。現時点でも、ディオスクロイは生死の境にあり、デビューを目指すなど考えられない貧弱さだった。ブリーズの仔だからこそ、一同の判断が鈍る。

牝系は、牧場の要となる。スモーキー、セイルウォーターとブリーズの仔たちは走る牡馬が多く、ディオスクロイは数年前に生まれたヘロドトス産駒のマザーフッドという馬以来の牝馬だった。マザーフッドは受胎率が悪く、ブリーズも高齢になってきたからこそ、後継牝馬となる馬を簡単には処分できない事情があった。

重苦しい沈黙を破ったのは、バジーリオだった。

「私が買おう」

ニックは予定表の上にペンを置いた。バジーリオは笑みを浮かべて言った。

「ミコノスに馬を育てる経験をさせたいのだ」

「あの子にとって、辛いことになるかもしれないよ」

ルビーの警告に、バジーリオは深くうなずく。

「アンブロジウスを育てた時、まだ彼女は幼かった。今なら担当厩務員として、一から面倒を見られる。どのような結果になるにせよ、重責の伴う仕事を担うことは、ミコノスにとって財産になる。私もマクファーレン牧場に居候しっぱなしというわけにはいかないからな。馬主として、諸君の馬を購入させて欲しい」

馬だけでなく、人も育てようとするバジーリオの考えに反対するものは、誰もいなかった。

ニックとバジーリオは握手を交わし、ディオスクロイのオーナーが決まった。

ディオスクロイは、歩けるようになるまで回復した後、カトレアという繁殖牝馬の世話になった。カトレアはブリーズと共にマクファーレン牧場へやってきた一頭の娘で、少し前に仔馬を流産していた。気性が荒く、二度ネグレクトをしたことがあるだけに、病弱のディオスクロイを任せても二の舞になると思われていたが、カトレアは授乳を嫌がらなかった。

約二ヶ月の間、カトレアはディオスクロイに乳を与え、一緒に放牧地を歩くようになった矢先、腸捻転を起こしてこの世を去ってしまった。ブリーズと合流しようにも、今度はディオスクロイがなじもうとせず、牧草の食いが悪くなってしまった。

唯一心を開いたのが、ミコノスだった。ミコノスの前では牧草を食べ、放牧地でも元気に歩き回る。他の馬が見えた途端、はしゃぐのをやめミコノスに馬房へ帰ろうと訴えかけてくるほどだった。

目下の課題は、食事だった。ミコノスに見られていなければ草を食べないというのは、問題がある。事態を見越していたかのように、グラットンがマクファーレン牧場へやってきた。

「苦戦しておるようだな」

相変わらず肥えたグラットンに比べ、ミコノスはディオスクロイに負けず劣らず痩せていた。

「食いが細くて。カトレアを亡くしたことや、ブリーズと離れて育ったことも、尾を引いているみたいで」

「我輩の心配はお主だ。お主がやつれていては、ディオスクロイも、食欲をなくすというものだ」

グラットンにもっと食べろと怒られていると、銀のトレイを持ったスーザンがやってきた。皿にはみたらし団子が山盛りになっている。

「やっほ、ミコノス。おやつの時間にしましょう」

ミコノスは放牧地を歩くディオスクロイを見ながら、みたらし団子を頬張った。まだ温かく、湯気が立っている。

「スーザンが作ったの？　とってもおいしい」

「あれから家でも練習したの。家族にも好評で、今度出店でもやろうかって言ってたわ。今日も作ったのを持ってこようと思ったんだけど、先生に手作りじゃないと嫌だって言われたからここの食堂を借りたわ」

グラットンは口の端にたれを付けながら、団子をむさぼっていた。

「作りたてに勝る贅沢はない」

においにつられてダイスや、他の厩務員たちも休憩をしにやってきた。

「どうして先生とスーザンが一緒に？」

ミコノスの分のみたらし団子をにらみつけながら、グラットンは言った。

「スーザンに頼んで、いくつかの飼料を用意してもらったのだ」

「先生はついに飼料まで食べるようになったの？」

スーザンは笑ったが、グラットンは失礼なミコノスのみたらし団子を食べてしまった。

「近年、食べもののどの栄養素が、何に作用するのかという研究が、アメリカや欧州で盛んに行われている。壊血病の予防に、ビタミンCが効果的であると判明したように、体組織の形成に何が必要なのかについて考えるのは、馬にとっても重要だ」

ミコノスが目をぱちくりさせているのを見て、スーザンが補足した。

「先生は、闇雲に牧草だけ与えて大きくなるのを待つんじゃなくて、その馬に適したものを、適した分だけ上げれば効率よく育てられるんじゃないかと考えているの。あたしは燕麦《えんばく》とか岩塩とか、大豆の粕《かす》とか先生に頼まれたものをアーカンソーでかき集めて持ってきたってわけ」

「牧草や乾燥した草だけじゃダメなの？」

「マクファーレン牧場のブルーグラスは素晴らしい。セイルウォーターがよく走ったのも、この牧草の質が高いからだが、改善点もある。我輩が見てきた名馬の牧場には、牧草の他にクローバーやタンポポ、シロツメクサなんかも生えていた。どの草に、何の成分があるのかは分からないが、馬に食の選択肢があるのはいいことだ」

グラットンはハンカチで口を拭った。

「馬は、厳しいレースの世界へ向かうことになる。給餌で褒美があってもいいはずだ。今は、ディオスクロイに食事を好きになってもらわねばならぬ」

グラットンの指示のもと、ミコノスは、燕麦を水で柔らかくしたものや、甘さのあるトウモロコシを与えるなど、クリープフィードと呼ばれる餌作りに工夫を凝らした。ディオスクロイはわがままで、昨日と同じものだとそっぽを向き、気に入らなければハンガーストライキを起こす。

ミコノスが作ったクリープフィードのレシピと、ディオスクロイがどれだけ食べたかについて詳細に書き記すのはルビーの仕事だった。ルビーは調教のイロハを教わる前に、グラットンに、基礎体力の向上を命じられた。ルビーとミコノスはディオスクロイの世話を終えた後、腹筋や腕立て伏せをして、しっかり食事を取った。まるで二人とも騎手を目指すトレーニングのようだったが、減退していた食欲は回復した。

馬を鍛える前に、自分を鍛える必要がある。グラットンの命令を忠実に守ることで、ディオスクロイへの考えにも変化が起きた。食餌の中身だけでなく、気温や湿度、便の具合など、これまで気にしていなかった部分にも気を配り、変化に敏感になるよう心がけた。

「見違えましたね」

アシュヴィンを担当していたアリーは、放牧地でぽつんと群れから離れて歩いているディオスクロイを見た。

「気位が高くて、気まぐれ。素直なブリーズやセヴァーンとは大違い」

「馬もそうですが、あなたもです。顔色がよくなった気がします」

母と仔が集められた放牧地で、他の馬が飛び回って遊んでいるのをよそに、アシュヴィンはひっくり返って眠っている。他の仔と遊んできなさいと言わんばかりに、ブリーズから顔を舐められても、アシュヴィンは背中を牧草にこすりつけるだけで、眠っていた。

「ルビーのトレーニングに、なぜかわたしも付き合わされてるから。食べないとやってられない」

「ルビーも前のように笑うようになり、活気が戻ってきました。本当にありがとうございます、ミコノス」

アリーに礼をされ、ミコノスは唇を噛んだ。

「ごめん、アリー」

うつむくミコノスに、当歳馬たちが近づいてくる。

「何のことですか？」

「はじめて会ったとき、あなたのことを何も知らないくせにひどいことを言った。そのことを、ずっと謝ろうと思ってたの」

「ミコノスは律儀ですね。全然気にしていませんよ」

「わたし、あなたに嫉妬していた。サブリナ先生はグレンズ家の男を語る時、容赦なく断罪した。アリーの時だけは、罵らず、動向を気にして、特別な雰囲気を感じたの。それが悔しくて、きつく当たったんだ」

「サブリナ様はお元気でしたか」

「娘がいるの。競馬には興味がなかったから、会ったのは数回くらいだけど」

アリーは黙ってうなずいた。

「サブリナ先生は、女性をもののように扱い続けたグレンズ家に復讐するために、馬を育てている。アリーもグレンズフィールドで辛い思いをしたはずなのに、馬でグレンズ家に立ち向かおうとはしていない。わたしははじめ、臆病だからなんだと思っていた。今は違う。大きな夢を叶えるために、馬を育てているんだって」

「セイルウォーターのオーナーと約束をしたのです。世界一の馬に出会い、墓前に報告すると」

アリーは近づいてくる当歳馬の頭を撫でた。

「世界一って、どういうこと？　パリ大賞典を勝つとか？」

「まだ分かりません。大きいレースに勝つことなのか、素晴らしい種牡馬や繁殖牝馬に出会うことなのか、もっと別のことなのか。それを探すのも、僕の夢です。僕は、キスリングさんから夢を託されて、これまでの呪縛から離れられたのだと感じています」

穏やかに話すアリーの姿に、ミコノスは強さを見た。傷と向き合い続け、自分の言葉で夢を語れるアリーのことを、ミコノスはもっと知りたかった。ミコノスの目に、アリーの腰からぶら下がっている蹄鉄が見えた。

「これ、いつも付けてるけど何なの？」

「**げっ！　余計なことに気付きやがって！**」

ダイスに盗まれた記憶が蘇り、晩夏は叫ぶ。

「これは、僕のお守りです。僕がはじめて手がけたスモーキーの遺品です。これがなければ僕は、あなたと出会えていないでしょう」

「触ってもいい？」

「**おいよせ、アリー！　俺を持ち逃げされたらどうする！**」

大丈夫ですよとつぶやいて、アリーはミコノスに蹄鉄を渡した。ミコノスは蹄鉄の間から、ディオスクロイやアシュヴィン、ブリーズを見てみた。

「アリーは、馬との別れが怖くない？」

ディオスクロイは、アリーたちに近づいている当歳馬たちを遠くから見下ろしていた。

「どう頑張っても、セヴァーンはわたしより早く死んでしまうし、ディオスクロイだって、いつかわたしを追い抜いていく。アリーはどうやって、辛い別れを乗り越えてきたの？」

眠るアシュヴィンに呆れたブリーズが、アリーに近づいてきた。アリーはブリーズの白い流星が入った鼻を撫でる。

「今だって、怖いです。僕らホースマンは、馬を育てていく以上、いつでも誰かが友を失い、傷を負います。僕は痛みを知る友に寄り添ってもらい、その友が辛い時は理解者でありたいと思いました。心の痛みは、他人に心を委ねなさい、というサインなのかもしれません」

「わたしは、抱え込んでしまうかも。ルビーの気持ちが、よく分かるから」

「そうはさせません」

ブリーズに顔を寄せられながら、アリーは言った。

「もしもミコノスが辛い時、僕やルビー、ニックにダイス、スーザンやボス、グラットン先生に、たくさんの職員が、あなたを一人にはしません。マクファーレン牧場の人間は、誰もがあなたの理解者でありたいと思っているのですから」

ミコノスは蹄鉄を胸に当てた。

「ディオスクロイは、あなたが運命を切り開いた馬です。セヴァーンを連れて、グラットン先生を招き、ルビーを蘇らせた。どれも、僕らではできなかったことです」

「そんなの、偶然。わたしの力じゃない」

「あなたの力じゃないと思えることが、あなたの力なのです。そんなミコノスを、僕は絶対に見捨てません」

アリーはミコノスから蹄鉄を返してもらい、放牧地を離れた。

「お前、言うようになったな」

晩夏にそう言われ、アリーは珍しく胸に熱さを感じた。

「自分でもらしくないなと思っています」

「そうじゃねえよ。俺は嬉しいんだ。心の内を誰かに話せるようになったのは立派な成長だぜ。少し頼もしくなったな」

「晩夏のいた世界に、ミコノスはいたのでしょうか」

「そんなことを聞いてどうする」

風がアリーの髪を揺らした。

「やっぱり何も言わないでください。今の僕は弱気でした」

晩夏は笑った。

「そうだ。もっと苦しめ、青年」

離乳したアシュヴィンとディオスクロイは、ブリーズを離れ、当歳馬たちとの共同生活に入った。グラットンはマクファーレン牧場の育成に改革をもたらした。その一つが夜間放牧の導入だった。

母親から離れ、いつ獣が現れるかも分からない夜の放牧地で、馬たちは身を寄せ合いながら、精神を鍛えていく。恐怖からいななき続ける馬もいる中、アシュヴィンは放牧地の真ん中でひっくり返って眠っていた。

一方のディオスクロイは群れから離れて、周囲を警戒しながら朝を待ち、小柄な牝馬にもかかわらず、監視者の役目を担っていた。夜間放牧を経て、風変わりな二頭は世代のボスとして頭角を現すようになった。

「アシュヴィンは、素直で乗りやすい馬だね。ハミも嫌がらないし、鞍を載せようが、人を乗せようが暴れない代わりに、眠くなったらどこでも寝ようとする。繊細さとは無縁の、我が道を行く性格だ」

かつてのニックの飲み仲間を、ルビーは調教助手として育成していた。ほぼ初心者の彼らを乗せてもいいと思えるくらい、アシュヴィンは乗り手を選ばず、アリーを一安心させた。

「ディオスクロイは階級意識が強く、自分より立場が低いと見なした人間の言うことは聞かない。信用を得るには時間がかかる代わりに、一度信頼されたら命令にしっかり応えようとする。気難しい学者みたいな性格だね」

人慣れさせるべく、ルビーはミコノスにリードを引かせながら、ディオスクロイに調教助手を乗せてマクファーレン牧場の森を長く散歩させた。人間がそばにいれば、楽しい景色が見られ、うまい水が飲めると教え込むルビーのアイデアは、ディオスクロイと助手たちの距離を縮めた。

とにかく、馬と長く歩く。ルビーの先祖から代々伝わってきた馬との付き合い方を、ミコノスはしっかり受け継ぎ、マクファーレン牧場の地形も覚えていった。

ディオスクロイは馬体の完成が遅れており、二歳冬のデビューに向けて調整が進んでいた。双子で生まれてきた事情を考えれば、二頭ともデビューが見えるところまでやってきたのは奇跡だったが、ニックはデビューこそしても、数戦で引退し、繁殖に回るだろうと見込んでいた。

一足早くデビューを迎えたアシュヴィンの新馬戦には、他の牧場の一番星たちが勢揃いしていた。セイルウォーターを破ってケンタッキーダービーを勝ったヘロドトスの産駒であるギボンは、シューメイカーファームの期待を一身に背負っていた。ハンスがアイルランドから買い付けた名牝《めいひん》を母に持ち、父親譲りの雄大な馬体は、古馬と合わせても見劣りせず、豪快に砂を蹴り上げる姿は暴走機関車と呼ばれていた。

ケンタッキーの老舗ヘイゼル牧場産の牝馬ハトシェプストは、アクエンアテン産駒ということでも注目を集めていた。グレンズフィールドと昔から付き合いのあるヘイゼル牧場は、わざわざ繁殖牝馬をロンドンへ運んで種付けさせるほどアクエンアテンの血に惚れ込んでおり、待望の女傑は、同世代の馬を頭突きで黙らせるほどの強気で知られていた。

筋骨隆々のギボンに男勝りのハトシェプストという豪華なメンバーの中で、幼さの残るアシュヴィンは八番人気と低評価だった。双子は走らないというのが広く知れ渡っており、調教で見せたタイムも目を引くものではなかった。

「スモーキーやセイルウォーターの弟に当たるんだぞ。もう少し評価が高くてもいいんじゃないのか」

関係者席から、ニックは客をにらみつけていた。

「ファンは都合がいい。思い入れと賭け事は、切り離して考える。ブリーズの血も古くなってきたと見なされておるのだろう。スモーキーがエプソムダービーを勝ってから、一〇年以上過ぎているのだからな」

グラットンは、馬場入り前にアシュヴィンの最終確認を行っていた。大勢の観客を前にしても、目をとろんとさせている。アシュヴィンの鞍上《あんじょう》には、グラットンの教え子であるエイモリー・ブラウンを招いた。ニューヨークを拠点にしているエイモリーは、酒好きでけんかっ早く、乗り方も荒っぽい。竹を割ったような性格なだけに、敵は多いが、信頼した相手には何があっても約束を守る。グラットンが調教師として復帰したニュースを耳にして、ケンタッキーまですっ飛んできていた。

「先生が復帰したってのに、ケンタッキーのファンは見る目がないな」

そう言い残し、エイモリーはアシュヴィンと共に本馬場へ駆けていった。返し馬の具合を見たグラットンは、ピンクレモネードを飲み干した。

「愚か者の鼻を明かすのが、この仕事の醍醐味というものだ」

チャーチルダウンズ競馬場は、活況だった。二〇年代に入り、復興が遅れるヨーロッパに代わって、著しい経済成長を遂げたアメリカでは、スポーツ文化が一気に花開いた。ニックが幼い頃には考えられなかった若者の客たちが、競馬場で声援を上げている。レースが終わったら、バーへ向かい、こっそりと密造酒を売る店で、勝利の美酒に酔いしれる。

　そんなモラトリアムも、二九年のウォール街での株価の暴落に伴って泡のようにはじけ飛び、世界恐慌の三〇年代に突入した。景気が悪くなったからこそ、競馬場には一縷《いちる》の望みを持った勝負師が、有り金をはたいて人生を賭けにやってきていた。アメリカの現金で、大胆なところをグラットンは愛していた。

　新馬戦は、予想通りギボンとハトシェプストがはじめから火花を散らす展開となった。出遅れて、終始馬群の中団で包まれていたアシュヴィンは、三コーナーから抜け出したギボンとハトシェプストの二頭に置き去りにされていた。最後の直線で、ギボンとハトシェプストの激しいマッチレースになり、後続は見えてこない。残り一ハロンというところで、二頭のスタミナが切れたところに、馬群を押しのけてアシュヴィンが突っ込んできた。

古いケンタッキーの競馬ファンは、過去の映像が蘇った。あの末脚はブリーズイングラスが復帰戦で見せたもの。半兄セイルウォーターがケンタッキーダービーの終盤で見せた、鋭い伸び足。アシュヴィンは、ブリーズの血を、色濃く受け継いでいた。

先着したのはギボンで、ハナ差の二着にハトシェプスト。アシュヴィンは見せ場こそあったものの、クビ差の三着に終わり、四着以降とは五馬身ほど差が付いていた。新馬戦とは思えないほど白熱したレースだっただけに、ニックは膝を叩いた。

「ちくしょう！　あとちょっとだったのに！」

激走を終えても、アシュヴィンはけろっとしている。負けると不機嫌さを隠そうともしないエイモリーも、笑みを浮かべていた。グラットンはアシュヴィンの足元を確認して、堂々と言った。

「相手の能力を知るには充分なレースだった。馬群で耐える癖を付ければ、活路はある」

未勝利戦を難なく勝ち上がったアシュヴィンは、二歳を五戦三勝の成績で終えた。ギボンは六戦六勝と無敗で重賞も勝ち、父ヘロドトスと同じく二歳王者に輝いた。ハトシェプストは二着が三戦続いたものの、数をこなして馬を作っていくヘイゼル牧場のやり方に応え、九戦六勝という恥じない結果で二歳を終えた。

双子の妹ディオスクロイは、同世代の活躍の裏で、静かにデビュー戦を迎えた。結局二歳でのデビューは叶わず、明け三歳の二月にまで延びていた。馬体の成長には期待できないものの、物怖じしない性格とセイルウォーターが育った坂のある丘で育てた踏み込みの強さには、グラットンも手応えを感じていた。

「無理に追う必要はない。調教だと思って流してこい。ディオスクロイに、レースが何なのかを分かってもらえばそれでいい」

「先生が勝ってこいという指示を出さないのは、やりにくいものだ」

騎乗するエイモリー自身も、小柄なディオスクロイに勝ち目があるとは思えなかったが、その約束を果たすことはできなかった。

八頭立てのデビュー戦で、ディオスクロイは三番手のままスローのペースで進んだ。展開が遅くなると、最後の直線で切れ味勝負になる。好位を維持していたディオスクロイが、直線に入った瞬間、グラットンは関係者席から飛び上がった。

「余計なことを！」

グラットンが立ち上がったので、ミコノスはディオスクロイに何かあったのかと血の気が引いていくが、直線で前の二頭を捕らえたディオスクロイは、首を低くし、一気に速度を上げた。小柄な馬体で、砂も風も一切に気にすることなく、突き抜けていく姿は、他の馬を子ども扱いしていた。

グラットンの隣で静かに視線を送っていたルビーは、杖を握りしめた。

「あのストライド。今でも身体が覚えているよ。ブリーズの生き写しじゃないか」

デビュー戦を四馬身差で勝利したディオスクロイは、アシュヴィン以上の成果だった。双子が二頭とも勝ち上がる。その事実がケンタッキーの競馬ファンを昂《たか》ぶらせた。今年のクラシックは、双子対決も見られるかもしれない。遅れてきた大器に、大きな期待が寄せられる中、装鞍所へ戻ってきたディオスクロイを、グラットンとルビーは入念に調べていた。勝ったというのに、エイモリーの表情は浮かない。

「どこか怪我でもしたの？」

ミコノスも歩様を確認するが、痛がるそぶりも、乱れたところもない。双子の妹の鮮烈デビューに、コメントを求めてきた記者たちをエイモリーに任せ、グラットンはディオスクロイをミコノスに洗わせた。

「さっき、何を怒っていたの？」

外からエイモリーの質問に答える声が漏れてくる。グラットンは辺りを気にしながら小声で話しかけてくる。

「お主は、レース中、ディオスクロイの足運びを見ていたか」

他の馬には目もくれず、ミコノスはディオスクロイを追っていたが、途中からギアを上げて勝ちきったレースに、違和感は覚えなかった。釈然としないミコノスに、グラットンは言った。

「ディオスクロイは手前《てまえ》を変えたのだ」

「手前を変える？」

グラットンはディオスクロイの左前肢に触れた。

「ディオスクロイはスタート直後、右の前肢から踏み出した。人間は両足を交互に前へ出して歩くが、馬は四足歩行ゆえに交互に前肢を切り替えては絡まってしまう。馬には利き足のようなものがあるのだが、レースの後半、ディオスクロイは左前肢から踏み込んでスパートを仕掛けたのだ」

「それが、何かよくないことなの？」

今度はルビーが質問に答えた。

「チャーチルダウンズ競馬場は、左回りのコース。カーブする時は、自然と重心が左に傾いていくので、左肢から踏み出した方が、曲がりやすい。その理屈は人間なら分かるけど、馬に理解させるのは難しい。古馬になっても手前を変えない馬もいるし、教え込むためには馬に高い知性が要求される」

グラットンに鼻を撫でられて、ディオスクロイの耳がぴょこぴょこ動いた。

「ディオスクロイは、誰に教わるでもなく、最後のカーブから左手前に変えて、速度を上げたのだ。おそらく、ディオスクロイは左手前の方が速く走れるのだろう」

「はじめから左手前で走れるようにすれば、もっと速くなるんじゃないの？」

グラットンは帽子を脱いで、額をハンカチで拭った。

「ディオスクロイは、左の前肢に痛みが出やすい。それを分かっているから、ここぞという時にしか使いたくないのだろう。この馬は、女優だ」

水を流し、ブラシを入れるとディオスクロイは黄金の泉から出てきたように馬体が輝いていた。

「この娘は、我輩たちにすべてを見せてはいない。手前を変えることもそうだが、あの末脚もだ。あんな追い込み、調教では一度も見せたことがない。勝負所をわきまえ、要所で能力を発揮する。そういう勝負勘というものは、経験を積み重ねて学ぶものだが、時に生まれながらにして持っている馬もいる」

わがままで、人間を舐めているやんちゃ娘。そんなディオスクロイがミコノスには、自分よりも長く生きて、酸いも甘いも知っている大人の女性に映った。

「今年のクラシックは、ひときわ賑やかな祭典になるかもしれないな」

口笛を吹いて、グラットンは取材を受けているエイモリーの元へ向かった。ミコノスにとってはじめての、アメリカクラシックが近づいていた。

一一　ふたつの星

チャーチルダウンズ競馬場の関係者席に腰を下ろしたバジーリオは、ディオスクロイがはじめて挑戦する重賞にアリーを招いていた。グラットンとルビーは装鞍所へ向かい、ニックは他の牧場関係者と情報交換に勤《いそ》しんでいる。バジーリオは、アリーに炭酸水を渡し、自分はせわしなくひまわりの種をかじっていた。

アリーがバジーリオと二人で話をするのは珍しかった。セヴァーンを連れてマクファーレン牧場へやってきた、風変わりな馬主。神出鬼没で、何日も留守にすることもあるが、ミコノスを大事に思っていることを、アリーは知っている。

バジーリオはひまわりの殻を飛ばしながら言った。

「前に、サブリナは憎しみを原動力にしていると言ったことがあったな。トーニ牧場へ渡ってから、しばらくサブリナに世話になり、私は痛感した。知識も経験も想像力も、何もかもこの女には敵わないと。馬という素晴らしい生き物を扱いながら、負の感情で結果を出すサブリナ

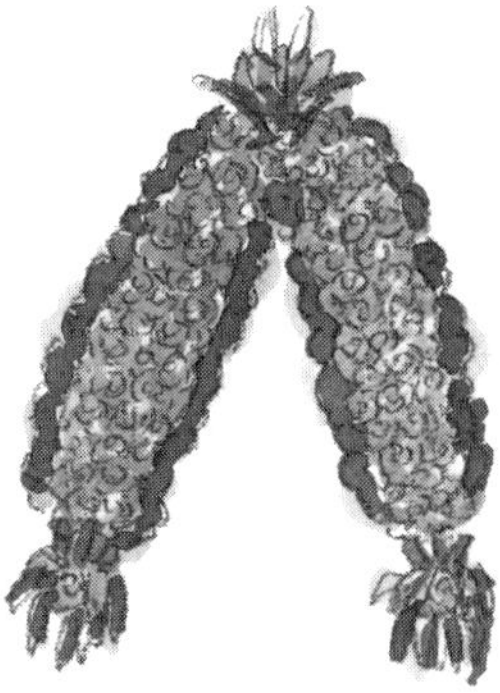

のスタイルに、ミコノスは影響を受けて欲しくなかったが、私はそれを覆せるほどの実力はなかった」

「サブリナ様が馬産を続けているというのは、僕たちにとっても脅威になります」

「同じことを、サブリナも言っていたよ。ブリーズの血を、あそこまで発展させるとは思わなかったと。不思議なものだ。サブリナは君を憎んではいない。嫉妬はしているがな。君はサブリナに憎まれていないというのが、いずれ武器になるかもしれないな」

アリーは浮かんでくる気泡を見た。

「私もグレンズフィールドをライバルと考えている。セヴァーンを追放した連中を、後悔させてやりたいからな。彼らに対抗する組織をいかに築くべきか。マクファーレン牧場は、それを私に教えてくれた」

バジーリオは手を差し出してきた。

「アリー、私は君に会えて良かった。ミコノスの隣人になってくれて、どうもありがとう」

「僕も同じ気持ちです。彼女の諦めの悪さは、いつも僕を刺激してくれます」

バジーリオは笑って、なかなか手を離さなかった。

「私には、夢ができた。自分の牧場を持つことだ」

エイモリーを乗せたディオスクロイが、本馬場に現れた。ディオスクロイを引くミコノスを見て、バジーリオは続けた。

「アシュヴィンとディオスクロイをここまで育てたマクファーレン牧場には、多くを学ばせてもらった。放牧地の整備や日々の運動、人材登用から飼葉の配合に至るまで。返してくれと言われても、返しきれないくらい盗ませてもらったよ」

「トーニ牧場のノウハウも知っているバジーリオさんは恐ろしいです」

「私を一番驚かせたのは、ミコノスの成長だ。あれだけ人見知りだった娘が、馬に依存しなくなっている。あの子の人間らしさを引き出してくれたのも、君だ。サブリナがマクファーレン牧場を目指せと言ったのは正しかったのだな」

「もう動いているのですか？」

「ディオスクロイが現役のうちは、まだマクファーレン牧場で世話になるよ。もしその時が来たら、ミコノスを頼む」

バジーリオはまた、ひまわりの種を食べた。

ディオスクロイは一勝馬ながら、ケンタッキーダービーのステップレースを二戦目に選んだ。狙いは、このレースにハトシェプストが出走してくる点にあった。

強いライバルの存在が、馬を強くする。若い頃から強い馬とのレースを経験させることは財産であり、ハトシェプスト相手にどんな立ち回りをするのか、試金石となるとグラットンは考えていた。

バジーリオは返し馬をするディオスクロイを見下ろす。

「やはり女性は最大の謎だな。あの馬に出会わなければ、私は牧場を持とうなんて考えには至らなかったのだから」

ハトシェプストの登場で、スタンドが沸いた。三歳になって三戦三勝と最高の臨戦過程を経て、去年アシュヴィンと対戦した時に比べ、馬格が二回りほど大きくなっている。それに比べれば、ディオスクロイはまだ仔馬のようだった。

「名馬は人を狂わせる」

晩夏の声がアリーの耳に響く。

「名馬との出会いは、神からの試練だ。上手に育てれば、競馬の歴史を塗り替えるほどの馬になるが、果たしてそれがお前にできるのか？　そう、神から言われているような馬と出会い、翻弄される人たちを、俺は何人も見てきた。バジーリオは、まさに試練の渦中にいる」

炭酸水を飲み、アリーは晩夏に問いかけた。

「晩夏の目に、ディオスクロイはどう映りますか」

しばらく黙ってから、晩夏は言った。

「あの馬がいない世界で、俺は育った。どのような戦績になるのかは分からないが、セヴァーンがやってきたことで、マクファーレン牧場は立ち直った。ミコノスはルビーを蘇らせ、お前は人を支えたい気持ちが芽生えた。俺はお前の相棒になったからには、お前が夢を叶えられる未来こそ正しいと信じている。ディオスクロイとアシュヴィンは、お前に光を与えてくれる。信じよう、お前たちの馬を」

晩夏の言葉を追うように鐘が鳴り、馬たちがゲートから飛び出していった。大外からロケットスタートを決めたのは、一番人気のハトシェプストだった。先頭争いをする馬たちに頭突きをするかのように内ラチ沿いに突っ込んだハトシェプストは、土煙を上げて、一コーナーへ向かっていく。

このハトシェプストの挑発に、他の馬たちはまんまと乗せられた。女馬に好き勝手やらせるかと、後続の馬たちは鞭を受けて、コーナーの中間から加速し、先団がごちゃついていく。

最内枠のディオスクロイは馬群にもまれ、向こう正面では最後方まで位置を下げていた。関係者席から見守っていたミコノスは、息ができなくなる。

「いけない。押し出されてる」

双眼鏡を持ったグラットンは、ディオスクロイの足下だけに注目していた。ハトシェプストは首を上下させながら突き放していき、さすがに後続は付いていけなかった。ここで息を入れないのが、女傑だった。他が控えているのをよそに、ハトシェプストは五馬身ほど離して三コーナーに突っ込んでいった。

「**あいつ、バケモンかよ！**」

後先考えない走りに、晩夏も声を上げる。ハトシェプストの走りは、ただ勢いがあるだけでなく、他馬を挑発させ、消耗を誘う。余力を残さないので、上がり三ハロンのタイムは決して優れたものではなかったが、レースを支配するのに長けた牝馬だった。

ハトシェプストが逃げる中、三コーナーの中間からじわじわとディオスクロイが位置を上げていく。一足早く最後の直線に入ったハトシェプストとの差は、七馬身ほど。ハトシェプストにおつりはないが、リードは充分すぎるほどある。

これならケンタッキーダービーも逃げ切れる！　観客がハトシェプストの凱旋を待つ中、グラットンは、ディオスクロイが手前を右の前肢から左の前肢に切り替えた瞬間を見逃さなかった。

「仕掛けた！」

砂煙を浴びても、他馬に体当たりされても、地鳴りのような歓声を浴びても、ディオスクロイは自分の走りに徹した。たとえ誰が相手であろうと、自分のペースで進み、しかるべきタイミングで足を使えば、必ず勝てる。鞍上のエイモリーでさえ慌てて鞭を入れていたのに、ディオスクロイはそれに反応せず、直線で自ら手前を変え、姿勢を低くし、狩りの体勢に入る。兄も、母も、同じ狩りの姿勢で、獲物を捕らえてきたように。

息の上がったハトシェプストに何度も鞭が入り、女傑はさらに加速を試みる。そこに、ディオスクロイが迫ってきた。前座をいたわるようにハトシェプストの背後を捕らえたディオスクロイは、残り一ハロンの時点で軽々と抜き去った。

どんな相手も端役に変える。ディオスクロイは、自分の勝利を描いた脚本を完遂する女優そのものだった。最後の直線で、ハトシェプストが止まっているように見えるくらいの末脚一気だった。観客たちは言葉を失い、何か見逃したものはないか自分の記憶を振り返っている。

静まりかえるスタンドから、グラットンの悲鳴が上がった。

「よくやった！」

ルビーと共に抱き合うグラットンの姿を、バジーリオは観客席から見つめていた。

「おめでとうございます」

今度はアリーがバジーリオに手を差し出した。三歳春の牝馬で、あそこまでレースを理解した馬を、アリーも見たことがない。アリーと握手を交わしながら、ディオスクロイが生まれた日から伸ばし続けたバジーリオの髪が揺れた。

「アシュヴィンと戦う日が来たのだな」

双子は走らないという常識を覆し、アシュヴィンは二歳から順調に地歩を固め、ディオスクロイは駆け込みでケンタッキーダービーへの挑戦権を手にした。セイルウォーターの悲劇が広く知られていただけに、双子の活躍はケンタッキーの一般紙でも報じられるほどだった。

当初ディオスクロイは、牝馬路線を予定していたが、ハトシェプストに勝ち、ファンも参戦を望んでいる。出走の判断をバジーリオとグラットンで熟考していた矢先、ディオスクロイの舞台は閉幕を迎えた。

グラットンからマクファーレン牧場へ招かれていた旧知の獣医であるキム医師が、検査を終えたディオスクロイの左前肢を見ていた。

「屈腱炎《くっけんえん》だ」

グラットンは目を閉じ、ニックは頭を抱えた。ジョナサンは何かを叫んで医療馬房を出て行き、ルビーはミコノスの手を取った。

「治る見込みは？」

ミコノスの声は震えていた。異変に気付いたのは、ミコノスだった。秘密主義のディオスク

ロイは、レース後に左前肢をかばうように歩いていたが、それは一瞬で牧場に戻ってからは取り澄ましていた。歩様に違和感を覚えたミコノスはすぐにグラットンへ報告し、結果は競走馬にとって致命傷とも言える屈腱炎だった。

前肢の腱繊維がちぎれて炎症を起こす屈腱炎は、多くの競走馬に起こりうる怪我であり、ディオスクロイの小さな身体で規格外のスピードを生み出すには前肢に相当の負担がかかっていたことを示していた。

「最善は尽くすが、ハトシェプストを抜いたようなスピードは戻らないかもしれない。負荷をかければ再発する可能性は高い」

ディオスクロイは痛そうなそぶりを見せず、黙りこくる人間たちを見下ろしている。グラットンは、黙ってキム医師の話に耳を傾けていたバジーリオに問いかけた。

「ディオスクロイの運命は、お主が決めなければならぬ。どのような判断であれ、我輩はお主の意見を尊重する」

バジーリオは笑みを浮かべて、ディオスクロイの鼻を撫でた。

「引退だ」

ミコノスはバジーリオの手を引っ張ったものの、何も言うことはできない。グラットンは丸々とした腹をバジーリオに向けた。

「本当によいのだな？」

バジーリオはディオスクロイの前肢を見た。

「いい夢を見せてもらった」

グラットンはディオスクロイに背を向け、キム医師に言った。

「必ず、アシュヴィンでダービーを取りにいく。名優の治療は頼んだぞ、キム」

ディオスクロイの電撃引退は、新聞紙面だけでなくラジオでも報道され、夢の双子対決は幻に終わった。ミコノスの落ち込みを見ていたからこそ、アシュヴィンを担当していたアリーは奮起し、グラットンと共に最後の調整に本腰を入れた。

ディオスクロイの無念を晴らす。その熱意で、マクファーレン牧場は再び一つになろうとしていたが、例外はアシュヴィンだった。本番二日前から下痢に見舞われ、当日は体重を一〇キロ近く落としての出走となった。陣営の意気込みが空回りしたように、アシュヴィンはスタートから中団に位置したまま、何の見せ場もなく七着に終わった。

引退したディオスクロイに花を添えたのは、ハトシェプストだった。前哨戦で敗れ、勝ち逃げされたハトシェプストは、三番人気の評価を覆すべく、再びの大逃げを打った。牝馬としてケンタッキーダービーを戦う仲間でもあったディオスクロイに、本番では自分が勝っていたと言わんばかりの逃げ切り劇で、偉業を成し遂げた。

アシュヴィンの敗戦は、さすがのグラットンも堪《こた》えた。双子をケンタッキーダービーに出走させるべく、牧場の改築やスーザンとの飼料開発まで手がけたにもかかわらず、体調不良で三年の努力が無に帰すのを、黙って受け流せるはずもない。

アメリカのクラシックは五月から六月にかけて一気に行われている。二戦目のプリークネスステークスまで、一ヶ月を切っている。ショックを引きずっているマクファーレン牧場の一同を、放牧地に集合するよう指示を出したのは、ルビーだった。

朝の仕事を終えたダイスは、アリーと合流して当歳馬の放牧地を歩いていた。

「何の話をするか聞いたか？」

「いえ、何も」

放牧地にはすでにニックやミコノス、バジーリオやグラットンに加えて、スーザンも招かれていた。その様子を見て、ダイスはアリーに言った。

「セイルのために作った放牧地に、これだけ人が集まるなんて昔じゃ考えられない。マクファーレン牧場は、変わった」

放牧地の真ん中に、杖を突いたルビーが立っていた。ルビーの姿を見ていると、ダイスに悔しさがこみ上げてくる。

「おれたちは、何を間違っているんだろう。どうして、大舞台で勝てないんだろう。おれは、おまえやみんなが間違ったことをしているとは思えないんだ」

アリーが黙っていると、全員集まったのを確認したルビーが口を開いた。

「おはよう、みんな。仕事を中断させてまで、呼びつけたんだ。つまらない話をするつもりはない。単刀直入に言うよ」

ルビーは全員の目を見た。

「みんな、ケンタッキーダービーの時、何を考えていた？」

誰もが口を閉じて、夢を描いていた。ひとりひとりが何を思っていたのか、ルビーは表情を見るだけで伝わってくる。

「ケンタッキーダービーは、特別だ。いろんな形の夢がある。あたしが引退することになったレースだし、セイルウォーターを思い出す人も多いだろう。ブリーズの仔で勝ちたいという願いもある。はじめてのクラシック勝利は、マクファーレン牧場の悲願だ。種牡馬としてセヴァーンの価値を高めるチャンスでもある。志半ばで引退したディオスクロイのために、勝って欲しいと思ってもいただろう」

一生に一度しか戦えないレースだからこそ、人の願いは強くなる。思いの強さが力に変わると信じていたからこそ、みなアシュヴィンに期待を込めていた。ルビーは一同が思いを馳せていることに理解を示し、うなずいた。

「みんな、忘れていたんじゃないのかい。これは、アシュヴィンのケンタッキーダービーだったということを」

ミコノスははっとして顔を上げ、ダイスは唇を結んだ。

「夢を描くことは、力になる。あたしたちだけじゃなくて、たくさんのケンタッキーのファンが、アシュヴィンに夢を見てくれたからこそ、一番人気に支持されたんだ。その熱に浮かされて、あたしたちまで、アシュヴィンに夢を背負わせすぎていたんじゃないか」

放牧地に人が集まっているのを珍しそうにしている当歳馬が、丘の上から見下ろしていた。

「馬は、重い人を乗せて走るだけでなく、夢や願い、希望、宿命に至るまで、その背中にはたくさんの荷物が載っている。あたしたちは、ファンである以前に、アシュヴィンの隣人だ。あたしたちがやるべきなのは、アシュヴィンの荷物を増やすことじゃなくて、あの仔の背中に載せられているものを、一緒に持ってあげることなんじゃないのかい？」

ルビーに反論できるものは誰もいない。アシュヴィンの勝利を願う気持ちが、アシュヴィンを思ってのことだったのか。ミコノスは流れてくる涙を黙って拭った。

「みんなの気持ちに悪気がないのは、分かってる。プリークネスステークスまで、あの仔に走る楽しさを思い出してもらうための時間にしよう」

散り散りになる職員たちは、冷静になっていた。レースは、弔い合戦ではない。一頭一頭が命をかけて走っていて、目の前のレースに心血を注ぐ。ルビーの演説は、グラットンの緊張もほぐしていた。

アシュヴィンのところへ向かうルビーを見ながら、グラットンは目を拭っているニックに言った。

「お互い、学ぶことが尽きないな」

プリークネスステークスに向けた追い切りは軽めに済ませ、アリーは林の散歩に連れ出した。泉に近づくとアシュヴィンは寝っ転がり、木々から差し込む光を気持ちよさそうに浴びる。アリーとミコノスに見守られながら、アシュヴィンは久しぶりに鼻を鳴らして熟睡した。

ボルティモアで行われるクラシック二戦目のプリークネスステークス本番、アシュヴィンは前走から馬体を二〇キロ近く増やしていた。わずか一週間でこれだけ馬体を大きくすることを太りすぎだと見なされ、五番人気と低評価だった。

アリーにリードを引かれ、エイモリーを乗せたアシュヴィンが、ピムリコ競馬場に姿を現す。本馬場入りの直前、エイモリーはアリーに言った。

「昔、グラットン先生は鬼のように厳しくて、他人が意見を言える雰囲気じゃなかった。その厳しさに付いていけなくなり、厩舎は解散になった。俺は先生の理詰めな考えが好きで弟子入りしたんだが、今の先生もいいな」

エイモリーに気負った様子はない。先に馬場入りしていたハトシェプストやギボンを見て歓声が起きても、落ち着いている。

「いつか、ルビーが調教師になった時、またマクファーレン牧場の馬に乗せてくれ。あんたたちのチーム、嫌いじゃないよ」

レースは大逃げを打とうとするハトシェプストに、ギボンが競りかけていく激しい展開となった。二度は同じ手を食らわない。まんまと逃げられた反省を生かし、ギボンがハトシェプストより前へ出ようとすると、グラットンは読んでいた。

グラットンがエイモリーに出した指示は一つ。アシュヴィンの邪魔をするな。アシュヴィンはゆっくりとスタートして、三番手争いをする集団に目もくれず、悠々自適に後方を走っている。エイモリーとしては鞭を入れたくなる展開だが、師匠を信じることにした。

ハトシェプストとギボンの先頭争いは三コーナーに入っても決着が付かず、第二集団に迫られている。後方二番手で走っていたアシュヴィンは、四コーナーから内に進路を取って突っ込んできた。

前を追いかけるアシュヴィンの姿に、鬼気迫るものはない。母や妹がキレのある蒸溜酒だとすれば、アシュヴィンはじんわりと酔いが広がる醸造酒のような味わいがあった。差を詰めるのではなく、鬼ごっこをするように、第二集団を追い抜いていく。

序盤からの鍔迫《つばぜ》り合いで消耗しきった二頭を、アシュヴィンが捕まえるのに時間はかからなかった。追いついたらおしまいと考える癖があるアシュヴィンに、エイモリーは一発だけ鞭を入れ、半馬身ほど前へ出たところがゴールだった。

「やったぞ！　アシュヴィンが勝ったんだ！」

アリーに掲げられながらレースを見ていた晩夏は、高らかに叫んだ。グラットンやルビーが、アリーを強く抱き寄せてくる。関係者席で見ていたニックは、スーザンに肩を抱かれていた。スーザンに支えられながら、ニックは声を絞り出した。

「……ようやく、勝ったんだ」

流れ着いたもの、挫折したもの、夢破れたもの。マクファーレン牧場はエリートの集まりではなく、常に経営破綻と隣り合わせだった。その事情を、競馬ファンもよく知っていたからこそ、エイモリーがガッツポーズをして戻ってくる姿に万雷の拍手が送られた。

エイモリーと握手を交わし、アリーはアシュヴィンにリードを付ける。ルビーはアシュヴィンの肩を撫で、頰に涙が伝っていた。

「おめでとうございます。ルビー」

抱きついてきたルビーの背中を、アリーはぽんと叩く。ロンドンからブリーズを船に乗せて、十数年。アメリカの地で、ついにクラシックの栄冠を手にした瞬間だった。

勝利の余韻に浸る間もなく、一ヶ月後には三冠目のベルモントステークスが控えていた。ハトシェプストとアシュヴィンの栄光を、名門シューメイカーファームが黙って見ているわけにはいかない。

何としてでも三冠目を取りたかったハンスは、神経質なギボンの性格を逆手に取った。これまでの相手の馬に合わせて展開する作戦を捨て、調教と同じリズムで走る訓練を施した。調教と同じように、本番でも走れるわけではないが、ハンスには策があった。

ケンタッキー、プリークネスと出走が続き、ハトシェプストとアシュヴィンが疲弊しているのは明白だったので、ハンスはマイペースに持ち込んでも後れを取らないと踏んだ。

本番でハトシェプストの大逃げが不発に終わり、じたばたする展開を無視し、終始後方に位置取ったギボンは、調教と同じように四コーナーから徐々に進出し、きっちりと差しきった。時間を計って何度も調教を重ねたレース運びで、見事ベルモントステークスを勝利し、この年の三強は評判通り、三冠を分け合う形でクラシックの幕が下りた。

怒濤のクラシックが終わった数日後、吉報が届いた。屈腱炎の回復が良好だったディオスクロイが、ヘロドトスとの仔を受胎した。かねてからシューメイカーファームに足を運び、ハンスと交流を深めていたバジーリオにとって、このニュースは期待が持てるはずだったが、当の本人は口数が減っていた。

バジーリオが大人しくなる姿を見たことがなかったミコノスは、ニックへ相談に行こうとすると、事務所で職員が集まっていた。輪の中心にいるニックは、手に木箱を持っている。

「ちょうどよかった。先生とルビーを呼んできてくれないか」

言われたとおりミコノスは調教を終えたグラットンとルビーを連れてきた。

「先生、これまで黙っていたことがあるんだ」

グラットンは机に置いてあったひまわりの種をかじった。

「おしゃべりなお主が守れる秘密などあるのか？」

笑いが起きるが、ニックの得意げな表情は崩れなかった。

「これを見てくれ」

びっくり箱かと、鼻で笑いながら開けたグラットンは中身を見て言葉を失った。すぐに木箱をルビーに渡す。

「ニック、お主！」

木箱の中には、かつてキスリングから譲り受けたウィスキーが入っていた。

「実は、ミスター・キスリングのウィスキーを残してあったんだ。それは、ルビーがジョッキーライセンスを獲得した時に、キスリングさんから譲られたもので、時が来たら渡して欲しいと頼まれていてさ。今がその時だと思ったんだ」

グラットンはニックを抱擁し、ルビーはボトルのラベルを見た。ウィスキーは、蒸溜所を始めた時に仕込んだもので、箱にナンバーが焼き印で記されている。

「飲めないよ」

ためらうルビーに、グラットンは背中を押した。

「キスリング氏がお主に託したのだ。これからの活躍を祈念する上でも、一口だけ飲んでおけ」

「そんなこと言って、先生も飲みたいんじゃないの？」

ミコノスが口を挟むと、グラットンににらまれた。涙ぐむルビーは一同を見た。

「あたしが全部飲むわけにはいかない。アリー、キスリングは、世界一の馬に出会えとあんたに言ったんだろ？」

アリーはうなずいた。

「なら、このウィスキーは世界一の馬に乗った騎手に受け継いでもらうよ。祝福の酒だからね」

グラットンはうなずき、手を叩いた。

「せっかく貴重なウィスキーを開けるのだ。ニック、会場を用意してくれ。アシュヴィンの祝勝会も先延ばしになっていたからな」

ニックは、久々にレキシントンの『タイニーズ』で予約を取った。ニックが意気揚々と扉を開けた瞬間、店の奥から椅子が飛んできた。椅子は入口近くのカウンターに激突して壊れ、店の奥から怒号が聞こえてくる。

「アジア人の分際で！」

興奮で上半身がピンク色に染まった白人が、両手で椅子を小柄な男に投げつけている。椅子が額にぶつかった小柄な男は、血を流してうずくまっている。怒れる白人はジンジャーエールの空き瓶を持って、さらに殴りかかろうとする。

倒れ込んだ男は突如として立ち上がり、襲ってくる白人の腕を素早く摑んだ。腕を摑んだままくるりと回転し、背中から白人を持ち上げ、そのままテーブルに投げてしまった。テーブルが半分に割れ、食べかけのフライドポテトやチキンソテーが宙を舞う。他の客から挑発され、白人はさらに顔を赤くし、再び空き瓶を手に持った。

その白人のベルトを片手で摑んだバジーリオは、家具を移動させる要領で軽々と持ち上げた。啞然とする他の客をよそに、騒ぐ白人を店の外まで連れていくと、街路樹に投げつけた。店に戻ったバジーリオは片付けをする店主に声をかけた。

「予約していたマクファーレン牧場一家だ。席はどこかな？」

白人の連れと思われる二人の男たちは、気まずそうに店を出ていった。店主は奥のテーブル席へ案内した。

「諸君は先に注文していてくれ」

バジーリオは、怪我した男に近づいた。額から血を流した男に、眼鏡をかけた細身のアジア人がハンカチを持って血を拭う。

「何やってるんですか、城ヶ島さん！　何度も申し上げたじゃないですか、辛抱してくださいと！」

細身の男は、堅苦しい英語でバジーリオに頭を下げた。

「助けていただきありがとうございます。わたくしではどうしようもなく……」

「ほっといたって、あの程度、投げ飛ばしてやったってのに、余計なことしやがって」

額の血を手で拭った男を見て、バジーリオは笑った。

「心配はなさそうだな」

「この方は、危険を顧みず助けてくださったのですよ？　お礼の一つでも言わなければ恥というもの！」

細身の男に怒られ、血を流した男に再び熱が入る。

「お前はどうして黙っていられるんだ！　アジア人だとバカにして、死にかけの馬をぼった値段でふっかけてきやがったんだぞ？　俺たちは陛下の代理で来てるんだろ？　だったら、お前こそ怒るべきじゃねえか！」

「陛下の代理であればこそ、軽率な行動は慎むべきなのです。彼らが交渉を投げた時点で引き下がるべきだったのに、けんかを売ったのは城ヶ島さんの方ではありませんか？」

「これだからお上の連中は嫌いなんだよ！」

「ちょっと！」

しびれを切らしたルビーが叫んだ。

「静かにできないのなら、あんたたちも出て行きなさいよ！」

細身の男はまた頭を下げるが、膝に手を当てて立ち上がった男は流暢な英語で言い返した。

「事情も知らねえで偉そうに！」

動くものなら何にでも嚙みつかんばかりの男を前にしても、ルビーはひるまなかった。

「出ていく前に、こっちへ来なさい。手当てしてあげるから」

「そんな、何から何まで……」

脇を締めっぱなしの眼鏡の男に、バジーリオは言った。

「せっかくだ。一杯付き合ってくれ」

渋々ルビーたちの前にやってきた小柄な男を、アリーはじっと見つめている。騒ぎが収まったのを見て、晩夏はため息交じりに言った。

「どの時代も、酒が入るとうるさくて参るな。どこの酔っ払いだ……」

店主から消毒液をもらったルビーが、口をひん曲げて椅子に座った小柄な男に近づいていく。

太い眉を八の字にして、口角が下がり、世の中にまだ居場所を見つけられていない不満が、身体からにじみ出ている。その姿を見て、晩夏は大声を上げた。

「城ヶ島先生！」

あまりの声の大きさに、アリーはわっと声を漏らしてしまった。

「どうしたの、アリー？」

「い、いいえ、痛そうに見えたものですから」

ミコノスに問われて、アリーはごまかした。

「驚かさないでください、晩夏。この方はお知り合いなのですか？」

アリーは席を離れて、晩夏に問いかけた。

「この人は、俺の親父の師匠にあたる人だ。俺が騎手になった頃は調教師で、数々の名馬を育ててきた名伯楽《めいはくらく》だ。とんでもなく厳しい人なんだが、まさかこんな武闘派だったとは……」

ルビーに消毒液を浸したガーゼで傷口をなぞられて、城ヶ島は背中をよじった。

「いってえ！　何塗ったんだよ！」

「密造酒よ。殺菌できれば何でもいいでしょ」

「何考えてんだ！」

悶絶する城ヶ島をよそに、もう一人の男がルビーに頭を下げた。

「何から何までご親切にしていただき、ありがとうございます。わたくしたちは太平洋の向こうにある日本からやって参りました。わたくしは渡名貝《となかい》と申します。こちらが城ヶ島さんです」

渡名貝と名乗った礼儀正しい男を見て、またしても晩夏は声を上げる。

「やっぱり渡名貝さんだ！　のっぽで腰が低いのは昔からなんだなあ」

「この方ともお知り合いなのですか？」

「渡名貝さんは、俺が育った牧場で、厩務員をしていたんだ。俺に馬乗りを教えてくれた恩人でもあるし、家族で世話になった。なんで二人がケンタッキーに……。いや、まさか」

城ヶ島の背負い投げに、あの小さな身体のどこにあんな力が隠れているのかと、ダイスやニックは不思議そうに見つめている。

「日本って、サムライがいるんでしょ？　新聞で見たことがあるわ。とても礼儀正しくて、秩序を重んじる人々だって聞いたけど」

ルビーの視線を、城ヶ島は虫でも払うように手ではねのけた。

「残念ながら、もうサムライじゃ食っていけない時代なんだ」

「わたくしたちは、日本の宮内省が所有する厩戸《うまやど》牧場から派遣されてきたのです」

「日本でも、競馬をやっているんだな」

渡名貝の話に興味を持ったバジーリオが、レモンソーダを持って近づいてきた。

「はい、日本の横浜という街に外国人居留地があり、そこで洋式競馬を模倣する形で日本競馬が始まったのです。当時の日本人は馬券の販売ができず、社交場として運用するだけで、経済的に維持するのは難しいものだったのですが」

日本人に会うのがはじめてだったバジーリオやニックは、渡名貝と城ヶ島を囲むように耳を傾けていた。

「日清・日露戦争の時代を迎え、日本政府は優れた軍馬を必要としました。資金を得るためには馬券での収益で補塡《ほてん》するのが理にかなっているということで、時の内閣は賭博が禁じられていたにもかかわらず、黙認する形で、馬券の販売が可能となったのです」

グラットンは誰よりも先にステーキを切りながら言った。

「どの国でも賭事の税収というのは、無視できぬものだからな」

渡名貝はグラットンの補足にうなずいた。

「東京での競馬開催を皮切りに、各地でも競馬場が開かれたのですが、同時に治安の悪化も招きました。馬券の販売が禁止され、世間の溜飲《りゅういん》は下がったものの、政府としては軍馬育成の資金源を失うことになります。馬を生産する牧場からしても、競馬が認められなければ事業として継続することはできません」

ニックはトニックウォーターをグラスに注いだ。

「うちの牧場も、一時期の競馬禁止で経営が傾きかけた。簡単に始められる事業じゃないからこそ、国や州は気ままにやるとかやらないとかを判断しないでもらいたいぜ」

渡名貝はニックの発言に深くうなずき、その様子はいい質問をした学生を褒める教授のようだった。

「おっしゃる通りです。競馬を開催する、しないの判断は簡単ですが、それで割を食うのは馬であり、生産者です。この二転三転する論議の間に、多くの馬たちが交配の機会を逃し、牧場からの離職者も増えました」

渡名貝はレモンソーダを飲み、一息ついた。

「どこも現場が悲鳴を上げるのは変わらないね」

ルビーは同情するように、渡名貝のグラスにレモンソーダを注いだ。

「改めて競馬法を制定し、晴れて日本での競馬が認められるようになりましたが、馬の生産者は具体的な目標を必要としました。質の高い馬を見定めるレースを設けるべく、目を付けたのがイギリスのクラシック体系でした」

これまで淡々と話していた渡名貝の目が、大きく見開いた。

「その名も、東京優駿大競走《ニッポン・ダービー》！　我が国でも近代競馬の祖であるイギリスに倣って、三歳馬の頂点を決めるレースを創設し、すべてのホースマンがここを目指す！　競馬の甲子園のようなものを、わたくしたちは作りたいのです！」

鼻息を荒くする渡名貝を見て、城ヶ島はポップコーンを口に運んだ。

「アメリカの連中に甲子園なんつったってわかんねえよ」

首の後ろに手を回した渡名貝は、顔を赤くする。

「申し訳ありません。わたくし、興奮すると早口になる性質でして」

鹿児島出身の渡名貝と岩手出身の城ヶ島の二人は、性格も出自もまるで違っていたが、会話のテンポはぴったりだった。日本の競馬について一同が楽しそうに耳を傾ける中、表情を変えずに耳を傾けていたのがバジーリオだった。

「話の続きを聞こうか」

バジーリオに問われ、渡名貝は咳払いした。

「東京優駿大競走は、来年の開催を予定しています。ダービーの創設に伴って、より質の高い馬を集める必要があるという命を受け、わたくしたちはアメリカへ繁殖牝馬を探しに参りました」

　船での輸送が主だった時代、海外から馬を輸入するのは大事業だった。官営では宮内省が、民間では財閥企業が、計画を練って馬を連れてこなければならず、それは毎年のように軽々しく行えるものではなかった。

　国に先立って、イギリスから繁殖牝馬を輸入していた民間の雫石《しずくいし》牧場で調教師を務めていた城ヶ島は、渡欧の経験があった。日本に連れて帰った馬はその後、これまでの馬たちとは桁違いの走りを見せ、卓越した相馬眼と物怖じしない交渉術でロンドンから帰った城ヶ島は、官民を問わず競馬界で高く評価されていた。

　今回の輸入は競馬の本場イギリスではなく、発展著しいアメリカ競馬から新しい血を導入する狙いがあった。厩戸牧場の生産責任者である渡名貝は、旧知の仲である城ヶ島に、アメリカでの交渉担当として特別顧問への就任を依頼した。

「厩戸牧場は、馬券販売が禁止された時期に、規模が縮小されました。その間、民間の雫石牧場では、粘り強くサラブレッドの育成を続け、馬券の販売が再開した折には、わたくしたちも数頭繁殖牝馬を譲っていただきました」

「お上は勝手だ。競馬をやめろと言ったり、また始めるから馬を寄こせと言ったり、民間のものなら何でも好き勝手できると勘違いしてやがる。俺たちは、お上の都合よく動く駒じゃねえんだぞ」

「間違いない。この人は、俺が知っている城ヶ島先生だ」

殴られても、見知らぬ外国人に囲まれても、決して下を向かない。激しい闘志と、それをどこかで俯瞰《ふかん》する冷静さ。変わりやすい天気のような性格をしている城ヶ島こそ、晩夏を育てたホースマンだった。

「聞けば、国家事業のようなものじゃないか。無頼漢のあんたが、よくこんな大仕事を任されたな」

ニックに言われ、城ヶ島は洟をすすった。

「俺は、世界一の馬を育てたいと思っている」

窓から差し込むネオンの光が、城ヶ島の顔を赤く染めた。

「高い志がなければ、いい馬とは巡り会うことなどできない。どいつもこいつも鼻で笑うだけで、交渉の場にすら立たせちゃもらえねえ。さっきの連中も、冷やかしで俺たちを誘っただけだった」

「だからといってあれはやりすぎですよ、城ヶ島さん」

渡名貝に言われ、城ヶ島は、垂れてきた血を手の甲で拭う。

「馬産は遊びじゃない。馬の命がかかっているし、一頭の馬を幹として、枝の数だけ人の営みがある。この世界に首を突っ込んだ以上、トップを狙いに行くのは馬たちへの責任なんだ。俺はアメリカという国に失望したよ。アメリカンドリームだと言いながら、結局、保身に走るやつらの集まりだ。俺たちのことなど、金を背負ってやってきた、成り上がりの猿としか思っちゃいねえ」

やけどしそうなほど熱のこもった城ヶ島の言葉に耳を傾けながら、グラットンは肉を食べ進めた。沈黙を破ったバジーリオは、城ヶ島の前に立った。

「失望するのは早いぞ、ジョー」

ニックと肩を組んだバジーリオは、白い歯を見せて笑った。

「この男はニック。マクファーレン牧場の次期牧場長だ」

城ヶ島は太い眉をぴくりと動かす。

「マクファーレン牧場だと？」

次にバジーリオはアリーと肩を組んだ。

「こっちは、アリー。プリークネスステークスを勝ったアシュヴィンの母ブリーズイングラスと共に、イギリスからマクファーレン牧場へやってきた凄腕の厩務員だ」

「ブリーズイングラスですって？」

渡名貝の顔が、朝露を浴びた花のように輝いている。バジーリオは一同を紹介した。

「そのアシュヴィンを育てたのが元騎手のルビーと、我らが指揮官グラットン先生だ」

グラットンは、大きな腹に顔を埋めるように挨拶をした。

「ただいまご紹介にあずかった、我輩がグラットンである。このルビーは、我が右腕として、後進をビシバシ指導しておる気の強い助手だ。さあ挨拶するがいい」

グラットンに手を取られ、ルビーは顔を手で隠した。

「ちょっと、何なんだい。そういう芝居がかったの、あたしは苦手なんだ」

最後にバジーリオは、自分を指さした。

「私はバジーリオ。セヴァーンのオーナーだ」

かつて渡欧の際、グレンズフィールドを訪れて門前払いを食らった苦い過去を持つ城ヶ島からすると、セヴァーンなど神話の生き物に等しかった。渡名貝はレモンソーダをがぶ飲みしても鼓動が収まらず、城ヶ島は椅子から立ち上がった。

「また俺たちをバカにするつもりか？　あのアシュヴィンやセヴァーンのオーナーが、こんなしけたバーにいるわけがない。きっと、宮殿のようなレストランを借り切って、この世の春を満喫してやがるんだ」

城ヶ島の言葉で、ニックやルビーはもちろんのこと、アリーさえも笑いを堪えることができなかった。失礼だと思いつつ、晩夏も笑った。

「**ご立派な宮殿だぜ**」

顔を真っ赤にした城ヶ島は、拳を握りしめて、その場を後にしようとする。

「ジョー」

店の扉まで近づいていた城ヶ島に、バジーリオは声をかけた。

「明日、マクファーレン牧場へ来い。案内してやる」

翌朝、渡名貝にしつこく説得され、マクファーレン牧場へ連れてこられた城ヶ島は言葉を奪われた。小高い丘から、青草の香りを乗せた風が吹き付けてくる。命が大地から芽吹く景色は、ヨーロッパでも見たことがないほど広大で、美しかった。柵に止まっていた鳥たちが、近づいてきた城ヶ島たちを見て、林へ飛び立っていく。

渡名貝と城ヶ島は、放牧地へ案内されるとブルーグラスの上に倒れ込んだ。背中で感じる青草の柔らかさや、土のにおい。風の心地よさに、土のほどよい水気。いつまでも眠っていたくなる。

「ここは楽園だ」

渡名貝は涙を流しながら感想を口にしていたので、隣の放牧地にいた馬が様子を見に来ていた。広さも、繋養されている馬の質も、牧草の種類も、牧場の配置も、設備も何もかもが群を抜いている。城ヶ島の心は感動と悔しさがにじんでいた。

「馬を見る前に放牧地に寝そべるとは、諸君も相当だな」

バジーリオは横になった二人に言った。起き上がった渡名貝は、バジーリオに礼をした。

「夢を見ているようです」

城ヶ島と渡名貝は年明けからアメリカに滞在し、半年の調査を経て帰国を予定していた。上半期に滞在したおかげで、二人は今年のクラシックをステップレースから観戦していたので、アシュヴィンの馬房に案内されて息を呑んだ。薄い皮膚に詰まった筋肉、迫力があって、どの角度から写真を撮っても絵になる姿勢。ここまでの状態に仕上げる牧場の管理技術が、二人に日本との違いを突きつけていた。

母ブリーズイングラスや、父セヴァーンを次々に紹介され、城ヶ島のメモ帳は文字で埋め尽くされていく。見学は一日だけで終わらず、バジーリオは翌日からシューメイカーファームをはじめ、日本へ輸入する馬選びにも帯同した。城ヶ島は、独学で培った海外の血統と自分の考えを、バジーリオの知見と照らし合わせ、その相談はあらゆる場所で行われた。

「あんたの夢は、何なんだ？」

牧場からの帰りの汽車で、眠る渡名貝の横に座った城ヶ島は、バジーリオに問いかけた。数奇な運命でセヴァーンと出会い、名馬を生み出している男の未来は何を見据えているのか。若きホースマンである城ヶ島は、最先端のさらに先にあるものを知りたかった。

「それは、君と同じだ、ジョー。私も、世界一の馬と出会いたい」

「あんたにとって世界一とは何だ？」

城ヶ島と話していると、バジーリオの中に様々な想像が膨らんでくる。

「私は、田舎の漁師の息子だ。グレンズ家やシューメイカーファームといった名門とはほど遠い、路傍の石ころに過ぎない。競馬の世界は、そんな私でも、王族や貴族と対等に戦い、反骨の精神を示すことができる。私にとっての世界一は、世の名門と呼ばれる馬たちをすべて倒す馬を育てることだ」

城ヶ島は深くうなずいた。

「それは、ホースマンなら誰しも描く夢だ。一つ思うのは、世界一を決めるレースが、この世にはまだ存在していないことだ。ケンタッキーダービーも、イギリスダービーも、最高のレースではあるが、それはアメリカやイギリスのナンバーワンに過ぎない。パリ大賞典も国際的なレースだが、あれは三歳限定戦だ」

　バジーリオは口笛を吹いた。

「ジョー、君は本当によく世界の競馬を勉強しているな。その通りで、まだ世界には頂点を決めるレースがない。いや、正確にはあるにはあるが、世界一決定戦と呼べるほど格が備わっていないと言うべきかな」

「格？」

「フランスに、凱旋門賞というレースがある。一九二〇年に設立され、三歳以上の馬が雌雄を決する大レースだが、今は賞金が少なく、知名度も低い。各国の一流馬を集められず、本来の目的を果たせずにいる。そこに目を付けているのが、グレンズフィールドのメイハウザーだ」

「セヴァーンを追放した、アクエンアテンのオーナーか」

　線路の常夜灯が、一瞬だけバジーリオの顔を照らした。

「あの暴君は、ダービーや三冠の称号では満足していない。いつか凱旋門賞の格が上がったとき、メイハウザーはロンシャン競馬場へ最高の馬を送り込んでくる。この世界一決定戦で、私はメイハウザーやサブリナ、あるいはニックたちの馬さえも倒したいと思っている」

　バジーリオの夢を、軽々しく聞くべきではなかった。城ヶ島は世界の広さを知り、自分もいつかその頂上決戦に挑みたい気持ちを抑えられなくなってしまったからだ。

　半年かけて一頭も馬を購入できていなかったのに、マクファーレン牧場へやってきてからトントン拍子に購入が進んだ。帰国する船からスケジュールを逆算し、到着までに必要な飼料や長距離輸送の際の業者選定など、馬を日本へ連れて帰るのは小麦を運ぶのとはわけが違う。最善を尽くして飛び回る城ヶ島と渡名貝に、バジーリオはサポートを惜しまなかった。

交渉を終えマクファーレン牧場へ戻ってくると、城ヶ島と渡名貝は必ずセイルウォーターの墓に手を合わせた。ダービーを目前で逃した話は、日本でもよく知られている。バジーリオは、律儀に祈りを捧げる二人を、いつも後ろから見ていた。

祈りを終えた城ヶ島が、バジーリオに言った。

「一つ、間違いを訂正しなければならねえ」

城ヶ島は手を差し出した。

「アメリカにも、手を差し伸べてくれる人間はいた。あんたがいなけりゃ、俺たちはお上にどやされるところだった。助かったよ」

「それはこちらのセリフでもあるよ、ジョー」

二人の握手をニコニコと見守る渡名貝をよそに、城ヶ島が切り出した。

「感謝ついでに、もう一つ頼みがある」

「なんだ？」

「ディオスクロイに会わせてくれないか」

丘から空に舞い上がる風は、青臭さを含んでいた。

「療養中なら、無理は言わないが」

「付いてきてくれ」

馬房にいたディオスクロイは、城ヶ島たちがやってきてもそっぽを向いていた。サービス精神旺盛なアシュヴィンやセヴァーンとは性格がまるで違う。バジーリオはディオスクロイにウィンクをして無視された。

「まさかジョーがディオスクロイを知っていたとは」

「俺たちは今年のクラシックを、前哨戦から見ていたんだ」

「ダービーには出られなかったが、双子の有力馬として話題になっていたからな」

城ヶ島は首を横に振った。

「元々あのレースはハトシェプストを見に行くつもりだったんだが、俺を射貫《いぬ》いたのはディオスクロイだった」

声をかけても、やはりディオスクロイは城ヶ島を見ようともせず、前肢で藁をかいている。

「今回の商談でも多くの馬を見せてもらったし、レースも見てきた。すべて見た上で、俺はディオスクロイより知性を感じる馬を見つけることはできなかった」

城ヶ島はメモを書きながら続ける。

「ブリーズイングラスの一族は、一瞬の末脚を持っていると言われている。イギリスダービーを勝ったスモーキーも、亡くなったセイルウォーターも、今回のアシュヴィンも、みなその継承された末脚を武器に、戦ってきたのだろう。アシュヴィンより、ディオスクロイの方が、色濃くその末脚を継承している。そんな風に感じさせる、ハトシェプストとの戦いだった」

引退を決めた時の、マクファーレン牧場を包んでいた落胆と安堵がバジーリオの心に蘇る。

城ヶ島のディオスクロイを見る目は、まっすぐだった。

「もしも、競馬の神様から、好きな馬を一頭選べと言われたら、俺は間違いなくディオスクロイを指名する。あんたたちが、この馬を大事にしているのは知っているが、俺は、今日まで買ったすべての馬たちを手放してでも、ディオスクロイを購入したい」

城ヶ島のペンを持つ手が震えていた。渡名貝はバジーリオに頭を下げる。

「セヴァーンとブリーズイングラスの血が日本へ入ってくれれば、黒船がやってきた時以上の衝撃となるでしょう。この機会を逃せば、日本競馬は二〇年後れをとることになります。わたくしたちに、機会をいただけないでしょうか」

バジーリオは鉄柵をくぐってディオスクロイに触れた。高貴な女優はバジーリオの頭を鼻で突っついて、またそっぽを向く。

「ディオスクロイは私の馬だが、私だけの馬ではない。考える時間をもらえるだろうか」

城ヶ島と渡名貝が帰った後、バジーリオはマクファーレン牧場の事務所へ戻った。事務所のキッチンからいいにおいがして、覗いてみるとスーザンがミコノスとみたらし団子を作っていた。

「ジョーたち、帰っちゃったの？　せっかく、本場の意見を聞けると思ったのに」

スーザンがやってきた日は、みたらし団子を作るのが習慣になっていた。いつもならつまみ食いをするバジーリオが、今日は手を出さずミコノスに言った。

「できあがったらみんなを集めてくれないか」

午後の事務所へ、甘辛い醤油のにおいに誘われた職員たちが集まってくる。新馬の感触を確認するグラットンとルビーが現れ、春に生まれた当歳馬の成長具合をニックに報告するアリーとダイスがやってきて、席が埋まっていく。スーザンとミコノスで用意したみたらし団子に、疲れ切った職員たちが次々に手を伸ばしていく。

バジーリオは、このひとときの光景を目に焼き付けた。

「あなたも食べたら？　グラットン先生に食べられちゃう前に」

スーザンはバジーリオに団子を渡そうとした。バジーリオはそれを固辞し、一同に言った。

「話がある」

ミコノスはアリーに団子を渡し、自分も口に運ぼうとしていた。

「ディオスクロイを売却しようと思う」

その言葉を耳にして、雑談が止まった。ミコノスは団子を食べるのをやめて立ち上がり、窓を開けた。すり抜けてきた風で、レースのカーテンがゆらゆらと揺れる。

「誰に？」

ミコノスは声を抑えながら問いかけた。

「ジョーだ」

ニックとダイスから押し殺した声が漏れる。アリーは、ミコノスから目を離さなかった。ルビーは手をズボンで拭って言った。

「本気かい？　彼らは確かに熱意があるけれど、上手に育てられるとは、とても思えない」

ダイスはうなずいて、団子を二つ頬張った。

「最近まで、サムライがいたような辺境の地に送ったら、斬り殺されるかもしれない」

アリーは蹄鉄に触れるが、晩夏は何も言わない。ミコノスは喋る前に息を吸った。

「ディオスクロイの子には、期待ができないと考えているの？」

「逆だ。ブリーズ以来のビッグマザーになれると、私は信じている」

「ならどうして！」

外から葉っぱが入り込んできた。バジーリオは床に落ちた葉を拾い上げる。

「もう一つ、伝えておくことがある」

バジーリオが拾い上げた葉を窓の外へ放ちに行くまで、誰も何も言わなかった。

「俺とセヴァーンは、マクファーレン牧場を離れようと思う」

ニックはコーヒーを飲み干して、カップに染みついたコーヒー渋の輪を見た。

「あてはあるのか」

「アルゼンチンを目指す。近年、南米から馬を買いに来る牧場も増えている。セヴァーンの血が南米でも活躍できるのか、試すには絶好の機会だ。ディオスクロイを売却した資金があれば、アルゼンチンで、私も自分の牧場を持てるかもしれない」

窓際には、プリークネスステークスで撮られたアシュヴィンの口取り式の写真が飾られている。額縁に光が差して、鈍く反射していた。

揺れるカーテンを見ながら、ニックは立ち上がった。

「牧場が欲しいのなら、ケンタッキーでも構わないはずだ。土地を見繕ってもいいし、銀行にだって掛け合う。マクファーレン牧場が復活できたのは、バジーリオたちのおかげでもあるんだ。セヴァーン産駒だって、アメリカで結果も出してきている。あんたと離れるのはさみしいよ」

ニックに近づき、バジーリオはハグをした。バジーリオのムスクのような香りが、ニックの鼻を突く。

「セヴァーンの子どもが活躍したことで、再びメイハウザーが刺客を送ってくるかもしれない。私は、諸君に迷惑をかけたくはない」

ニックの目は潤んでいる。年上の兄貴のような存在だったバジーリオは、オーナーと牧場長という垣根を越えて、困難を共にしてくれた。もっとタフさを学びたいと思っていたからこそ、喉が震えてくる。

「今じゃなくたって」

バジーリオはニックの背中をぽんと叩いた。

「イギリス、イタリア、アメリカと、各地で成功を収めたが、ここで終わりにしたくはない。世界中のどの競馬を見ても、祖先にはセヴァーンがいる。そういう版図《はんと》を、私は描いている。ディオスクロイが日本へ、セヴァーンは南米に向かえば、より世界を席巻することにもなる」

渡米して四年、根無し草のバジーリオが住むには長い時が流れていた。それくらいバジーリオにとってマクファーレン牧場は、楽園のようでもあった。

「ここは、私にとって居心地がよすぎるのだ、ニック。自らの牧場を持てない今の私が、ディオスクロイを預かる資格はない。彼女を誰より欲する人たちに託し、私は次の住処《すみか》の糧を得る。ブリーズの牝系も、今年はブリーズの娘のマザーフッドがセヴァーンの仔を受胎しているから、この牧場に血は残る。諸君は、セヴァーンが導いてくれた宝物だ。私はマクファーレン牧場で過ごした日々を、誇りに思う」

ニックから離れたバジーリオは、顎を上げてにらみ続けているミコノスの前に立った。

「君はどうする」

ミコノスは、ディオスクロイが引退を決めても、アシュヴィンがプリークネスステークスを勝っても、泣かなかった。どんな時でも、馬のそばにいる人間は冷静でなければならない。それは、アリーから学んだことだった。

感情の乱れは、馬の乱れに繋がる。そう固く誓った心の隙間から、湧き水が染み出るように、ミコノスの目から涙がこぼれ落ちていた。ミコノスは何も言わずに、事務所を出て行ってしまった。

「ミコノス！」

ルビーの声は、丸太で作った事務所に響き渡るだけだった。

「**そういうことだったのか**」

ミコノスを追って外へ出た時、晩夏はアリーに言った。

「晩夏は、ジョーたちがディオスクロイを買うと知っていたのですか」

「城ヶ島先生たちは、ブリーズイングラスの血を引く馬を輸入して、その血脈はやがてブリーズクロニクルへたどり着く。俺がいた世界で、牝系の祖となった馬は、ディオスクロイではないし、バジーリオから購入したという記録も残っていない」

強い日差しで汗ばむアリーの肌を、涼やかな風がくすぐっていく。

「俺は、未来が一本道でしかつながっていないと考えていた。セイルウォーターが亡くなった時点で、すべての可能性は閉ざされ、俺が知る未来は何の価値もなくなったと思ったのは、間違いだったんだ。どんな未来を進もうと、先生たちがブリーズの仔を日本へ輸入し、世界へ通用する馬を育てていくという思いは、どんな不可思議なことでも曲げられないんだ」

「ディオスクロイが日本へ渡れば、ブリーズクロニクルにつながるのでしょうか」

「それは分からない。一つ言えるのは、先生たちがブリーズの仔を購入できる機会は、そう何度もないということだ」

アリーは種牡馬の放牧地に向かって歩を進めていく。

「僕は、どの未来を選択すればいいのでしょうか」

晩夏に、もう一度ブリーズクロニクルに会わせたい。その思いは変わらないが、マクファーレン牧場の厩務員として、ヘロドトスの仔を宿したディオスクロイがいなくなるのは大きな損失だった。

「アリー」

さっきまでの戸惑い混じりの声とは打って変わって、晩夏の声は落ち着いていた。

「**俺は、ブリーズクロニクルにもう一度会いたいが、ただ会えればいいというもんじゃない**」

アリーは足を止めた。

「**俺は、お前と歩んだ先で、ブリーズクロニクルに会いたい。お前が考えて選んだ道なら、俺は何があろうと味方になる。お前を世界一のホースマンにすると決めたんだ。俺に遠慮して、悩まなくていい。お前と共にあると、覚悟は決めてある。お前の思う道を、選べ**」

かつてルビーがこもっていた白樺の小屋の近くで、セヴァーンは涼んでいた。尾花栗毛が輝く馬の前で、ミコノスは涙を拭っている。セヴァーンは耳をピンと立てて、ミコノスを見ていた。

「ミコノス」

アリーは日陰の手前で、声をかけた。セヴァーンが顔を寄せてきても、ミコノスは鼻を撫でなかった。

「わたしは、油断をしていた」

セヴァーンは前肢をかいて、柵の下の土を掘り返している。

「このままずっと、セヴァーンやディオスクロイと一緒に、過ごしていけるのだと。わたしたちは元々、メイハウザーに追われている身だし、マクファーレン牧場に危害が及ぶ可能性はある。ディオスクロイを遠い地へ送ることも、セヴァーンとまた旅を始めるのも、何も間違ってはいないのに」

ミコノスは顔を上げて、セヴァーンの鼻を撫でた。日陰にいても、セヴァーンのたてがみは金色に輝き、栗毛の馬体は艶があった。耳を垂らしたセヴァーンは、鼻をミコノスの頰に寄せた。

「わたしは、マクファーレン牧場を離れたくない」

ミコノスの記憶が、アリーやルビーたちと過ごした日々で上書きされていた。セヴァーンに乗ったバジーリオが、滅んだ村からミコノスを救いに来た日の記憶も、エーゲ海でミコノスという名を得た日も、ミラノでアンブロジウスを育てた日々も、セヴァーンを連れてニューヨークへ渡った日も、一日たりとて忘れるつもりなどないが、それらの記憶はもう、別の章に行っていた。

ミコノスにようやく訪れた日常が、辛い記憶を昇華させていた。

「わたしは、薄情者だ」

何があってもセヴァーンと共にいる。そう誓ったはずなのに、バジーリオの話を聞いて戸惑う自分を、ミコノスは責めていた。アリーは、日陰の中に足を踏み入れた。

「僕とあなたは、よく似ています。人ではなく、馬に育てられました。時折、不思議に思うことがありました。なぜ、僕は二本足で立っているのかと。僕は二本足で立つには、人として大事なものがいくつも欠けていて、四本足では歩けない。ふとした拍子に、自分はみんなと違うのだと感じていました」

アリーはセヴァーンの顔を撫でた。

「ミコノス、僕の腰に両手を当ててもらえませんか」

ミコノスは洟をすすり、背中からアリーの腰に手を置く。華奢《きゃしゃ》に見えていたアリーの身体は、しっかりと筋肉が付いていて、思っていたより厚みがあった。アリーは軽く足踏みをする。

「あなたと馬を育てていると、自分が四本足になった気持ちになります。自分が一頭の馬になった気がして、これまでなくしていた足が戻ってきた。そんな風に思えたのは、あなたがはじめてです」

アリーは振り返って、ミコノスの両手に触れた。

「その、何と言いますか……」

アリーにしては珍しく、首をかしげ、喉の奥から魚でも出てきそうな表情を浮かべている。

「あなたがいなくなると、僕はただの二本足に戻ってしまいます。四本足で生きる素晴らしさを知ってしまった今、以前の僕には戻れません。どうか、僕のそばにいてください、ミコノス」

言葉を口にしてはじめて、アリーの身体が熱くなる。それは、言葉を受けたミコノスも同じだった。二人とも、その熱が、どういう言葉で形容されるのかを、まだ知らない。ただその熱が、生きていくために大切なものだということは、よく分かった。

ミコノスはアリーに手を摑まれたまま、セヴァーンの前に立った。

「あなたは、わたしを許してくれる？」

尾花栗毛の名馬は、柵いっぱいに近づき、ミコノスの首元に顔を寄せた。セヴァーンの鼻息が首に当たり、ミコノスの目から涙がこぼれ落ちていく。セヴァーンを見て、アリーは天に向かったスモーキーに伝えた。君は偉大な馬と、雌雄を決したのだと。戦友は今も、歩みを止めず、また旅へ向かおうとしているのだと。

ミコノスは肺がいっぱいになるまで、空気を吸った。マクファーレン牧場の豊かなブルーグラスの香りで、満たされていく。涙を拭い、息を吐き、セヴァーンの鼻を撫でた。セヴァーンの耳はまっすぐ立ち、首をぶるぶると振って、日が差す方へ走っていった。牧草の上で輝くセヴァーンのたてがみは、今まで見た中で最も美しく、ミコノスの瞳に焼き付いた。

ミコノスとディオスクロイの馬房へ行く途中、晩夏が声をかけてきた。

「俺は、自分が蹄鉄でよかったと思っているよ」

「どうしてですか？」

「泣いている姿を、お前に見られずに済むからな」

翌朝、バジーリオから連絡を受けた城ヶ島と渡名貝の顔は、死人そのものだった。昨日ホテルへ戻った後、とんでもない打診をした後悔に襲われ、渡名貝は夕飯が一口も喉を通らず、城ヶ島は密造酒を飲んで無理矢理酔おうとした。一睡もできないままマクファーレン牧場へ戻ってきた二人の前に、バジーリオは契約書を提示した。その時、事務所にいた何人かの職員は日本人の悲鳴を耳にしてすっ飛んできたが、バジーリオが大笑いしていたので、そのまま仕事に戻った。

ディオスクロイは、城ヶ島たちが購入した他の馬たちと共に汽車でシアトルへ向かい、動物園が購入した動物と共に輸送される船へ運ばれていった。マクファーレン牧場を離れても、ディオスクロイは暴れなかった。女優は、涙を安売りしない。バジーリオは、最後にディオスクロイをそう評した。

「バジーリオ」

ディオスクロイが去った余韻が残る中、セヴァーンが馬運車へ乗り込んでいく姿を見守りながら、ミコノスはギリシャからの世話役だったバジーリオに声をかけた。ミコノスは、何度も目をそらし、うなりながら、どの言葉を口に出せばいいのかもがいている。バジーリオはそれを黙って見ていた。ミコノスは息を吐き出し、右手を出した。

「ありがとう。セヴァーンの次に、あなたに感謝している」

バジーリオは胸を大きく膨らませて笑った。

「君が自分で道を見つけたことが、私は嬉しい。立派になったな、ミコノス。セヴァーンのことは任せてくれ。いつか必ず、セヴァーンの子孫が、君に会いに来る。その時は、よろしく頼む」

「もちろん」

ミコノスと握手を交わしたバジーリオは、セヴァーンと共に一路南米に舵を切った。

シアトルへ向かう汽車の中で、渡名貝はディオスクロイのコンテナに寄り添っている城ヶ島に提案した。

「そうだ、城ヶ島さん。名前、どうしましょうか」

「名前？」

「はい。ディオスクロイという名前は素晴らしいですが、いかんせん日本人には発音しにくいことでしょう。新しく和名を付けるのはどうでしょうか」

「それは構わないんだが、俺が付けていいのか？」

渡名貝は身を乗り出した。

「今回の功績は、城ヶ島さんあってのこと！　仮に反対するものがいたとしても、このわたくしが必ず説得してみせます！　あまりにもとんちんかんなものでなければですが」

「俺を何だと思っているんだ」

城ヶ島は腕を組み、車窓に目をやる。遠くの牧場の屋根に、星条旗が掲げられていた。

「ディオスクロイとは、ギリシャの神話で双子の神を表す言葉だそうだ。この大切な馬を売ってくれたアメリカへの感謝の気持ちも込めたい。となると、そうだな」

城ヶ島は立ち上がって、ディオスクロイの首を撫でた。

「双星《ふたつぼし》というのはどうだ。双子の双に、アメリカの星条旗の意味を込めた星」

「素晴らしい！　城ヶ島さんには、名付けの才能もあったのですね！」

ディオスクロイから新たな名に生まれ変わった双星は、隣り合った馬に顔を近づけられて、ぷいっとそっぽを向いた。

ディオスクロイが日本へ、バジーリオとセヴァーンが南米へ向かった後のマクファーレン牧場は、ぽっかり穴が空いたようだった。

アリーもニックもミコノスも、それをさみしさだけで終えるつもりはない。何かが欠けたら、また何かで満たせばいい。再びの出会いを信じていたからこそ、彼らは今日も夜明け前に目を覚まし、歯を磨いて、早々と朝食を摂って、厩舎へ向かっていった。

「ダービーが終わると、来年のダービーへの挑戦が始まる。バジーリオに笑われないためにも、あたしたちらしく、前へ進んでいこう」

二歳戦が始まる際に、グラットンから始動の挨拶を任されたルビーの言葉で、マクファーレン牧場の士気は高まった。放牧地へ歩むダイスやミコノスの後に続いていたアリーは、晩夏に問いかけた。

「日本へ戻れる機会だったのに、よかったのですか?」

城ヶ島に蹄鉄を託せば、晩夏も知らない過去の日本を目にすることができた。若かりし頃の父や母はもちろんのこと、生まれ故郷にだって帰れたかもしれないが、晩夏の決断は早かった。

「ディオスクロイが日本へ渡った時点で、希望は繋がった。城ヶ島先生と渡名貝さんなら、必ずクロニクルへ続く馬を育ててくれると、俺は信じている」

「日本に行けば、いつかこの世界の晩夏とも、会えるかもしれません」

そう言ってアリーは息を呑んだが、晩夏は笑った。

「一つ、思ったことがある」

丘の向こうから、朝焼けを連れて風が吹いてきた。

「俺は、クロニクルのライバルとなる馬を育てるために、ここにいるんじゃないかってな。俺の声は、お前にしか聞こえないし、今日本に行ったところで、ただの物見遊山になるだけだ。

いつか訪れるクロニクルのレースが、本当の世界一を決めるものとなるために、たくさんの芽をここで育て、お前を世界一の厩務員にする。それが、今の俺の役目なんだ」

「はい」

「俺たちも、歩みを止めずに進んでいこう」

朝焼けを隠していた雲間から、茜《あかね》色の空が顔を出した。アリーは喋る蹄鉄を軽く握り、仔馬が跳ねる放牧地へ進んでいった。

異なる未来が訪れても、もう恐れることはない。蹄鉄に姿を変えたとしても、心許せる友がいる限り、道は照らされていく。

友の大切さを教えてくれたのは、長きにわたって人類の友であり続けている馬だった。

アンブロジウス

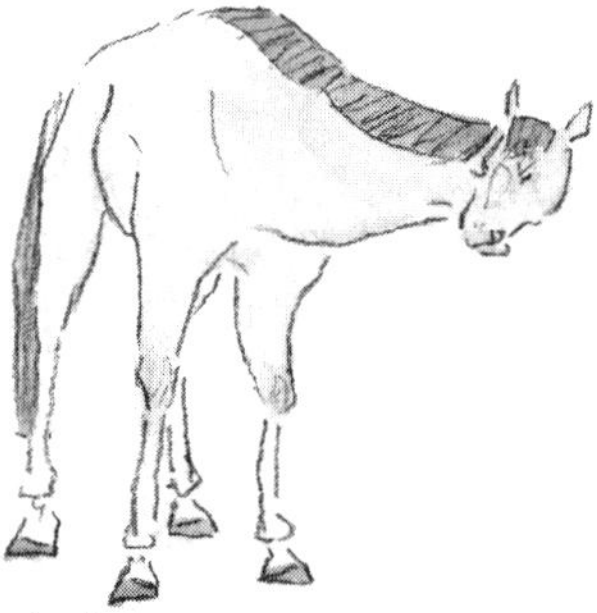

ハトシェプスト

セヴァーン

スモーキー

ディオスクロイ

ヘロドトス

アシュヴィン

セイルウォーター

アクエンアテン

ブリーズクロニクル

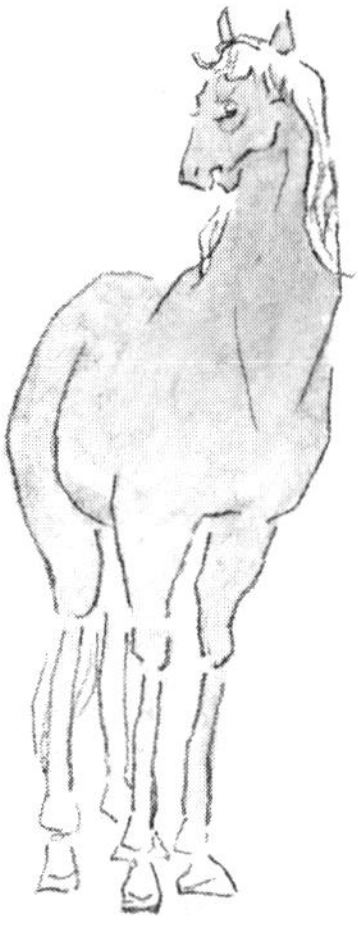

デザートオブタタール

ギボン

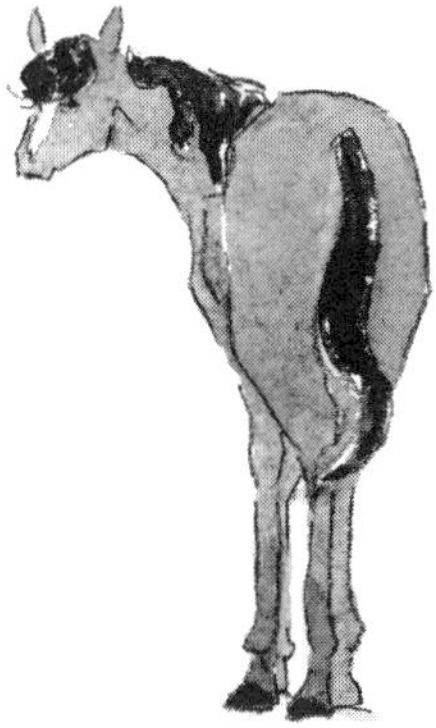

ブリーズイングラス

蜂須賀敬明（はちすか　たかあき）

一九八七年十月十七日、神奈川県横浜市出身。
早稲田大学第二文学部卒。
二〇一六年に『待ってよ』で、
松本清張賞を受賞して作家デビュー。
二〇一七年に発表した『横浜大戦争』では、
横浜市十八区の土地神を擬人化した小説が
話題となり、神奈川本大賞を受賞した。
ジャンルは歴史、SF、ミステリーなど。
著作に『横浜大戦争』シリーズ、
『バビロンの階段』（文藝春秋）、
『落ち着いたあかつきには』『焼餃子』
（双葉社）などがある。

さよなら凱旋門《がいせんもん》

二〇二四年三月一〇日第一刷発行

著　者　蜂須賀敬明
発行者　花田朋子
発行所　株式会社 文藝春秋
〒一〇二‐八〇〇八
東京都千代田区紀尾井町三‐二三
電話〇三‐三二六五‐一二一一
印刷・製本　TOPPAN

ISBN 978-4-16-391815-0
Printed in Japan